es 1155

edition suhrkamp

Neue Folge Band 155

In einem Gefängnis in Mexiko sitzen drei Gefangene isoliert in der Strafzelle. Wie sie mit Hilfe der Frauen, die sie besuchen, an Drogen zu kommen suchen; wie die beiden Stärkeren den *Wichser*, den Einäugigen, Schwächeren, Ekelerregenden, terrorisieren; wie sie sich ausmalen, ihn bei günstiger Gelegenheit umzubringen; wie sie, als einzige Möglichkeit, ihren Haß abzureagieren, die Gefängniswärter beschimpfen, die dennoch kaum weniger gefangen sind als sie; wie sie zuletzt einen barbarischen Kampf mit den Wachleuten austragen, an dessen Ende sie gebändigt und nunmehr vollkommen unbeweglich in einem Gewirr eiserner Stangen hängen – all dies zieht beklemmend eng am Leser vorbei, in der Sicht und im Slang der Eingelochten, gesehen von einem Autor, der seine Gestalten nicht denunziert, sondern in ihnen aus tiefer Menschenkenntnis seinesgleichen erkennt.

José Revueltas (1914–1976), Schriftsteller und Essayist, war einer der wenigen lebenslang konsequenten Rebellen im Mexiko der Nach-Revolutionsära. Er war Kommunist innerhalb und außerhalb der Partei, wurde mehrfach verhaftet und saß mehrere Jahre – zuletzt wegen »Aufruhrs« im Anschluß an das Studentenmassaker von 1969 – in mexikanischen Gefängnissen.

José Revueltas
Die Schwester, die Feindin

Erzählungen

Ausgewählt und aus
dem Spanischen übersetzt
von Monika López

Suhrkamp

Die vorliegenden Erzählungen sind der Gesamtausgabe der Werke von José Revueltas im Verlag *Ediciones Era*, México, D. F., entnommen.
Die Übersetzung aus dem Spanischen wurde unterstützt durch die Gesellschaft zur Förderung der Literatur aus Afrika, Asien und Lateinamerika e. V. in Zusammenarbeit mit dem Institut für Auslandsbeziehungen.

edition suhrkamp 1155
Neue Folge Band 155
Erste Auflage 1991

Quellenangaben am Ende des Bandes.
Satz: Hümmer, Waldbüttelbrunn
Druck: Nomos Verlagsgesellschaft, Baden-Baden
Umschlagentwurf: Willy Fleckhaus
Printed in Germany

1 2 3 4 5 6 – 96 95 94 93 92 91

Die Schwester, die Feindin

Eingelocht

Für Pablo Neruda

Gefangene waren sie, die Affen, ausgerechnet sie, eine Äffin und ein Affe, oder na schön, ein Affe und noch ein Affe, Männchen alle beide, in ihrem Käfig, noch nicht in Panik, noch nicht völlig in Panik, so tigerten sie von einem Käfigende zum andern, auf dem Fleck und doch in Bewegung, steckengeblieben in der Ordnung der Tiere, als wollten unbarmherzige Dritte, andere Menschen, die Menschheit, sich nicht mehr um ihre Angelegenheiten, um ihr Affendasein kümmern, das sie im übrigen selbst auch nicht wahrhaben wollten, wie Affen eben so sind, oder nicht wahrhaben konnten und wollten, gefangen, wie sie waren, von welchem Blickwinkel man es auch betrachtete, eingesperrt ins *Karree*, ringsum zwei Stockwerke hohe Gitter, eingesperrt auch in ihre blaue Filzkostümierung, über der Stirn das blanke Mützenschild, gefangen in ihrem nicht einmal andressierten, sondern angeborenen Auf und Ab, mit dem sie dennoch nicht von der Stelle kamen, aus dem sie nie den entscheidenden Schritt taten, der sie herausgeholt hätte aus dem entwicklungsgeschichtlichen Zwischenstadium, in dem sie zappelten, sich abstrampelten, paarten, erbarmungslos, ohne Gedächtnis, ein Affe und eine Äffin im Paradies, in dem sie sich glichen wie ein Ei dem anderen, gleichermaßen behaart und vom gleichen Geschlecht, aber auch Affe und Äffin, verknastet und verschaukelt. Den Kopf sorgsam und geschickt mit dem linken Ohr auf die waagrechtstehende Klappe gelegt, mit der die enge Durchreiche verschlossen wurde, spähte Polonio mit seinem rechten, auf die Nasenseite gerutschten und da festsitzenden Auge aus seiner Höhe angestrengt schräg zu den durchs *Karree* Tigernden hinunter und sah zu, wie das unter der Jacke vorhängende Schlüsselbund beim Gehen, bei jedem ihrer Schritte, mitschwang und an ihre Schenkel klirrte. Erst einer, dann der andere, zwei Affen von oben gesehen, aus dem zweiten Stock, wahrgenommen von diesem Schädel, der ihnen nur mit einem Auge hinterherschauen konnte, dessen zweites Auge nicht verfügbar war, von diesem Kopf auf dem Tablett der Salome, das aus der Tür herausstand, vom sprechenden Haupt der Rummelplätze, das vom Rumpf getrennt war, wie auf dem Rummelplatz das Haupt, das in die Zukunft sieht und Verse aufsagt, vom Kopf Johannes des Täufers, der hier nur flach auf einem Ohr lag, so daß dem linken Auge entgehen mußte, was unten vorging, einzig die Stahlfläche der Klappe durfte es sehen, mit der die Luke verschlossen wurde, und unten liefen die beiden im *Karree* bei ihrem Auf und Ab in einem fort aneinander vorüber, während das sprechende Haupt nur jedesmal, wenn einer von beiden im Gesichtsfeld seines freien Auges auftauchte, gemessen langgezogene, wehleidig zynische, die Vokale schwungvoll und melodisch längende, bald in ruckartig hochstoßenden, bald in tiefen Tönen komponierte, abwechslungsreiche Flüche ausstoßen und die Drecksäcke da unten zum Henker wünschen konnte. »Diese Stricher*affen*, diese Schlappschwänze!« Sie waren gefangen. Gefangener als Polonio, gefangener als Albino, gefangener noch als der *Wichser*. Ein paar Sekunden lang schien es regelmäßig, als seien die Affen verschwunden, der vergitterte Kasten, das *Karree*, blieb dann leer, weil die Posten auf ihrem Kontrollgang jeder am entgegengesetzten Ende des Käfigs angelangt waren, dreißig Meter hatten sie dafür zu gehen, sechzig also hin und zurück, und dieses unbetretene, unausgemessene Stück Raum wurde dann zum alleinigen Besitz, zum unabtretbaren Territorium des störrischen rechten Auges, das alles, was sich in diesem Teil des Trakts abspielte, Millimeter für Millimeter strengstens überwachte. Affen! Blöde, gemeine, nichtsahnende, affige Affen, so nichtsahnend wie eine zehn Jahre alte Nutte. Zu blöd, um zu merken, daß sie selber und niemand anders die Gefangenen waren, mitsamt ihren Müttern, Kindern, Eltern und Großeltern und ihren sonstigen Altvorderen. Sie wußten, daß sie zu nichts taugten, als aufzupassen, zu spionieren, in die Runde zu spähen, darum sollte ihnen ja auch keiner durch die Lappen gehen, keiner entkommen, ihnen nicht und nicht dieser Stadt der Gitter und vergitterten Gassen, dieser überallhin um sich fressenden Zellen und Löcher, und ihr blödes Affengesicht war nur die äußere Form, in die sich eine vage Sehnsucht kleidete, nach anderem Tun, nach anderen Talenten, die sie ja doch nie einsetzen würden, alles nur ein Gestammel in ihrer Seele, hinter ihren Äffchengesichtern, die wegen des unerkannten, nie auszugleichenden Defizits sogar eher traurig dreinschauten, dabei aber trotzdem ganz Auge, sie bestanden von Kopf bis Fuß nur aus Augen, waren gleichsam von einem Augennetz überzogen, am ganzen Körper, am Nacken, am Hals, an Armen und Hoden, übersät mit Augen, wenn man sie aber sprechen hörte und ihnen glaubte, so taten sie es nur, damit sie was zu essen hatten, damit ihre Familie etwas in den Magen bekam, bei ihnen zu Hause, wo ihre Affensippschaft, ihre Buben, ihre Mädchen, ihre Frauen, um den Teller tanzte und krakeelte, allesamt fellbewachsen bis in die Eingeweide, vierundzwanzig endlose Stunden den Oberaffen bei sich, nach seinem Vierundzwanzigstundendienst im Flügel der Untersuchungsgefangenen, der da im Bett lag, klebrig, schmierig, neben sich auf dem Nachttisch seine winzigen Bestechungsgelder, speckige Scheine, unredlich verdient, die auch nie den Weg aus dem Gefängnis fanden, sondern ewig im Kreis zirkulierten, gefangen wie er, sorgsam und hingebungsvoll auf der Hand glattgestrichen von der Frau, die nicht merkte, wie schaurig ihr liebevoll ausgiebiges Glattstreichen war. Hier merkte überhaupt niemand etwas. Selbst das Leben lief unbemerkt ab. Ohne es zu merken, steckten sie, Mann wie Frau, Mann wie Mann, Frau und Kinder, Vater und Mutter, Kinder und Eltern, in ihrem Privat-*Karree*, überall auf der Welt gleiche, gleichermaßen verschreckte Affen. Der *Wichser* bettelte, man solle ihn auch mal durchs Türloch sehen lassen. Widerwärtig, dachte Polonio, den *Wichser* in der Zelle haben zu müssen, *eingelocht* gleich ihnen. »Kannst eben nicht, Blödmann!« Im gleichen schleppend trägen Redetempo schmähte Polonio auch die Aufseher im *Karree*, mit dieser unpersönlichen Stimme, die sie sich als ein knasteigenes Gütesiegel alle zu eigen gemacht hatten, an der man sie blind im Dunkeln nicht unterscheiden, sondern an der man höchstens erkennen konnte, daß sie damit das Behagen, die Genugtuung, den unbegründeten, gedankenlos hierarchiebewußten Stolz darauf ausdrückten, zufällig der edlen Kaste der Ganoven anzugehören. Natürlich durfte der

Wichser nicht an den Ausguck. Nicht weil es für ihn zu mühsam gewesen wäre, den Kopf trotz der störenden Ohren millimetergenau durch die Luke zu schieben und dann seitlich verdreht auf der Klappe, dem Tablett Salomes, zu plazieren, sondern weil ihm ein Auge, und ausgerechnet das rechte, fehlte, und mit dem linken würde er ja doch nur den schartigen, verdellten Stahl unter sich sehen, darum hieß er ja der *Wichser*, weil er kaum zum Wichsen taugte, ja, nicht einmal zum Wichsen war er gut, mit seinem ausgelaufenen Auge, dem verkrüppelten Bein und dem ewigen Gezitter, mit dem er sich hierhin und dahin schleppte, ohne jede Würde, im ganzen Untersuchungstrakt berüchtigt wegen seiner Angewohnheit, sich jedesmal, wenn er im *Bunker* saß, die Pulsadern aufzuschneiden, schon ganz zerschnippelte Handgelenke hatte er davon, eine Narbe saß neben der anderen, sah aus wie das Griffbrett einer Gitarre, und auch weil er tat, als hätte er jede Hoffnung verloren – hatte er aber nicht, denn er kam nie dabei um –, als hätte er sich restlos aufgegeben, als sei er immer hart an der Kante, abgetaucht, als läge ihm nichts mehr an sich, an seinem Körper, der ihm scheinbar fremd war, dabei genoß er ihn, auch wenn er sich gleichzeitig vor ihm hütete und versteckte, dabei eignete er ihn sich an mit wahrhaft inbrünstiger, gehetzter, rabiater Gier, wenn er seiner habhaft wurde, kroch geradezu in ihn hinein, bettete sich in seine Tiefe, in seinen Abgrund, ließ sich von warmem, dickflüssigem Glück durchströmen, verkroch sich in seine Körperhöhle mit der Droge, dem gesichtslosen weißen Engel, der ihn an der Hand durch die Blutbahnen führte wie durch einen weitläufigen Palast ohne Zimmer und ohne Echo. Gottverfluchtes verdammtes Weib, das so einen geboren hatte! »Ich sag doch, du kannst nicht, du Blödmann, fall mir nicht auf den Wecker!« Dabei kam das Weib, seine Mutter, ihn besuchen, sie existierte also, so undenkbar ihre Existenz einen auch anmuten mochte. Im Besuchszimmer, einem engen, verwinkelten, mit Bänken zugestellten Raum voller Menschen, Häftlingen mit ihrem Anhang, unter denen die Anwälte und mehr noch die Winkeladvokaten leicht daran zu erkennen waren, daß sie betont selbstsichere Schlaumeiermienen aufsetzten, wenn sie ihren Mandanten in albern affektiertem Amtston ihre Ansicht zu diesem oder jenem Schriftsatz ins Ohr zischelten und zwischendurch mit gespieltem Argwohn kurze Seitenblicke zur Tür warfen, womit es ihnen denn auch gelang, ihre Klienten gleichzeitig noch hilfloser zu machen und zuversichtlicher zu stimmen, während dieser Besuchergespräche saß des *Wichsers* Mutter, die zu aller Erstaunen ebenso unschön war wie ihr Sohn, das Gesicht von der Braue bis zum Kinn von einem vernarbten Messerhieb entstellt, mit gesenktem Blick stur da, sah ihren Sohn nicht an, sah überhaupt nirgends hin, starrte nur vor sich auf den Boden und verströmte mit ihrer ganzen Haltung Verbissenheit, Vorwurf und Schuldgefühle. Mochte der Himmel wissen, mit wem sie sich einst gewälzt und unter welch dumpf desolaten Zwängen sie diese Mißgeburt da empfangen hatte. Vielleicht peinigte das ferne schauderhafte Ereignis sie ja noch heute, sooft sie den Sohn vor Augen hatte. Jedenfalls ließ sie von Zeit zu Zeit aus rauher Kehle einen satten Seufzer hören. »Da kann kein Mensch was für, außer mir, weil ich dich in die Welt gesetzt hab.« Dieses fremd klingende *kein Mensch* hatte sich in Polonios Kopf verhakt; der eine Begriff schien in ihrem Mund eine Unzahl von Bedeutungen in sich zu vereinen. Zwei kümmerliche Wörter: *kein Mensch*. Kein Mensch konnte was dafür, höchstens das Schicksal, das Leben, ihr verdammtes Pech. *Weil ich dich in die Welt gesetzt hab*. Polonio und Albino konnten sich schwarz darüber ärgern, daß sie mit dem *Wichser* in einer Zelle sitzen mußten, und sie wünschten sich nichts sehnlicher, brennender, heftiger, als daß er umkäme und endlich aufhörte, mit seinem verschandelten Körper durch die Welt zu torkeln. Seine Mutter wünschte es ebenso inbrünstig, das war ihr anzusehen, ebenso flehentlich. Krepier, krepier, krepier! Er erregte nur zorniges, angewidertes Mitleid. Nie passierte ihm etwas, wenn er sich die Adern aufschnitt, alles nur Geschrei und Theater, obwohl alle jedesmal aufrichtigen Herzens hofften, daß er dieses Mal draufgehen möge. Welcher Tag es war, an dem er es tat, war ihm egal, außer daß es immer einer war, an dem er im *Bunker* saß. Er drückte sich dazu an die Zellentür, unten an die Schwelle, damit das aus der Ader pulsende Blut auch schnell auf den schmalen Gang floß und hinuntertropfte, vom zweiten Stock des Trakts auf den Hof, und dort auf dem Betonboden eine Lache bildete, so daß sich der *Wichser*, der den Ablauf zeitlich genau kalkulierte, auch darauf verlassen konnte, daß sein Selbstmordversuch ziemlich bald bemerkt werden würde, und also wie ein Hund zu winseln, wie ein geplatzter Blasebalg zu schnarren anfing, ohne zu sterben, einfach um Aufsehen zu erregen und aus dem *Bunker* ins Krankenrevier verlegt zu werden, wo er es irgendwie immer fertigbrachte, sich wieder *Stoff* zu beschaffen, und wo alles von vorn losging, zum ichweißnichtwievielten, zum hundertsten, zum tausendsten Male, ohne daß es je ein Ende nahm, bis zum nächsten Mal *Bunkerschieben*. Im Verlauf eines solchen Zyklus hatte Polonio ihn kennengelernt im Krankenreviersgarten. Der *Wichser* tanzte da gerade mitten auf dem Weg eine Art tänzerische Heilgymnastik und haspelte dabei stotternd und fieberhaft Bibelverse herunter. Statt der Krawatte trug er einen speckigen Hanfstrick um den Hals, und durch die zerschlissene blaue Anstaltsjacke blinkte bei seinem Schlenkertanz die von furchtbaren Narben zerschnittene und von verschwommenen alten Tätowierungen blauschimmernde nackte Haut auf Brust und Rücken. Selbst das heile Auge und die Blume boten einen schaurigen, widerwärtigen Anblick. Dabei war die mit einem rostigen Stück Draht an die zerlumpte Jacke gesteckte Blume eine echte, frisch gepflückte Gladiole, doch war sie eben verstümmelt, es fehlten ihr Blütenblätter, und das wäßrige heile Auge plinkerte, vor zärtlichem Selbstmitleid triefend, in boshafter, berechnender Häme unter dem wimpernlos starren, schräg herabhängenden Lid hervor. Das gesunde Bein angewinkelt, das lahme stramm durchgedrückt, die Hände in die Hüfte gestemmt und die Fußspitzen auswärts gerichtet, stand er wie in alten Illustrierten in der Pose exotischer tanzender Krieger, wagte alsdann ein paar kleine Hopser nach vorne, verlor dabei die Balance, kippte vornüber auf den Boden und kam erst nach qualvoll langem wilden Gestrampel und Gezappel, dank dem er sich mehrmals im Kreise drehte, wieder auf die Füße, ohne daß es jemandem eingefallen wäre, ihm die Hand zu reichen und hochzuhelfen. Ganz gebrochen war sein Auge danach, starr und gläsern wie das eines Vogels. Mit demselben leblosen Auge stierte er während der Besuchszeiten seine Mutter an, ausgiebig, ohne ein Wort zu sagen. Sie wünschte sich garantiert, daß er starb, und sei es wegen dieses Auges, in dem sie sich selber als Tote spiegelte. Aber solange er nicht starb, besorgte sie ihm das Geld, die zwanzig oder fünfzig Peso für die Droge, und blieb nach der Übergabe, nachdem sie ihm die Scheine, zu einer klebrigen verschwitzten bonbonähnlichen Kugel geknüllt, in die geöffnete Faust gedrückt hatte, auf der Bank im Besuchszimmer vor ihm sitzen, ließ den schweren Bauch voller Würmer auf die zu kurzen, nicht bis zum Boden hinabreichenden Beine hängen und wirkte unnahbar, erdenthoben vor Kummer darüber, daß sie dieses Kindes anscheinend noch immer nicht ganz entbunden war, das sich, sie mit dem Mörderauge fixierend, in ihren Schoß verkrallte, anstatt aus dem Mutterleib zu kriechen, das sich einnistete im Plazentasack, in der Zelle, in der Vergitterung, im Affenkäfig, ein Affe unter Affen, der sich selbst mit seinem Gestrampel auf der Erde in eine Kreisbewegung versetzte und der nicht hochkam vom Boden, wie ein einäugiger Vogel mit abgerissenem Flügel, der nicht aus dem Bauch seiner Mutter herausfand, sondern weiter Bunker schob in seiner Mutter. Ganz ähnlich war das Verfahren, auf dem ihr Plan beruhte, und da Polonio ihn ersonnen hatte, war es auch Polonio, der die Mutter zum Mitmachen überredete und sie ohne große Anstrengung auch schnell soweit hatte. »Sie sind in einem gesetzen Alter, das respektieren die; an Sie trauen sich die *Affenweiber* nicht ran.« Darum sollte sie das Zeug *in sich* einschleusen, sozusagen auf mütterliche Art und Weise. Mit Hilfe eines dieser Mulltampons, erklärte Polonio, an deren Ende ein etwa anderthalb Spannen langer Faden nach draußen hing, ein Zipfelchen, damit man sie daran, wenn alles vorbei war, wieder herausziehen konnte. Die Dinger wären neuerdings groß in Mode bei Frauen – Meche und die *Motte* müßten sie nur anleiten und ihr beim Einführen helfen –, man würde damit nicht schwanger und müsse sich des Balges nicht sonstwo entledigen, eines der modernsten Verhütungsmittel heutzutage, beteuerte Polonio, Meche und *Motte* könnten sie da aufklären und ihr behilflich sein, damit es auch gut säße. An diesen Dingern käme keine Spermazelle vorbei, die wären ihr Tod, vor dem Tampon tobten sie, forderten, schon todgeweiht, wütend Einlaß, trommelten an die Tür wie das Wachpersonal, wurden zu *Affen* wie alle hier, reihten sich ein in die Unmenge an verschlossenen Türen trommelnder Affen. Polonio mußte lachen bei der Vorstellung, und die beiden Frauen, Meche und *Motte*, lachten mit, weil sie die Alte jetzt, nachdem sie ja gesagt hatte, so *stark* fanden, so *'ne Wucht*. Natürlich dachte keiner von ihnen, daß sich die Mutter der Dinger auch noch zu einem anderen Zweck als dem in ihrem Unternehmen vorgesehenen bedienen könnte, die Erklärung diente ja nur zum besseren Verständnis. In den Mull sollte der Stoff fest eingeknotet werden, zwanzig Gramm davon oder dreißig, die der Mutter von den anderen beiden Frauen geliefert werden würden. »An Sie haben sich die Affenweiber bis jetzt nicht rangetraut, oder? Eben. Weil Sie älter sind, eine Respektsperson, eine Dame. Bei uns dagegen stecken die Miststücker beim Filzen immer den Finger rein.« Wenn Polonio daran zurückdachte und es sich vorstellte und ausmalte, wurde er jedesmal blind vor Eifersucht, vor einer Eifersucht, die alles verschlang und versengte, so als würde der Raum ihm zu klein, als könne er sich selbst nicht mehr finden, als fühle er, fragwürdig geworden und verarmt, seine Körpergrenzen nicht mehr, sogar im Hals und unter dem Brustbein war die Eifersucht zu spüren, und am Penisansatz prickelte es gegen seinen Willen, flau, abscheulich, wie im Vorstadium eines Samenergusses, zu dem es nicht mehr kommt, wie bei einem Kontakt ohne Sperma, ein Flattern und Flimmern, das über seinen Körper hinaus, ja, bis außerhalb eines jeden Organismus, mikroskopisch kleine fühlbare Kreise zog, und dabei stand ihm die *Motte* vor Augen, lustvoll, tierhaft, mit ihren Schenkeln, die, anstatt bei geschlossenen Beinen zur Schamgrube hin zu verschmelzen, im Gegenteil zwischen den mit aufwühlend junger, fester Haut bespannten Schenkelwänden noch einen kleinen Spalt freiließen. Wenn sie im Gegenlicht stand und diese Stelle durchs Kleid schimmerte, damals, als er noch frei war – Polonio wurde übermannt von der Erinnerung –, in Hotelzimmern, die nach Desinfektionsmitteln und sauber gewaschener, aber nicht ganz weißer Bettwäsche rochen, in Hotels zweiter Klasse, als er und die *Motte* kreuz und quer durch Mexiko fuhren oder auch Abstecher über die Grenze machten, ins texanische San Antonio oder nach Guatemala, oder als sich damals in Tampico der Abend über den Río Pánuco senkte und die *Motte* mit dem Rükken an die Brüstung gelehnt, nackt unter dem dünnen Strandkleid, mit leicht geöffneten Beinen auf dem Balkon stand und der Schamhügel über den Schenkeln aussah wie ein haariges Säulenkapitell, da konnte er es nicht aushalten, da mußte er niederknien in religiöser Trance und sie zitternd küssen und seine Lippen in ihre Lippen versenken. *Uns stecken die den Finger rein.* »Hunds-gemei-ne säu-i-sche Af-fen-wei-ber die! Fiese tückische Lesben!« Zwar war ihr Plan wegen des *Bunkers* vorerst gescheitert, aber an der Rolle, die des *Wichsers* Mutter darin spielen sollte, brauchte sich darum ja nichts zu ändern. Sie würde das Drogenpäckchen *in sich* einschleusen, um ihres Sohnes Sucht damit zu stillen, so wie sie ihn früher *in sich*, in ihrem Bauch, mit Leben versorgt hatte, mit der furchtbaren Sucht, zu leben, herumzuschlurfen und langsam zu verfaulen und dabei noch jedes wegfaulende Stückchen Leben unbeschreiblich zu genießen. Prompt bettelte der *Wichser* wieder, man möge ihn durchs Guckloch sehen lassen, und legte Polonio diesmal sogar den Arm um den Hals, so daß der Eingekeilte hinter dem Ohr den feuchten Kuß der letzten, noch unverheilten schwärenden Schnittwunde auf der Haut fühlte, die Kußlippen einer Nacktschnecke, die ihre dünne Schleimspur von seinem Hals in den Rücken hinabzog. Aus Versehen natürlich, das passierte ihm nur wegen seiner bemitleidenswerten Ungeschicklichkeit, nur weil er sich so hoffnungslos selbstvergessen hingab! Polonio stieß ihm die Faust in den Magen, die linke, auf gut Glück, weil er ja nicht gut zielen konnte in seiner unbequemen Stellung, mit dem Kopf in der Klappe, und trat von unten noch zusätzlich mit dem Fuß nach ihm. Der Tritt saß wohl schon besser, denn der Krüppel flog mit einem dumpf überraschten Aufschrei an die stählerne Rückwand der Zelle. »Mieses Arschloch du«, beklagte er sich, weder erzürnt noch beleidigt. »Ich wollte doch nur sehen, wie meine Mama ankommt.« *Mama* sagte der, wie ein Kind, und hätte doch *dreckige Mistmutter* sagen sollen. Wahrhaftig. Sie hatten sich also eilends einen neuen Plan ausdenken müssen, und zuständig für dessen Ausführung war Albinos Freundin, Meche. Die Frauen sollten nicht zu ihnen auf Besuch kommen, sondern die Namen anderer Häftlinge angeben, da ihre Männer, solange sie *Bunker* schoben, Besuchssperre hatten. Am meisten verzweifelte Albino im *Bunker*, vielleicht gerade weil er unter ihnen der Hartgesottenste war, ihm kamen unter Drogenentzug sogar die Tränen. Die Methode, sich die Pulsadern aufzuschneiden, verschmähte er indessen, obwohl sonst alle Süchtigen es taten, wenn die Angst unerträglich wurde. Albino hatte als Soldat und als Matrose gedient, und auch Zuhälter war er, nur bei Meche nicht, Meche ließ sich nicht verkuppeln, sie war eine anständige Frau. Sie griff zwar schon mal in fremde Taschen, aber mit anderen Männern schlief sie wohlgemerkt nur zu ihrem Vergnügen, und natürlich ohne daß Albino davon wußte. Auch mit Polonio hatte sie auf diese Weise früher schon öfters geschlafen. Ein rassiges Weib war sie, erste Klasse, aber eben anständig, das mußte man ihr lassen. Albino hatte den anderen beiden mit seinem Bauchtanz über die ersten Tage im *Bunker* hinweggeholfen – obwohl, amüsiert hatte sich eigentlich nur Polonio; der *Wichser* stierte freudlos und verbissen vor sich hin und begriff einen Dreck von dem, was ihm da geboten wurde –, mit seinem einmaligen, aufregenden, in der Anstalt hoch angesehenen Tanz, der die Zuschauer so sehr erhitzte, daß manche von ihnen, die Hand in der Anstaltskluft, unübersehbar und wild onanierten, dabei aber in unnötiger, gehetzter, täppischer Scham so taten, als wäre nichts weiter, und damit ihr Tun, anstatt es zu tarnen, natürlich nur noch deutlicher verrieten. Polonio genoß ein wahrhaftiges Privileg, wenn er sich hier in der Zelle nach Herzenslust daran sattsehen durfte, denn andernorts stellte Albino als echter Gaukler, einer, der auf sich hielt, immer strengste Ansprüche an die Zusammensetzung seines Publikums und sonderte Zuschauer, die, weil zu frivol oder zu unseriös oder außerstande, das diffizile Können eines authentischen Virtuosen zu würdigen, seiner Ansicht nach nicht hierhergehörten, kurzerhand aus. Seinen Unterleib schmückte eine tätowierte indische Figurengruppe, die ihm nach seiner Schilderung in einem hindostanischen Hafenbordell, als er nach einem Opiumrausch in todähnlich tiefem, jeder Erinnerung entzogenem Schlaf lag, der einer esoterischen Sekte unaussprechlichen Namens angehörige Hauseunuch gestochen hatte und die ein anmutiges Menschenpaar – junger Mann und junges Mädchen – bei der Liebe darstellte. Beider Arme, Schenkel, Waden, Brüste, Glieder rankten und verschlangen sich um ihre Körper zu einem erstaunlichen, unentwirrbaren Geknäuel – dem brahmanischen Baum der Erkenntnis – und fügten sich zu einer kinetisch so ausgeklügelten Komposition, daß Albino, um sie in Stimmung zu bringen, nur die Bauchmuskeln entsprechend anzuspannen, zu lockern, wieder zu straffen und in allmählich schneller werdendem Tempo rhythmisch mit der Haut zu zucken und dabei kaum wahrnehmbar raffiniert die Hüften zu rollen brauchte, und schon verwuchsen die scheinbar beliebig umherfliegenden Teile, die Oberkörper, Achselhöhlen, Flaumhaare, die Füße, Flügel und Schöße zu einem magischen Ganzen, in dem sich das Wunder der Zeugung noch einmal vollzog und die menschliche Paarung sich in ihrer ganzen Pracht und Herrlichkeit ungeschmälert offenbarte. Meche wurde in dem engen, zur Besucherfilzung benutzten Vorraum von den Händen der Schließerin durch das Kleid hindurch abgetastet – das andere, Gottes Finger, stand erst noch bevor –, aber Meche ging das Bild Albinos nicht aus dem Sinn, wie er eine Woche zuvor im Besuchszimmer, nachdem sie ihren ersten, wegen des *Bunkers* nunmehr überholten Plan bis ins letzte Detail ausgefeilt hatten, seinen Tanz vorführte und des *Wichsers* Mutter, nichts verstehend, aber trotzdem ein hintergründiges Lächeln auf den Lippen – die geile Alte trieb es mit ihren über sechzig Jahren doch nicht etwa immer noch? – das Gewoge der Tätowierung anstarrte. Albino hatte sich, von einer Mauer aus fünf Menschen – dem *Wichser*, Polonio und den drei Frauen – abgeschirmt vor fremden Blicken, den Hosenstall aufgeknöpft, das Unterhemd wie einen die Bühne freigebenden Vorhang bis zur Hüfte angehoben und mit faszinierendem Bauchgerolle den aus bläulichem Gestrichel erstehenden Geschlechtsakt eröffnet, der sich mit jeder Verschiebung, jedem Auseinanderfließen und Wiederverschmelzen, mit jeder Neuordnung der einander zustrebenden und sich abstoßenden Linien, selber erschuf. Bis auf den *Wichser* und seine Mutter, die ihre Gefühle sichtlich niederkämpfte, lief allen Betrachtern teigig heiße Begierde durch den Körper und steckte hinten im Hals – besonders bei Meche und *Motte* – ein unkeusches kribbelndes kleines Lachen. Meche, die inzwischen ohne Unterwäsche dalag, ahnte schon, wohin sich die Aufseherinnenhand als nächstes bewegen würde, und anders als bisher stimmte es sie diesmal nicht nur vage besorgt, sondern auch, und ununterscheidbar, auf befremdliche und verworrene Art willig, und das kam, sie wußte es, nur von der Nähe Albinos, und auch die Erinnerung stieg jetzt in ihr auf, wie sie sich zum ersten Mal geliebt hatten, sogar mit kuriosen Details, die ihr damals gar nicht aufgefallen waren und ihr selbst zurückblickend noch völlig neu und irgendwie nicht zu ihr gehörig vorkamen und die sie jetzt auf jeden Fall daran hinderten, eiskalt, wütend und geduldig die sprungbereite Gelassenheit und den stolzen Gleichmut hervorzukehren, mit denen sie das Getatsche der Frau zwischen ihren Beinen eigentlich über sich ergehen lassen wollte. Als Albino beispielsweise geatmet hatte, nur durch die Nase, stoßweise und doch verhalten, eher ein unentschlossenes Keuchen, weder leise noch heftig, und wie er ihren Venusberg anatmete, an dem die unerbittlich diensteifrige Hand der Aufseherin inzwischen angelangt war, um ihr mit Daumen und Zeigefinger sogleich die Schamlippen auseinanderzuschieben, da fuhr sie mit dem Mittelfinger auch schon hinein und begann ihre argwöhnische Entdeckungsreise, ihr gemächliches Vor und Zurück, ganz zartfühlend, ganz freundlich, nur die Augen dabei so starr, als müsse sie sterben. Die Frauen mußten versuchen, sich im allgemeinen Besucherstrom mit den Angehörigen der übrigen Gefangenen in die Abteilung zu schlängeln, mußten sich dann zu dritt überraschend vor dem *Bunker* postieren und von dort nicht weichen, sich nicht mehr wegrühren, bis ihren Männern der Arrest erlassen würde, und andernfalls wie tollwütige treue Hunde bis in alle Ewigkeit auf ihrem Posten verharren. Mit ihrem Getatsche löste die Schließerin also zwei, drei, ja, gleich vier verschiedene sich überlappende und ineinander übergehende Erinnerungen aus, und Meche konnte trotz innerer Abwehrkämpfe nicht verhindern, daß sie sich – dumm, aber unabwendbar – entgegenkommend verhielt, was das *Affenweib* mit begehrlichem Zittern und stoßweisem Keuchen – nur durch die Nase, gräßlich, genau wie Albino – auch sogleich für sich verbuchte, so daß es Meche schien, als verwandle sich ihr Schoß in einem bedrohlichen Körpertausch in den Schoß Albinos. Ja, Meche verwandelte sich tatsächlich – sie war, Allmächtiger, drauf und dran, wie ein Mann auf die Schließerin zu reagieren –, als sich in das Chaos ihrer Gefühle auch noch die Szenen vom ersten Mal drängten, in denen Albino, rittlings über ihr, über ihren Augen, auf schaurig wunderbare Weise Leben in die tätowierten Brahmanenfiguren brachte. Nun bildete Meche sich sogar noch ein, sie selber ließe, ihre Hüften zwar unsichtbar und heimlich, aber sonst genau wie Albino wiegend, ihren eigenen Bauch tanzen, um die Äffin und ihre dicht vor ihr glitzernden Augen in Versuchung zu führen. Die Aufseherin ließ es nicht nur geschehen, sondern nahm, angehaucht von dem Geheimnis, das zwischen Albino und Meche und ihr selbst unverhofft eine Verbindung herstellte, von der alles Zufällige genommen war, einschließlich des Zufalls, der darin bestand, daß sie sich gar nicht kannten, nichtsahnend, wenn auch schon mehr als metaphorisch, fast die gleiche Stellung ein wie damals Meche unter Albino. Es bedurfte nur eines Worts, und sie würde sich tatsächlich fallen lassen, so sehr hatte es gewirkt bei ihr, das Gift der indischen jungen Liebesleute. Meche hätte weder logisch zusammenhängend formulieren noch auch nur in Gedanken fassen können, was mit ihr vorging, was für eine Bewandtnis es mit diesen abstrusen Geschehnissen hatte und welcher besonderen, neuen, einmaligen Geheimsprache sich die Dinge zu ihrem Ausdruck bedienten. Dabei ging es gar nicht um die Dinge allgemein und insgesamt, sondern um jedes einzeln und für sich genommen, und jedes hatte auch wieder sein eigenes Vokabular, seine eigene Emotionalität und sein darunterliegendes Geflecht von Querverbindungen und Sinngebungen, das sie – mochten sie auch noch so weit auseinanderliegen – unabhängig von Zeit und Raum miteinander verknüpfte und sie zu Symbolen und Chiffren umgoß, die kein Mensch entziffern konnte, es sei denn, er war auf die konkreteste Weise Teil des lebensgeschichtlichen Zusammenhangs, in dem jedes Ding und jeder Vorgang in seiner eigenen, es unkenntlich machenden Maskierung auftrat. Das war ein Wühlen in urzeitlichen Leidenschaften, Affekten und Sündenfällen, bei dem die Waffen und Werkzeuge der Begierde, ihre unkörperlichen Tastorgane, die Tendenz alles Unvollkommenen, nach Blutsverwandtem zu streben – mochte es auch wie Inzest anmuten – und seine Erfüllung in einer ebenso unvollkommenen Zweitausführung seiner selbst zu suchen, sich dem begehrten Objekt über eine lange abenteuerliche Folge zäh und unermüdlich hergestellter Kombinationen annähern, die dem ersehnten Bild, der nie erreichten Form zwar zunehmend ähnlicher werden, aber am Ende vor der angestrebten Nähe doch ermatten und als nicht erwähnenswerter Bodensatz liegenbleiben und wie bohrend beunruhigende Rätsel angespannt des Augenblicks harren, da sie der Kehrseite ihrer Wünsche begegnen und durch deren bloße Berührung endlich gelöst werden können. So klärt und vervollständigt sich ein Gesicht, ein Blick, eine dem begehrten Objekt eigentümliche Gebärde erst mit Hilfe anderer Menschen, anderer Geliebter und in anderen Situationen, so wie bei archäologischen Ausgrabungen die Fundstücke jeder Epoche – ein Figurenfries, ein Wasserspeier, eine Apsis, ein Sockel – auch nur veränderliche Teile ein und derselben ausweglosen Ewigkeit sind, in der sich die Zeit verdichtet und Hände, Füße, Knie, jemandes Art zu schauen oder ein Kuß, ein Stein, eine Landschaft, wenn sie wiederkehren, nicht mit den zuvor benutzten, sondern mit anderen Sinnen wahrgenommen werden, selbst wenn seit dem vorigen Mal gerade eine Minute vergangen ist. Als Meche durch das erste Sperrgitter auf den Hof trat, von dem es zu den Trakten ging, die um den runden Gang oder Umlauf mit dem steil darüberliegenden Turm der Zentrale, einem zur Überwachung auch des letzten Winkels im Anstaltskomplex erbauten hohen stählernen Vieleck, sternförmig angeordnet waren, hatte sie in Gedanken noch immer die ungerührt starren, grausamen, tödlich beredten schwarzen Augen der Schließerin vor sich, als müsse die Frau sie nun bis ans Ende der Zeiten so ansehen. Polonio hielt es mit dem durch die Luke gezwängten Kopf nicht länger aus und beschloß, seinen strategischen Posten Albino zu überlassen. Als er unter großen Mühen hinter sich in die Zelle spähte, kam es ihm vor, als ruckele und zucke dort etwas, und ihm fiel auf, daß der *Wichser*, der nach dem Hieb in den Magen immerfort gewimmert hatte, mit einem Mal Ruhe gab. Mit größter Vorsicht und Schonung knickte er gewissenhaft und bedächtig sein über die Luke stehendes Ohr um und fragte sich beim Zurückziehen des Kopfes besorgt, ob Albino den Krüppel in der Zwischenzeit nicht vielleicht erwürgt hatte. Gründe dafür gab es genug, dachte Polonio, weiß Gott, aber Albino sollte damit vorerst besser noch warten. Sie würden ihn schon noch umbringen, aber wenn die Umstände günstiger wären und sie den Stoff sicher in Händen hätten. Jetzt allerdings nicht und nicht hier in der Zelle, sonst ging ihr Plan womöglich noch schief, denn ob es ihnen nun paßte oder nicht, von des *Wichsers* Mutter hing nun einmal alles ab. Sie konnten sich ja genau überlegen, wo und wann sie ihn umbringen wollten, danach, oder wenn Albino es so wünschte, auch *gleich danach*, im Augenblick aber galt: alles zu seiner Zeit. Der *Wichser* hatte, seit er von Polonio den Hieb und den Tritt bekommen hatte, tatsächlich unentwegt gewimmert, und zwar ganz und gar aufreizend, in affektiertem einförmigem Leierton, und hatte damit ungeniert auch den letzten Winkel seiner miesen verkommenen kleinen Hundeseele preisgegeben. So weh hatte es schließlich auch wieder nicht getan, und überhaupt, sein kümmerlicher Körper war Schlimmeres gewohnt. Darum bewirkte er mit seiner Schmerzenspose, statt wie beabsichtigt Mitleid zu erregen und sich im Wert herabzustufen, nur, daß man sich um so mehr vor ihm ekelte, ihn um so grimmiger und blindwütiger haßte und daß auf dem Grund des Herzens der Wunsch aufflammte, er möge noch ärger leiden, er möge entsetzliche Qualen ausstehen müssen und ihm würden Schmerzen zugefügt, die realer seien, unter denen er zu Klumpen schmore und zusammenschmurgle und überhaupt das gleiche verspüre, wie es einst, als Polonio ein Kind war, die giftige Vogelspinne verspürte, jawohl, wie einer Spinne sollte es ihm ergehen, auf die Säure gegossen wird und die darunter zusammenschnurrt und verbrutzelt und dabei vor ohnmächtiger Wut aufzischt und sich in ihren Beinen verheddert und Amok läuft und dennoch nicht stirbt, die einfach nicht stirbt, so daß man sie zertreten möchte, es aber nicht über sich bringt, sich nicht getraut, es so wenig fertigbringt, daß man am liebsten losheulen möchte. Der *Wichser* wimmerte mit schleimig belegter schlaffer Stimme, mimte zwischendurch schamlos ein erschütterndes Todesröcheln und preßte seinem unter Wasser stehenden trüben Auge zwei, drei Tränen und einen anhaltenden, vor Selbstmitleid triefenden, verlogenen, geduckt gehässigen Bettlerblick ab. Wenn Polonio und Albino sich mit ihm verbündet hatten, so nur, weil seine Mutter ihnen zu Diensten sein sollte; war das Geschäft aber erst einmal abgewickelt, dann weg mit dem Krüppel, dann sollte der Geier ihn holen, schließlich blieb ihnen gar nichts anderes übrig, als ihn umzubringen, wenn sie je wieder ungestört und in Frieden leben wollten. »Laß ihn los!« befahl Polonio und stieß Albino mit seinem ganzen Körpergewicht von dem *Wichser* weg. Der aus Albinos Umklammerung Befreite ließ sich wie ein Sack in eine Zellenecke fallen. Um ein Haar wäre er erwürgt worden, und nun wagte er nicht mehr zu wimmern oder auch nur zu maulen. Mit zittriger Hand tastete er an seiner Brust herauf, befühlte seine Kehle und ruckte am Adamsapfel, als wolle er ihn mit den Fingern an seine Stelle zurückbefördern. Dabei blinkte sein stummes Auge in so entgeistertem Entsetzen, als habe er ein für allemal aufgehört, die Verhältnisse dieser Welt zu begreifen. Sobald der Plan ausgeführt wäre und das Blatt sich wendete, wollte er alles seiner Mutter erzählen, sollte sie wissen, was er hier Grausames erdulden mußte und daß ihm nichts, aber auch gar nichts mehr am Herzen lag außer der kurzen kleinen Lust, die der *Stoff* ihm bescherte, und was für Kämpfe er hier Minute für Minute, ja, Sekunde für Sekunde, ausfechten mußte, ohne Entrinnen, zu dem alleinigen Zweck, sich diese Atempause verschaffen zu können, das einzige, woran ihm im Leben noch lag, diese Zuflucht vor den unsäglichen Martern, die er ausstand, und wie er sich mit körperlichen Schmerzen, ja, mit Fetzen seiner Haut, die unvorhersehbar lange oder kurze, vage konturierte Spanne Freiheit buchstäblich erkaufen mußte, in die er dann absackte, nach jeder neuen Tortur seliger. Um seinen Schädel durch dieses Stahlgeviert zu bekommen – und wieder zurückzuziehen –, um ihn auf dieses Schafott zu schieben und darauf vor- und zurückzurutschen, um seinen Schädel mit allem, was daran hing, Stirn, Nase, Nacken, Ohren, in die Welt außerhalb der Zelle zu halten und da auch noch liegen zu lassen wie einer, der aufs Fallbeil wartet, so daß der Kopf schon irreal war, obwohl oder gerade weil er noch lebte, dazu mußte Albino saubere Arbeit, ja geradezu Millimeterarbeit leisten, wie wenn man einen Embryo aus dem Schoß seiner Mutter zieht, wie wenn man mit der Zange vorsichtig, beharrlich bei seiner eigenen Geburt nachhilft und dabei Haare in Büscheln läßt und sich die Haut zerschrammt. Mit Polonios Hilfe bekam Albino den Kopf schließlich seitwärts durch die Klappe. Im *Karree* unten stolzierten die *Affen* mit dem typischen, unbegründbaren und sinnentleerten Uraltgebaren gefangengehaltener Affen. Polonio lehnte sich neben dem in zwei Teile zerhackten Albino mit dem Rücken an die Tür, steckte sich eine Zigarette an und sog den Rauch genußvoll und bedächtig tief in die Lungen. Körperhaft fiel die Sonne, eine massive Vierkantsäule, schräg in die Zellenmitte, und in ihrer lichtdurchfluteten Materie, die das Fensterviereck mit den Gitterstäben noch einmal, ebenfalls längsgestreift, dicht vor Polonio auf den Fußboden zeichnete, wirbelten und torkelten, traumtänzerisch, fahrig, versunken, die Staubpartikel und prallten verspielt aneinander. Hinter der sonnengemauerten Schräge zerfloß die Gestalt des verbissen schweigenden *Wichsers* im Schatten. Als Polonio den Rauch ausstieß, stürmten die wuchtigen Massen chaotisch geballten Qualms mit Zaumzeug, Getrappel, Staubwolken, Kruppen, Läufen und Lefzen wie Reiterregimenter in den Lichtbezirk, warfen sich über- und untereinander, fochten im Nahkampf mit Körpern, deren Volumen sich wandelte, und sammelten sich schließlich in schwerelosen, den Launen der reglosen Luft folgenden, sacht auslaufenden Kadenzen zu etwas Besänftigtem und ähnlich einer Truppenformation nach siegreicher Schlacht flach Hingelagertem. Die ermattende Bewegung verlieh dem Gewoge sanfter gewellte, gemächlicher dahinfließende Formen, und die trägen Spiralen verharrten noch lange Zeit in dem Schwebezustand trunkener Götzenbilder und verwunderter Statuen. Albinos Stimme drang, halblaut, vertrauenerweckend, fast zärtlich, von draußen in die Zelle. »Gleich kommen die Besucher.« Die Besucher! Die Droge! Die Umrisse der Rauchfiguren verschwammen und verwehten nach Regeln, die nur sie kannten und die wohl auch die Ordnung im Himmel regierten, sie verflossen zu Reliefstrukturen, zu Treppenfluchten, zu Schwaden und waren, aller Menschenähnlichkeit nun endgültig ledig, nur noch Götterwesen, nur noch Teil eines soeben ersonnenen neuen Reichs der Natur, dessen Baumeister die Sonne war und dessen entfernt geometrisch geformte kosmische Nebel gleichsam vor aller Schöpfung in die Freiheit eines nach ihrem Bild geschaffenen Alls einzogen wie ein nie gestilltes mächtiges Verlangen, das ständig Erfüllung fordert und nicht gewillt ist, seine Grenzen oder überhaupt etwas seinen Impuls Zügelndes anzuerkennen, und das darin Gott gleicht. Nur hockte leider

der *Wichser* als ramponierter wurmstichiger Gegengott da in seiner Ecke und wurde zu allem Überfluß plötzlich so heftig von krampfhaftem, blechernem, quälendem Husten geschüttelt, daß sein zurückgelehnter Oberkörper mit einem dumpf puffenden Ton, wie wenn bei Bongos das Trommelfell schlecht gespannt ist, in seltsamer Eigendynamik immer wieder rhythmisch an die Zellenwand schlug. Er sah aus wie vom Satan besessen mit seinem zornsprühenden Geierauge, in dem jetzt auch noch Erstickungsangst stand. Bei dem krachenden Husten drehten die Linien, Spiralen, Schnörkel, die Statuen und die Götter durch und stoben in wilder kopfloser Flucht in alle Himmelsrichtungen auseinander. Dem *Wichser* fehlte ein Lungenflügel. Womöglich hatte Albino vorhin beim Würgen das Knie auch zu fest auf seine Brust gestemmt. War weiß Gott ein Klotz am Bein, dieser Krüppel. Mit großer Anstrengung zwängte Albino eine Hand über der Nase an seinem Gesicht vorbei durch die Luke, um auf jeden Fall zur Übernahme der Droge bereit zu sein, sobald die Frauen an die Zellentür traten. Doch auf einmal sah er rot vor rasender, alles überschwemmender Wut. An seiner Hand klebte feucht und eitrig ein Stück unverkrusteter Schorf – Eiter von des *Wichsers* schwärender Wunde. Das hatte der Kerl ihm angeklitscht, als sie sich schlugen, und er hätte es sich beinahe an die Lippen geschmiert. Albino mußte die Augen schließen, und obwohl er die Zähne mit bestialischer Gewalt zusammenbiß, zitterte er noch immer so stark, daß die Stahlplatte unter seinem Kopf mitklirrte. Den würde er umbringen, aber garantiert, dazu war er mit aller Kraft seines Herzens entschlossen. Als er die Augen wieder öffnete und hinuntersah, stand der Einmarsch der Verwandten unmittelbar bevor. An den Karreetüren in den beiden einander gegenüberliegenden Sperrgittern waren die Schlösser zu ihrem Einlaß inzwischen entsichert. Die Frauen sollten nicht zusammen, sondern in kurzen Abständen hereinkommen, verteilt unter die Besucher. Albino stellte Vermutungen an, wer wohl als erster auftauchen würde, die *Motte*, die Mutter, oder Mercedes. Meche, mit ihrer guten Figur, ihren Schultern, ihren Beinen, ihrem Swing, so sinnlich. Unter den aktuellen Umständen verzerrten allerdings neu hinzugekommene, nicht ganz geheure, zwiespältige Vorkommnisse sein Bild von Meche, verliehen der Meche, die er in Erinnerung hatte, eine andere Aura, tauchten sie in eine befremdende unbekannte Atmosphäre. Sie hatte immerhin ein Erlebnis hinter sich, von dem Albino zwar nichts Genaueres wußte, das er sich aber, seit er – vor einer Woche, als sie den Weg der Droge in die Anstalt ausgeknobelt hatten und Polonio darauf verfallen war, sich dabei der Mutter des *Wichsers* zu bedienen – davon erfahren hatte, in allen Einzelheiten, mal so und mal so, aber immer in greifbar körperlichen Bildern ausmalte. An erster Stelle die Schließerin, in voller Schärfe. Dann, ganz anders geartet und höchst beunruhigende Assoziationen auslösend, ein paar Wörter, die er weiß wo aufgeschnappt hatte, vielleicht von Ärzten oder Krankenschwestern, in irgendeinem Wartezimmer, wo er sich aufhielt, um irgendwas behandeln zu lassen, vielleicht ja auch im Traum, es mutete sowieso wie ein Traum an, jedenfalls Wörter, die in ihrer terminologischen Verdunkelung eine Reihe höchst dehnbarer, aufputschender Bewegungsabläufe und Konstellationen mitenthielten, die fünf kleinen Wörter *wie auf dem gynäkologischen Stuhl*.

Die Schließerin beim Betasten einer Anzahl Besucher, nicht aller, sondern speziell derjenigen, die zu Suchtgefangenen kamen, und unter denen wieder besonders zu den anstaltsbekannten Betreibern des gefängnisinternen Drogenhandels, also zu Albino und Polonio. Wurden ihre Frauen *wie auf dem gynäkologischen Stuhl* gefilzt? In dieser Stellung – und mit den dazugehörigen fünf Wörtern bedacht – wurde aus Meche eine um eine Spur andere Meche, als die er gewohnt war, wurde sie zu einer Vergewaltigten und Prostituierten und war ihm dennoch nicht zuwider, sondern rückte ihm im Gegenteil sogar noch näher, als gewänne sie dadurch einen unbestimmbaren zusätzlichen Reiz, für den Albino sich allerdings außerstande fühlte einen Namen zu finden. Es machte ihm nichts aus, daß Meche in einer zweideutigen Lage gewesen war – er würde schon jede Einzelheit aus ihr herausfragen – und daß die Schließerin beim Filzen wahrscheinlich ein bißchen tiefer als nötig geforscht hatte; es stachelte ihn eher an, er fühlte eine neue, noch nicht gekannte Begierde, und wenn Meche ihm alles haarklein und wahrheitsgetreu erzählen würde, durfte er für die Zukunft sogar mit einem jungen, intensiveren und vollständigeren Zusammengehörigkeitsgefühl rechnen. Es enthielte dann zusätzlich einen Schuß ungeniert fröhlicher Verruchtheit, an dem der Medizinerbegriff mit Sicherheit auch seinen Anteil hätte. Das *Karree* gehörte zwar zu ihrer Abteilung und war von dieser nur durch die Gitter getrennt, die auch das Revier der beiden Schließer begrenzten, aber mit den eingesperrten Bewachern wirkte es doch wie ein Gefängnis für sich, ein Gefängnis für Gefängniswärter, ein zweites Gefängnis im Gefängnis, und die Besucher mußten auf dem Weg zum Zellenhof zwangsläufig dort hindurch. Das war der Bildausschnitt, den Albino von der Klappe aus, auf seiner Folterbank, übersehen konnte. Da normal große Menschen das Fensterchen in aufrechter Stellung vor der Brust hatten, mußte Albino, der größer war, sich bükken, um den Kopf durchzustecken, und die ganze Zeit krumm dastehen, so daß ihn Nacken und Rücken schon nach wenigen Minuten in dieser unnatürlichen Position heftig schmerzten und seine Beine zitterten. Das machte ihn lächerlich, fand er, und das war demütigend, denn man konnte ja denken, daß er vor Angst zittere. Sobald eine der drei Frauen, Meche, die *Motte* oder die Mutter, durch das erste und zweite Karreegitter hindurch war, mußten sie etwas unternehmen – Krach schlagen, gegen die Tür treten, sich hörbar machen –, damit die Frauen genau wußten, wo der *Bunker* lag. Am passendsten wäre es natürlich, wenn er laut fluchen würde, dachte Albino, wenn er den *Affen* die Pest an den Hals wünschte, dazu waren sie schließlich da. Er mußte nur abwarten, bis die Frauen auftauchten, bis sie erst ins *Karree* und dann in den Hof traten, damit er sicher sein konnte, daß bei der Filzung, bei den *Affenweibern*, auch alles gut gegangen war. Was Meche und die *Motte* anging, da war ja nichts zu befürchten, die wurden wahrscheinlich befingert und fertig, denn bei denen gab es *da drin* eben nichts zu finden. Um die Mutter ging es. Die mußte durchkommen, die mußte es schaffen, hoffentlich kam die alte Schrulle durch mit den dreißig Gramm in der *Dose*! Was danach geplant war, nannten sie mangels anderer Vokabeln Streik. Einen Frauenstreik. Doch bevor die drei hier oben loskrakeelen, lostoben und lostrampeln konnten und bevor Meche, die *Motte* und die Mutter vor der Zellentür so richtig auf den Putz hauen konnten, mußte erst die Alte das Drogenpäckchen dem zustecken, dessen Kopf gerade auf dem Tablett, auf der Klappe, lag. Und das Täuferhaupt vom Dienst war im Moment Albino. Danach wollte er sich schon darum kümmern, daß dem *Wichser* der Garaus gemacht würde, später, wenn er gut drauf war von der Droge. Ließ sich ja schnell abhaken, die Sache, in einer Filmvorführung, im Dunkeln. Das Messer in die Rippen gejagt, während Polonio dem *Wichser* den Mund zuhielte, denn der Kerl würde garantiert wie am Spieß brüllen. Schließlich hatten sie sich nicht wegen seines hübschen Frätzchens mit ihm zusammengetan, amüsierte sich Albino, sondern einzig und allein wegen seiner Mutter. Daß er eine Mutter hatte, zahlte sich aus für den Hund, mit der war er gut im Geschäft. Mittlerweile standen die Besucher zwar noch immer außerhalb von Albinos Gesichtsfeld Schlange, aber schon ganz in der Nähe, im Umlauf, um von dort Zug um Zug in die entsprechenden Abteilungen gelassen zu werden. Mütter standen da, Töchter, Frauen, Kinder, aber nur ganz wenige erwachsene Männer, zwei oder drei in jeder Gruppe, und mit argwöhnisch gesenkten Blikken. Keines der Besuchergespräche drehte sich merkwürdigerweise um die Gründe, derentwegen die Besuchten hinter Gittern saßen. Keiner fragte nach Schuld oder Unschuld des Sohnes, des Mannes oder Bruders – sie *saßen*, das war alles. Gelegentlich gab es allerdings auch eine andere Klasse Besucher. Verschlug es eine Dame aus der gehobenen Gesellschaft hierher, so war sie anfangs in wahnhafter, bis zum Verlust elementarster Logik und jedes zusammenhängenden Denkens gehender Ausschließlichkeit darum bemüht, den sozialen Unterschied zwischen *ihrem* Häftling – der natürlich aus ganz besonderen Gründen und rein zufällig und nur vorübergehend inhaftiert war – und den anderen Häftlingen klarzustellen. *Ihr* Häftling wurde, ohne daß eine Straftat vorlag, grundlos, auf den bloßen Verdacht hin »bezichtigt«, für ihn hatte man schon einflußreiche Prominenz aufgeboten, und zwei, drei Minister setzten sich für ihn ein. Wer ihr sein Ohr lieh, nickte zu allem, ohne Einwände oder auch nur Erstaunen zu äußern, ungläubig und nachsichtig, und der Dame fiel gar nicht auf, daß man ihr nur aus Mitleid und Höflichkeit zustimmte. Sie hielt die Zuhörerreaktionen für Bewunderung und meinte wahrscheinlich, die Pracht ihrer Garderobe habe ihr Teil dazu beigetragen. Je häufiger sie jedoch in der Besucherschlange stand, desto stärker änderte sich ihr Verhalten und desto mehr Zugeständnisse machte sie allmählich an die Realität. Immer seltener erwähnte sie prominente Persönlichkeiten, Schuld und Unschuld ihres Häftlings spielten im Gespräch eine immer geringere Rolle, ihre Kleidung wurde zusehends schlichter, und schließlich reihte sie sich unter die normalen Besucher, um am Ende ganz übersehen zu werden. Ganz hinten in der Schlange entdeckte die *Motte* Meche unter anderen Frauen und mußte seufzen. Sie war hemmungslos neidisch. Albino, Meches Freund, gefiel ihr über die Maßen, und seit er im Besuchszimmer seinen Bauchtanz vorgeführt hatte, nahm ihr schon der Gedanke an ihn den Atem. Meche mußte ihr erlauben, mit ihm zu schlafen, sie wollte sie darum bitten, und zwar ohne daß ihre Freundschaft darunter leiden sollte. Es sollte ja nichts Festes werden, nur ein, zwei Mal, sie wollte ihn ihr nicht ausspannen. Ein Stück hinter Meche kam mit scheelem Blick die Mutter des *Wichsers* angeschlurft. Sie hatte sich den Stöpsel von Meche und der *Motte* gleichmütig wie eine Kuh beim Melken einführen lassen. Hier habt ihr mein Euter, hier habt ihr meine Scheide. Wie geplant, wurde sie von der Durchsuchung mit Rücksicht auf ihr Alter denn auch ausgenommen – eine gemolkene Kuh war so unverdächtig wie eine keusche Jungfrau. Schon waren sie am Affenkäfig, schon standen sie vor dem Karree. Der *Wichser* beharrte noch immer darauf, seinen Kopf durch das Guckloch stecken zu dürfen. Seine Mutter, bohrte er, würde sich ohnehin weigern, den Stoff einem anderen als ihm zu geben. Aber er brachte seine Forderung kraftlos vor, bar aller Hoffnung. Albino fauchte, den Kopf vor der Zelle, nur grimmig zurück. Endlich traten unten Meche und die *Motte* ins Blickfeld. »Ihr miesen Drecksäcke von *Affen*, ihr Mutterficker!« Die Augen der jungen Frauen folgten sofort der Stimme nach oben: das war ihr Mann. Nur die brünstige alte Kuh, die Mutter, ließ noch auf sich warten. Der Kopf auf dem Richtblock weigerte sich unbeirrt, seine strategische Stellung abzutreten. Seine Mutter wäre doch nicht so dumm, beharrte der *Wichser*, und würde den Stoff einem Fremden abliefern. Erstunken und erlogen. Er mußte nur dringend seine Mama sprechen, er schmachtete geradezu nach ihr. Alles erzählen wollte er ihr diesmal, nichts für sich behalten wie sonst oft. Absolut alles. Die ungeheuer langen Nächte im Krankenrevier, wenn er, in die Zwangsjacke verschnürt, wachlag, die eiskalten Wannen, in die er gesteckt wurde, die Adern, die er sich aufschnitt – ohne sterben zu wollen natürlich, obwohl er irgendwie auch wieder sterben wollte –, die Augenblicke, in denen er sich fallenließ, den Körper fallen und treiben ließ wie einen zerfledderten Lumpen, und die grenzenlose Unbarmherzigkeit der Menschen, ja, sein eigener Mangel an Erbarmen, und die verhexten Eigenschaften seiner Seele, derentwegen er sich selber fluchte. Alles. Darum drängelte er Albino. »Hör auf zu nerven, sag ich!« Im gleichen Moment trat die Mutter des *Wichsers* durch die Karreegitter auf den Hof. Gerettet! Nachdem Albino gebrüllt hatte, kannten die Frauen sich aus und machten sich auf den Weg zur Zelle der *Eingelochten*. Sie bewegten sich so unauffällig behende und hexenhaft sacht, so sehr im Zusammenspiel mit dem Dahinströmen, Ausschwingen und Sichsuchen der anderen Menschen, so selbstverständlich geschmeidig und zwanglos, daß sie sich von der Masse in nichts unterschieden, auch kein gesondertes Ziel vor Augen zu haben schienen und darum wenig später auch schon vor der Zellentür standen, wo Meche sich auf Albinos Kopf stürzen und ihn abküssen konnte, ihn küßte, wo immer sie hintraf, aufs Ohr, auf die Augen, die Nase und voll auf den Mund, ohne daß das Haupt des Holofernes sich ihr entgegen- oder von ihr wegbewegen konnte, nur hilflos zucken konnte es, wie ein von der Wucht des Meers an den Strand geworfener monströser Fisch mit menschlichem Kopf. »Mein Junge, wo ist mein Junge?« krächzte des *Wichsers* Mutter wie von Sinnen, weil sie sich anscheinend in der Sicherheit gewiegt hatte, ihrem Sohn ins Gesicht sehen zu können, und statt dessen einen Unbekannten vorfand. Mit argwöhnischen und angstgeweiteten Augen starrte sie verwirrt und verstört die anderen beiden Frauen an. »Wo ist er, wo ist er?« blökte sie immer wieder und konnte sich nicht losreißen von dem Anblick des Kopfes, der ausgeliefert, neben sich eine Hand, stumpfsinnig glotzend und wie betrunken ruckelnd auf der Stahlplatte lag. Der vom Rumpf getrennte und dennoch lebende Kopf, dessen eines, sichtbares Auge gehetzt wie ein Rind, wenn es, schon zu Boden gerissen, weiß, daß es sterben muß, in die Runde stierte, entfesselte in Meche und in der *Motte* sofort Wut, rasende und doch auch gleichsam beschwingte und der aberwitzigen Situation zum Trotz frohlockende Wut. Sie wirkten dadurch sogar jünger, als sie waren – sie waren noch nicht fünfundzwanzig –, sie sahen aus wie nicht einmal zwanzigjährige, sportlich flotte, biegsame, stattliche und dabei zu wilden Tieren gewordene Mädchen. Im Reitersitz auf dem Galeriegeländer, die Füße, um die Balance zu halten, hinter die Geländerstäbe geklemmt, in dieser Stellung, mit hochgerutschten Röcken und nackten Schenkeln, erhoben sie ein ohrenbetäubendes Geschrei und Gebrüll, fuchtelten unentwegt mit den bald gespreizten, bald zur Faust geballten Händen, ruderten mit den von kurzen heftigen Stromstößen geschüttelten strammen Armen und schleuderten Blitze maßlosen Zorns aus weit aufgerissenen, vorquellenden, geröteten Augen. »Laßt sie raus, laßt sie raus!« skandierten sie in grimmigem Stakkato, *laßt-sie-raus, laßt-sie-raus!* Die Mutter stand, das Gesicht zum Hof gewandt, reglos zwischen den beiden Frauen, klammerte sich mit beiden Händen an das Geländer, als wäre es eine Reling, und spähte zwischendurch kurz hinter sich zur Kostklappe, in der Hoffnung, dort doch noch den Kopf ihres Sohnes zu erblicken statt den dieses fremden Mannes, mit dem sie keine Zärtlichkeit und keinerlei Zuneigung verband. Der Kopf in ihrem Rücken forderte und drängte die ganze Zeit, aufs äußerste erregt, fast panisch: »Das Päckchen her, Oma.« Zuerst klang die Stimme noch begütigend, doch dann wurde sie, aus Vorsicht nur noch im Ton verhalten, schnell aggressiv: »Her mit dem Päckchen, alte Schrulle! Den Stoff her, du altes Miststück!« Möglich, daß die Mutter überhaupt nicht zuhörte. Sie stand wuchtig da, ein mit der Steinzeitaxt roh behauener Felsblock, ein in seiner schwerfälligen Feierlichkeit abschreckender Kloben. Ihr Schweigen hatte etwas Tierhaftes, Urweltliches, als hindere ein nicht ausgebildetes Organ sie daran, überhaupt Laute von sich zu geben, zu sprechen oder zu schreien – eine schon stumm geborene Kreatur. Sie weinte nur still vor sich hin, aber selbst ihre Tränen erregten Schauder wie vor einem erstmals erblickten unbekannten Tier, für das man, ebenso wenig wie für ihren Sohn, weder Erbarmen noch Liebe empfinden konnte. Über ihre Wangen mit der das Gesicht von der Braue bis zum Kiefer durchziehenden alten Narbe rannen die dicken schweren Tränen nicht geradewegs abwärts, sondern folgten dem Wundkanal und tropften, unten angekommen, träge vom Kinn, so daß zwischen den Tränen und ihren Augen, den Tränen und überhaupt jedem Menschenleid, keinerlei Zusammenhang mehr zu erkennen war. Unterdessen bewegten sich auf dem Zellenhof die Häftlinge und ihre Familienangehörigen mit aufgesetzt harmloser Miene auf die Stelle unter den Frauen auf dem Geländer zu und sammelten sich dort zu einem Haufen, als würden sie von etwas, dessen sie bedurften, auch wenn es ihnen nicht zustand, unwiderstehlich angezogen. Keiner wagte etwas hinaufzurufen oder auch nur zu mucken, und dennoch zischelte und rumorte es in der Menge, summte es frohgemut in solidarischer Eintracht, so daß die *Affen* dafür keine Einzelperson verantwortlich machen konnten. Der zur Abteilung gehörige Hof verwandelte sich zur Besuchszeit regelmäßig in ein bizarres Zigeunerlager; Decken wurden auf dem Boden ausgebreitet, Decken wurden zwischen Zellenflurwänden und Pfeilern als Zeltdach aufgespannt, und darunter lagerte sich der jeweilige Familienclan, kauerten sich die Kinder, Frauen, Gefangenen Schulter an Schulter aneinander, verlorene Urmenschenhorden, Häuflein Gestrandeter, Fremde unter Fremden, Menschen, die nie ein Dach über dem Kopf gehabt hatten und die sich heute intensiv in einem kümmerlichen, von vorneherein verqueren Miteinander versuchten. Nun schwoll das Gewoge unter den Frauen in plätschernden kleinen Menschenwellen allmählich an. Das wurde herangetragen, kam herzugeschlendert, die Männer unverblümt anzüglich, amüsiert und zaghaft erwartungsvoll zu den schwarzen Schlüpfern Meches und der *Motte* hinaufstarrend. »Dann komm schon, mieser *Wichser*!« Der Angesprochene verstand nicht. »Darfst kommen, durchgucken, ja, du!« Albinos Kopf zog sich mühsam in die Zelle zurück, und gleich darauf durfte die Mutter, spiegelbildlich exakt, noch einmal die Geburt ihres Sohnes miterleben. Zuerst kamen die feuchtverklebten Zottelhaare, dann – ein Knochen nach dem anderen –, die Stirn, die Wangenbeine, der Kiefer, Fleisch von ihrem Fleisch, Blut von ihrem Blut, und alles ebenso lustlos, welk und gebrochen wie sie. Eine zitternde derbe Hand legte die Mutter ihrem Sohn auf die Stirn, als wollte sie sein blindes Auge vor grellem Sonnenlicht schützen. »Das Päckchen, Mamilein, das Päckchen, das du mit hast!« bettelte der Mann in verzweifeltem Jammerton. Vor Gram und Entsetzen taumelnd und auf einmal betäubt, ähnelte die Mutter mit der gedankenlos auf der Sohnesstirn liegengelassenen Hand einer bedrückenden, gespenstischen, wild dreinblickenden Mater dolorosa, einem aus Lehm, Stein und Stroh zusammengebackenen und schon zerbröckelnden alten Götzenbild. Über das leisdumpfe Getrommel unten erhob sich jetzt gelegentlich eine einzelne Stimme, übernahm die Losung der Frauen und rief mit: »Laßt-sie-raus, laßt-sie-raus!« Von der Einsatzleitung kommend, stürmte aus dem *Karree* ein zehnköpfiger Wärtertrupp in den Hof. Mit abgewandten Gesichtern wichen die Menschen zur Seite vor den im Laufschritt bald zügig, bald stockend Anrückenden, die wie soeben freigelassene Affen noch nicht wieder ans Laufen gewöhnt, aber ängstlich darauf bedacht waren, bloß nicht von der Gruppe, vom Rudel abzukommen, bloß nicht allein zu bleiben in der gesichtslosen und darum unangreifbaren, aufgewühlten Menge, die tat, als bemerke sie die Vorbeihastenden gar nicht, die ihnen keine körperliche Existenz zubilligte, sondern trotzig durch sie hindurchsah, als ob sie aus Glas wären. Auf in den Kampf. Das Ringen mit Meche, der *Motte* und der alten Frau zog sich ewig hin und spielte sich scheinbar gewaltfrei und schmerzlos ab und wie in weiter Ferne. Bald waren die Frauen halbnackt, ihre Kleider hingen in Fetzen, und dennoch konnte sich immer wieder eine an einen Mauervorsprung, einen Geländerstab klammern, in eine Fuge verkrallen, obwohl an jeder von ihnen drei oder vier Affen zerrten und sich grotesk abmühten, sie zur Treppe zu schleifen. Aus der rauhen Kehle der Menge unten brachen brüllende, johlende Laute, Geschimpf und Gelächter in den unterschiedlichsten Tonlagen, mal protestierend, mal mitfühlend, dann wieder wild jauchzend und dem phantastischen, einmaligen Gewirbel von nackten Brüsten, Pobacken und Bäuchen noch mehr Schamlosigkeit, noch mehr Brutalität und Enthemmtheit abfordernd. Die Mutter warf sich mit über dem Kopf rudernden kurzen Armen ins Getümmel, zwischen die jungen Frauen und die *Affen*, tat sonst aber nichts, als hin und her zu hüpfen wie ein aufgescheuchter schwerer Vogel, der das Fliegen verlernt hat, wie ein prähistorisches Zwischenglied zwischen Kriechtier und Vogel. Bei einem ihrer Hopser kam sie auf dem stählernen Stegboden ins Schleudern und landete bäuchlings auf dem Geländer, mit rechts und links heruntergespreizten Beinen. Vorerst hatte sie so zwar noch Halt, da sie aber mit einer Körperhälfte über dem Abgrund hing, drohte sie im nächsten Moment in die Tiefe zu stürzen. Die Zuschauer schrien auf vor Entsetzen, und dann wurde es totenstill, so lähmend und atemlos still, als lebte mit einem Mal kein Mensch mehr auf der Erde. Sogar die *Eingelochten* verstummten, obwohl sie in ihrer Zelle nichts sehen konnten, aber sie witterten, daß draußen etwas Ungeheuerliches bevorstand. Die Frau fuchtelte verzweifelt mit den Armen, ein sinnloses Flügelschlagen. »Stillhalten, blöde Alte!« fauchte einer der *Affen* in die Stille, packte die Mutter unter den Achseln und riß sie aus dem Gefahrenbereich. Es war immer noch still, aber nun nicht mehr nur, weil das Rufen und Lärmen verstummt war, sondern weil auch die kleinste Bewegung in völliger Lautlosigkeit vollzogen wurde. Die Menschen bewegten sich gleich Tauchern, die schemenhaft träge wie hypnotisiert unter Wasser schwimmen, oder als ob beide, Zuschauer wie Akteure, wie in einem Taucheranzug in ihrem eigenen Körper steckten, der zwar noch spürbar war, aber fremd geworden, und nicht vom Fleck kam oder sich nur phasenweise, in kurzen Schüben, wie durch getrennte, jeweils in sich geschlossene Kammern fortbewegte, die nicht von einem logischen, kausalen Zusammenhang, sondern vom kalten starren Band des Wahnsinns als sichtbares, erkennbares Ganzes zusammengehalten wurden. Da kam etwas in Gang in dieser Filmszene aus der Zeit vor dem Tonfilm. Was der Einsatzleiter zu den *Affen* und den Frauen gesagt hatte, wußte niemand, aber zwei *Affen* beugten sich in der drückenden, angespannten Stille über das Schloß an der Zelle, die drei Gefangenen durften aus dem *Bunker*, und der ganze Pulk – drei Frauen, ihre Männer und die Wärter – setzte sich friedlich in Bewegung und trabte trotz Polonios, Albinos und sogar des *Wichsers* irrer Seitenblicke diszipliniert die Treppe hinunter. In der Tür zum *Karree* schickte der Einsatzleiter zwei Beamte voran und wandte sich dann zu den Frauen um. Vollkommen sicher war er sich des Erfolgs seiner List. »Hier drinnen können Sie mit Ihren Angehörigen, unter Aufsicht, soviel reden, wie Sie wollen«, erklärte er. »Immer hereinspaziert, zuerst die Damen, danach die Kerle.« Die Frauen traten mit ermüdeter Siegermiene gehorsam vor. Kaum waren sie im Käfig, bugsierten die zwei vorangegangenen *Affen* sie durch die Tür zum Umlauf blitzschnell wieder hinaus und sicherten im Handumdrehen hinter ihnen das Schloß. Die Frauen hatten gar nicht gemerkt, wie ihnen geschah, da waren sie unverhofft auch schon wieder ausgesperrt aus der Abteilung, und also ausgesperrt aus der Welt. Doch der Einsatzleiter fand keine Zeit, sich an seinem gelungenen Trick zu freuen. Albino und Polonio nahmen den *Wichser* in die Mitte und preschten wie tollwütige Hunde blind ins Gittergeviert – kopflos gefolgt von dem Einsatzleiter und einem weiteren Schließer. Albino schloß mit einem schnellen Handgriff die Tür zum Gang ab. Nun saßen alle, einschließlich des Leiters und dreier Schließer, in ein und demselben Affenkäfig. Drei gegen vier; oder nein, zwei gegen vier, denn mit dem *Wichser*, diesem völligen Versager, konnten sie ja wohl nicht rechnen. »Jetzt wolln wir mal sehn, wer hier wen aufmischt, ihr verdammten Affenficker!« brüllte Albino und schnallte seinen Boxledergürtel ab, um ihn im Kampf als Waffe zu schwingen, als ihn ein Knüppelhieb ins Gesicht traf, quer über Wangenknochen und Nase, und aus der Strieme wie aus dem Nichts dünn, rot und verblüffend Blut trat. Polonio und Albino wurden zu antiken Gladiatoren, zu einzig aufs Töten bedachten Mordgesellen. Der Kampf ging lautlos vonstatten, lauernd, präzise, ohne einen einzigen Aufschrei oder Wehlaut. Killer bis in die Haarwurzeln, traten, knüppelten und hieben sie gezielt auf die verwundbaren Stellen, schlugen die Zähne in die anderen, stießen dem Gegner die Finger in die Augen, traten ihn in die Hoden. Blicke, Gesten, Atemzüge, kalkuliert vorschießende Arme, vor- oder zurückschnellende Füße dienten einzig und allein dem unmißverständlichen, gnadenlos verfolgten Ziel zu töten, atmeten Tod und Verderben in seiner fühlbarsten, greifbarsten Form. Vor dem Gitter schrien die ausgesperrten Frauen ohnmächtig und wie vom Teufel geritten, traktierten die nächststehenden Beamten mit Fußtritten, zerrten an den Haaren, wen sie zwischen die Finger bekamen, rissen ganze Büschel samt Fetzen von Kopfhaut aus, unter denen es dann rötlich-weiß blutete. Die Mutter lag auf den Knien und rammte in einem wahnhaften Stoßgebet wieder und wieder den Kopf auf den Boden, und der *Wichser* drückte sich an die Gitterstäbe, verzweifelt bemüht, sich klein zu machen, ja wegzuschrumpfen, und jaulte in einem fort langgezogen, jaulte nur und jaulte. Da kam Verstärkung aus dem Bereitschaftsraum, zwanzig oder mehr neue *Affen*, mit langen Stahlrohren bewaffnet. Die begannen sie Stück für Stück von einer Gitterseite zur anderen durch die Käfigstäbe zu schieben, achteten dabei sorgfältig darauf, daß sie den Einsatzleiter und ihre drei mitgefangenen *Affen*kollegen nicht behinderten oder gar zubauten, hielten die Rohre mit Hilfe der im Zellenhof verbliebenen Beamten dann fest, zwei oder drei an jedem Ende, und durchzogen das *Karree* nach dieser Methode allmählich kreuz und quer, je nach den Erfordernissen des Kampfes mit den zwei Bestien, mit einem Raster aus Barrieren in den unberechenbarsten und verschiedensten Richtungen und Höhen, mit einem satanischen Gewirr aus Raumbeschneidungen, Dreiecken, Trapezen, Parallellinien, aus Schnitten und Aberschnitten, Gittern und Abergittern, um den zwei Gladiatoren damit jeglichen Spielraum zu nehmen und sie am Ende ans Kreuz des monströsen Stangengerüsts zu nageln, das die bedrückende Niederlage der Freiheit im Kampf mit der Geometrie symbolisierte. Im Grunde waren die ersten drei der zunächst als Auflage für die nachfolgend querzusteckenden Rohre und hernach als Basis für die Vertikalstrukturierung des Raums im rechten Winkel zu den jeweiligen Käfigstäben waagerecht eingeschobenen insgesamt fünf Querstangen schon die für den Zweck der Operation entscheidenden, denn mittels der kniehohen untersten Stange, der bauchhohen mittleren und der normal großen Menschen an den Hals reichenden obersten Stange – die Albino mit dem Kopf allerdings immer noch überragte – ließ sich das raumgreifende Muster schon konstruieren, mit dem das verrücktspielende Rebellengespann alsbald bis zur Unbeweglichkeit festgerammt werden sollte. Die beiden Gladiatoren mochten noch so unüberwindlich sein, ja, selbst Gott überlegen – hiergegen kamen sie nicht an. Sie stemmten die Rohre zwar hoch, sprangen darüber und erwehrten sich ihrer nach Kräften, aber am Ende mußten sie sich doch ergeben. Die Wärter drangen in den Käfig und holten den Einsatzleiter und ihre drei Amtsbrüder heraus, die ihnen in die Arme fielen wie leere Säcke. Die Frauen schrien noch, als man sie fortschleifte, waren aber so heisergebrüllt, daß ihr Protest nur noch als tonloses Gekrächz herauskam. Der *Wichser* nutzte die Gelegenheit und rutschte dem mit der Verstärkung angerückten Inspektor vor die Füße. »Die da«, hauchte er und schielte mit dem trübe triefenden Auge nach seiner Mutter. »Die hat den Stoff da unten drin in ihrem Dingsda. Lassen Sie nachschauen, dann werden Sie schon sehen.« Niemand hatte es mitbekommen außer dem Inspektor, der es mit einem freudlosen, verzerrten Lächeln quittierte. Polonio und Albino hingen gefangener denn je, als blutige Bündel, als Affen, die man windelweich geprügelt und zum Trocknen aufgehängt hat, im Gestänge. Sie wußten nur eines: die Mutter hatte den Stoff niemandem zustecken können, nicht ihrem Sohn und auch sonst *keinem Menschen*, wie sie es nannte. Abgesehen davon, dachten sie, erübrigte es sich nun auch, den Lahmen umzubringen. Wozu noch?

Städtisches Untersuchungsgefängnis,
Mexiko, Februar/März 1969

Grün ist die Farbe der Hoffnung

Noch im Bett, den Kopf vorgereckt und den Oberkörper auf den Unterarm gestützt, nahm er seine Frau wahr, die um diese Zeit wie jeden Morgen die Kinder ankleidete. Die Kinder – beide schon so erstaunlich ernst und solche Augen, solche Gedanken, solche Köpfe.

Da standen sie, stumm, und schon konnte er sich nicht mehr – schrecklich – unter besänftigenden Kolonnaden ergehen, wie noch vor einer Minute, er hatte in den Apfel gebissen, und wenn es eben noch wohltuend schwarz um ihn gewesen war, so entglitt es ihm nun, ohne daß er den Grund wußte, kaum daß er wieder in die blendende Helle, in die schmerzende Wachheit des Zimmers, zu den Kindern, zu dem Brief, zu dem Wunder wirkenden heißersehnten Brief zurückkehrte.

Seine Frau wurde auch jeden Tag unansehnlicher. Gestern war es noch gar nicht so schlimm gewesen, aber heute, da war sie um vieles rätselhafter und häßlicher, selbst ohne die schmutziggrauen Haare, die sie gestern noch nicht gehabt hatte.

Vielleicht bildete er sich das auch nur ein, weil der Brief noch nicht da war, oder vielleicht kam es auch nur daher, daß das Licht in ihren Haaren spielte, ja, ja, das erdhafte weiche Licht der Sonne.

»Du kannst ganz sicher sein, heute kommt er«, sagte er zu ihrer Beruhigung. »Länger kann er nicht auf sich warten lassen.«

Dabei hatte er denselben Satz schon an vielen Tagen ge-

sagt, wortwörtlich, an Tagen, die sich in nichts von dem heutigen unterschieden. Nur war heute der Himmel verhangen und seine Stimme zitterte ein klein wenig, so als zweifelte er inzwischen ebenfalls, ob der Brief überhaupt noch kommen würde.
Aber Postboten irren sich ja nicht, sie sind fleischgewordene Engel, sie stehen mit Seufzern, Lügen, Ehrungen, Beförderungen, Leichen vor unserer Haustür. Seine Frau allerdings, die konnte etwas mißverstehen, etwas durcheinanderbringen, den Briefträger wegschicken oder sonst einen Fehler begehen.
»Weißt du, es muß länglich sein, so ein Behördenkuvert, von der Sorte, auf die der Absender aufgedruckt ist.«
Er stellte die Beine vors Bett und betrachtete seine Füße und Zehennägel.
Einen Mantel würde er sich kaufen können, seine Kinder in der Schule anmelden, seine Frau zum Arzt schicken, alles mögliche, Gardinen, Schuhe, Bettwäsche, könnten sie sich leisten.
Sie weinten schon seit längerem nicht mehr, die Kinder; obwohl noch so klein, waren sie doch schon erwachsen, zwei uralte, allzu nachdenkliche Wesen.
»Was soll ich euch mitbringen?« fragte er sie. Jeden Morgen führte er sich mit dieser Frage selbst hinters Licht.
Wenn sie doch wenigstens weinen würden wie andere Kinder.
Der Ältere biß sich auf die Lippen.
»Ein Brot mit Butter«, wünschte er sich.
Zwei vor der Zeit entblätterte Bäume waren die beiden, ihre Strenge würden sie nie wieder loswerden.
»Natürlich. Alles. Gleich. Ein Butterbrot. Und dazu eine Spielzeugeisenbahn.«

Der Junge schüttelte sehr ernst den Kopf.
»Nein. Nur das Brot. Ein Brot mit Butter.«
Als die Frau sich nach ihrem Mann umsah, hatte er inzwischen die Hose an. Wieder wurde sein Blick von dem Gesicht angezogen, das noch vor zwei Monaten so ganz anders ausgesehen hatte. So schlimm wie jetzt hatte es wirklich noch nie ausgesehen – so schlimm wie jetzt war es ihnen allerdings auch noch nie ergangen.
»Zieh dich fertig an. Dann können wir frühstücken.«
Der Mann stieg ohne eine Spur von Auflehnung gehorsam in seine Schuhe. »Wie fändest du es«, fragte er, »wenn wir uns ein Grundstück in Mixcoac oder San Angel kaufen würden? Von großen Bäumen umstanden, in der Mitte das Haus, drum herum ein Garten für die Kinder?«
Zum Schein stritten sie darüber, wohin man am besten zöge und wo die Luft am saubersten und am gesündesten sei. Ihr Gerangel wirkte geradezu echt, nur das Leuchten in ihren Augen war zu fürsorglich und hoffnungsvoll, als daß der Streit glaubhaft wirken und nicht für eine neue Art von Liebe, womöglich tiefer, als ihnen bewußt war, gehalten werden könnte.
Die Kinder rannten zum Tisch und tranken den Tee, aus dem ihr ganzes Frühstück bestand. Ihr Vater warf indes einen Blick in den Spiegel und beäugte befremdet seine stumpfen Augen, seine Wangenknochen, seine ungeputzten Zähne.
Der Brief mußte, ganz genau wußte er es nicht, vom Präsidentenamt oder vom Innenministerium kommen, erkennbar wäre es an der Behördenprägung. Wahrscheinlich ein längliches, gelbes Kuvert, von der Sorte, in der behördliche Mitteilungen und Bestallungen ver-

schickt werden. Postboten sind ja sehr gewissenhafte Menschen; in Straßen, Stadtbezirken, Städten versehen sie unermüdlich ihren Dienst.

»Also gut«, befand er, im Brustton der Überzeugung, »dann ist es also beschlossene Sache, wir kaufen in San Angel.«

Vielleicht war der Brief ja – wer konnte das wissen? – verlegt oder falsch adressiert worden? Auch bei Behörden kam es vor, daß sträflich geschlampt und geschludert wurde. Dann türmten sich die Formulare, die Akten, die Hefter, die Ordner. Seelenlose Bürokratenaugen sahen hinter einem Behördenbrief eben auch nicht den Menschen, ein ganzes Menschenleben. Das war nun einmal so, mochte es sich im vorliegenden Fall auch um einen noch so überlebenswichtigen Brief handeln.

Als erstes würde er den Staub von seinem Schreibtisch fegen. Danach hatte er sich immer hingesetzt und voll Stolz, einer der weltbesten Büroangestellten zu sein, nach seinem Füllfederhalter gegriffen. Allmorgendlich um dieselbe Zeit, auf die Minute genau, pünktlich um neun Uhr.

Unvergeßlich, immerhin war es zwanzig Jahre lang so gewesen.

»Sonntags«, sagte er, noch vor dem Spiegel, zu seiner Frau, »würde ich dann gern Brathähnchen und Äpfel einpacken und ins Grüne fahren.«

Seine Frau warf ihm einen vielsagenden Blick zu, der ihm Vorwürfe machte und bat, auf die Kinder Rücksicht zu nehmen.

Er zuckte mit den Achseln.

»Sieh doch«, entgegnete er selbstbewußt, »der Brief kommt heute. Das weiß ich sicher. Andere haben ihn

auch bekommen. Da können sie nicht mit mir als einzigem eine Ausnahme machen. Wir kommen also zu unseren Brathähnchen und unseren Äpfeln – was immer unser Herz begehrt.«
Einer der weltbesten Büroangestellten. Der so gestochen schreiben konnte wie keiner. So einer war unmöglich zu vergessen, ganz ausgeschlossen, und schon gar nicht seine zwanzig Dienstjahre.
Am Anfang war es ihm überhaupt nicht in den Kopf gegangen, wieso diese zwanzig Jahre mit einem Mal zu Ende sein sollten.
Er hatte seinen Vorgesetzten entgeistert angestarrt.
Es war ihm so wenig in den Kopf gegangen, daß er am nächsten Tag wie immer zum Dienst erschienen war. Doch schon in der Bürotür hatte ihn ein Gefühl der Deplaciertheit und der Vereinsamung, ja des Gestorbenseins beschlichen. Es war gewesen, als würde er plötzlich von niemandem mehr geliebt auf der Erde. Kaum schied er aus, gehörte er nicht mehr zu der schönen Ordnung der Schriftstücke, Zahlenreihen und Hierarchien, war auch schon alles sinnentleert, ein für allemal öde.
Zum Postboten mußte er also freundlich sein, denn war dieser Berufsstand auch zur pünktlichen Zustellung verpflichtet, kam es doch vor, daß ein Zusteller Abneigung gegen einen Empfänger hegte und ihm die Post unter diesem oder jenem Vorwand nicht oder verspätet aushändigte.
»Schau genau hin«, schärfte er seiner Frau ein. »Ein großer Umschlag. Darauf, maschinegeschrieben, mein Name.«
Wenn die Kinder doch wenigstens weinen würden. Dann wären sie lebendiger, und es wäre einem bei ihrem An-

blick weniger weh ums Herz. Aber sie waren zwei stumme Greise – sie hatten zuviel erfahren, zuviel gedacht, sie wußten zuviel vom Leben.
»Trink deinen Tee, bitte. Es ist nichts anderes da. Damit du was Warmes in den Bauch kriegst.«
Er betrachtete seine zinnene Teeschale mit ihren Dellen und sah noch manches, was ihm vorher nie aufgefallen wäre. Die Züge seiner Frau, so entsann er sich, waren doch fein gezeichnet und liebreich gewesen, besonders sanft die Schwingung des Kinns – nun aber stachen, obwohl das Gesicht in die Breite gegangen war, durch die Haut grimmig die Wangenknochen. Dabei wuchs ihr Gesicht noch weiter, planlos, in alle Richtungen, asymmetrisch. Es schien, als litte es selbst darunter, auf einer so wachstumswidrigen, abgekanteten und jede Minute traurigeren Fläche wachsen zu müssen.
Dabei wußte seine Frau gar nicht, was ihm im Büro widerfahren war und daß ihr Mann zu sonst keiner Arbeit taugte, weil er nur seine gestochene Schrift besaß, die schönste Handschrift auf der Welt. Sie betrachtete ihn auf die gleiche Art wie immer, nur in der Tiefe regte sich etwas, das nie zu begreifen sein würde.
»Bestimmt ist der Brief lang, ausführlich«, sagte der Mann. Er stand in der Mitte des Zimmers, seine Hosenträger baumelten im Rücken.
Wirklich erstaunlich, daß die Kinder nicht klagten. Dabei sah man ihnen ihr Ausgehungertsein an, es überzog ihre Haut schon wie ein Firnis.
Wenn der Brief nicht zugestellt wurde, kam er sicher zu den postlagernden Sendungen. Nichts war durchorganisierter, effektiver als die Post, hier hatte alles seine Ordnung, hier wußte man, wie die Leute hießen und ob sie arbeiteten oder nicht, ja, sogar, ob sie Kinder hatten.

Nicht umsonst lächelte ihm der Mann am Postschalter jeden Tag so freundlich zu.
»Nein, Señor. Für Sie ist kein Brief da.«
Im Grunde konnte keine Sendung verloren gehen, auch wenn sie durch noch so viele Hände ging und den Weg vom Briefkasten zu ihrem Bestimmungsort wie im Traum fand. Auf der Post hatte er einmal eine Indiofamilie erlebt. Die hatte sich einfach – Mann, Frau und Kinder – vor den Schalter für postlagernde Sendungen gelagert, um an Ort und Stelle auf einen Brief zu warten, den sie bekommen mußte. Es war ja soviel sicherer, gleich dazubleiben. So konnte einem der Brief nicht entwischen, und man hatte zudem die Chance – wunderbar, wie alles auf der Post – irgendwann zu erleben, wie der eigene Name aufgerufen wurde und dann fröhlicher, bedeutungsvoller klang als alle anderen Namen.
Weder dem Leiter des Postamts noch seinem Stellvertreter entging, wie bedrückt er vor ihnen stand, um Worte verlegen, auf dem bis zur Stumpfsinnigkeit ergebenen Gesicht ein tränenfeuchtes Lächeln. Der stellvertretende Amtsleiter tippte ihn an die Schulter.
»Machen Sie sich keine Sorgen. Auf Ihre Dienste kann der Staat nicht verzichten. Eines Tages wird man auf Sie zurückkommen. Da seien Sie mal ganz sicher, die melden sich schon wieder.«
So etwas aus dem Munde des stellvertretenden Leiters des Postamts, eines großmütigen, aber gestrengen, soliden Mannes. Dem mußte man Glauben schenken, auf den war Verlaß.
Die Angst beschlich den Mann erst, als er zum Frühstückstisch trat in seiner alten, inzwischen von den Hosenträgern gehaltenen schwarzen Hose.

Seine Hände zitterten, und es fiel ihm schwer, die Augen über den Rand der Teeschale zu heben. Mit einem Mal begriff er nämlich, warum seine Frau so häßlich geworden war und warum die Linien ihres Gesichts sich immer tiefer eingruben.

»Es gibt gar keinen Brief, ja?« fragte sie da auch schon selber, und ihre Stimme klang wie ein weher Luftzug.

Er blieb stumm, er verfiel, im Herzen Schauder und Einsamkeit, in ein unaufbrechbares Schweigen, denn spräche er aus, wie es um ihn stand, bliebe ihm auf der Welt gar nichts mehr übrig.

Das Lösungswort

Alicia wimmerte trocken und tränenlos in ihrem hoffnungslos kalten Bettzeug, und dazwischen mußte sie immer wieder aufschluchzen, und darum atmete sie nur mühsam und stoßweise, als läge sie in einem unschuldigen tödlichen Dämmerschlaf. Obwohl der Anlaß ganz harmlos, obwohl sie im eigentlichen Sinne nicht einmal krank war – ein schlichter Nervenschock, hatten sie in der *Lehranstalt für Knaben und Mädchen* gesagt, als man sie vor drei Stunden in Begleitung ihres Vaters nach Hause geholt hatte –, glich dies hier so sehr einem Sterben, daß alle erschüttert waren und alle, wenn auch ohne Plan und Ziel, hin und her liefen, einfach um das Gefühl zu haben, daß sie etwas taten, und sei es noch so unhaltbar und zusammenhanglos.

Alicia blinzelte durch die Wimpern, und eine triumphierende Genugtuung, eine wohlige Wärme überkam sie, als sie gewahr wurde, wie beflissen und bang, wie naiv nutzlos und komisch verhalten die Erwachsenen sie umsorgten und pflegten. Wie seltsame Vögel von einem kahlen, unbekannten Planeten wirkten sie in ihrem bieder unschuldigen Kinderzimmer. Und ihr Vater glich Gulliver unter ihren Miniaturmöbeln, in dem zierlichen Schaukelstuhl, auf den er sich monströserweise, ohne hinzusehen, wie ein Automat setzte, vor dem Puppenbett – Allmächtiger, ein Puppenbett! –, das nur unbedeutend kleiner war als das Bett, in dem Alicia ruhte, den mit Perrault-Motiven gemusterten Tapeten, den Vorhängen am Fenster, auf denen ein Bernhardinerhund mit einem Kind spielte, und dem Figurenfries, auf dem Kaninchen einander töricht nachhoppelten, ohne sich je einzuholen. Doch, wie seltsame Vögel wirkten die Erwachsenen im Kinderzimmer, zu dem Alicia heute ganz anders als sonst gehörte, oder besser, zu dem sie schlicht nicht länger gehörte. Zu dem sie nie wieder gehören sollte, auch wenn alle angestrengt das Gegenteil vorzutäuschen suchten, wogegen Alicia sich zugegebenermaßen nicht wehrte.

Das Hauspersonal, vor dem sich der skandalöse Vorfall nicht hatte verheimlichen lassen, scharte sich, begünstigt von dem Drunter und Drüber, das im ersten Moment herrschte, halb bekümmert, halb schadenfroh um Alicia und mußte so taktvoll wie möglich hinausgetrieben werden.

Ein Zimmermädchen blieb unter dem Vorwand, Alicias zerrissene Schulkleidung mitnehmen zu müssen, dennoch zurück. Sie legte die Sachen so sorgsam zusammen, daß es einem kalt den Rücken hinunterlief – als falte sie einen entbeinten, wirbellosen Menschenkörper, der auch noch lebt, nachdem vier Pferde ihn an Armen und Beinen auseinandergezerrt haben –, und strich neben dem roten Schulwappen und den weißen Lettern des lateinischen Schulmottos »Per aspera ad astra« auch die beiden zarten Brüstchen glatt, die sich unter der von dem Mädchen schon ausgezogenen leeren Bluse noch abzuzeichnen schienen. Sie strich sie glatt, und dabei dachte sie mit einem Anflug von Grausamkeit, der ihr nicht anzumerken war, wahrscheinlich weiß Gott welche Ferkeleien.

Verwunderlich war nur, daß Alicia trotz ihres Gewimmers überhaupt nicht litt. Sie erinnerte sich nur ihrer Tante Ene beim Tod ihres Onkels Reynaldo, und sie dachte, Wimmern gehöre eben dazu, Schluchzen sei hier angebracht, auch Witwen weinten ja am Tag der Beerdigung, und sie taten es weniger, um ihre Trauer zu äußern, als um den anderen ihre Ehrerbietung zu erweisen, um gewissermaßen niemanden zu enttäuschen, all die schwarzgekleideten Menschen nicht zu enttäuschen, die um den Sarg stehen und zusammenzucken bei dem Wehklagen der armen Frau, die den Dahingegangenen so sehr geliebt hat und nun ganz allein zurückbleibt. Ganz allein und für alle Zeiten ein Gegenstand des Mitleids, indes die Geliebte des toten Gatten, diese angemaßte heimliche Witwe, die auf dem Friedhof höchst unerwünscht wäre, in einer Ecke der Kirche stumme Tränen weint oder sich in einem Hotelzimmer eine Kugel in den Kopf jagt.

Eine Woche, erinnerte sich Alicia, eine volle Woche hatte Tante Ene nach Onkel Reynaldos Tod unentwegt vor sich hin gewimmert und dabei ebenso rhythmisch, ebenso unsagbar und schlüpfrig geröchelt, wie sie es jetzt tat, und ebenso dunkle Dinge wie sie damals bei Tante Enes Gewinsel mußten die anderen jetzt vor ihr empfinden. Ihr damaliges schauderndes Mitgefühl, ihre zitternde Nachsicht teilte sich jetzt ihren Zuhörern mit, die in ihrem Kleinmädchenzimmer um sie standen, ihrem Vater, dem Rektor und womöglich auch der widerlichen weißbekittelten Krankenschwester, dieser ekelhaften Gipsfigur. Sie empfanden jetzt mit Sicherheit dasselbe, was Alicia in ihrer Erinnerung damals empfunden hatte: kraftlose, bange Neugier und die dürre, formlose Ahnung von einem barbarischen, aber nicht eingrenzbaren Ereignis. Als wäre Alicia eine zweite Tante Ene, ein zur

Witwe gewordenes kleines Mädchen. Sicher fühlten sie wunderbarerweise ebenso, empfanden sie dasselbe ungewohnte Wohlbehagen, waren sie auf letztlich beruhigende Art verblüfft.
Und zwar alle miteinander, obwohl sie einzig und allein darauf sannen, ihre Überzeugung zu überspielen, daß es sich um ein nicht wiedergutzumachendes Unglück handle, das sie – da jeder sich aus den Tatsachenbrocken etwas Anrüchiges, Schwüles zusammenreimte – dazu verpflichtete, den Vorfall nur in sinnlosen, grauenhaft tonlosen Halbsätzen zu erwähnen.
Eine rechtmäßige Witwe war sie. Eine untröstlich vor sich hin wimmernde, rechtmäßig lustige Witwe.
Toll, wie alles angefangen hatte. Und wie die Stimmen undeutlich geworden waren, sich von ihrem Ursprung getrennt hatten, nachdem Alicia im Rektorzimmer, im Beisein des Arztes ihren grausigen Schrei ausgestoßen hatte. Sobald Alicia sich zu schütteln, in wilden Krämpfen hin und her zu werfen begonnen hatte, war der Arzt von ihrem Vater mit Worten, die in Decken gewickelt schienen, aus dem Zimmer hinauskomplimentiert worden. Alicia hatte daran sofort erkannt, daß sie für unschuldig gehalten und, als könne kein Urteil ihr gerecht werden, von vornherein von jeder Verantwortung freigesprochen wurde.
»Oberstes Gebot«, hatte der Rektor in dem sonderbaren Licht, das genaugenommen kein Licht war, im Beisein Alicias zu ihrem Vater gesagt, »oberstes Gebot ist strengste Geheimhaltung.«
Alicias Vater und der Rektor waren vor undenklichen Zeiten, als sie beide noch zur Volksschule gingen, einmal Klassenkameraden gewesen, unvorstellbar, und beflei-

ßigten sich darum im Umgang miteinander eines scheppernd kumpelhaften, dröhnend ostentativen Tons, als wollten sie den rätselhaften Haß, der sie verband, damit bemänteln.

»Du erinnerst dich doch, wir haben uns schon als kleine Jungen gegenseitig gedeckt.« Alicias Vater zuckte bei diesen Worten des Rektors sonderbarerweise errötend zusammen. »Ich meine, wir haben uns schon damals nicht verraten, bei unseren Streichen, die wir für unaussprechliche Schandtaten hielten ...« Der Rektor machte eine lange, gedankenverlorene Pause voller boshafter Wehmut. »Du bist dir doch darüber im klaren, wenn der Fall publik wird, hätte das unabsehbare Folgen für die Schule«, setzte er von neuem an. »Es würde am Ende zu ihrer Schließung führen. Und was den Kollegen Mendizábal betrifft (verzeih, daß ich ihn Kollege genannt habe – die Macht der Gewohnheit), was also diesen Strolch Mendizábal betrifft, so wird er exemplarisch bestraft werden.«

»Ich bin ja der letzte, der daran interessiert ist, daß sich die Angelegenheit herumspricht«, hatte Alicias Vater endlich entgegnet, mit Bauchrednerstimme. »Ich rechne allerdings mit deiner Fürsprache bei der Familie ihres Verlobten. Deine Aussage wird da entscheidend sein. Sie werden ein Einsehen haben, und das Verlöbnis mit Alicia wird bestehen bleiben.«

»Wenn es um Aussagen geht, da haben wir eine, die beweiskräftiger gar nicht sein kann.« War das sein Ausdruck: beweiskräftig? »Die beweiskräftiger nicht sein kann, nämlich Mendizábals eigenes Geständnis. Er wird es vor versammeltem Kollegium unterschreiben müssen.« »Das verspreche ich dir«, hatte der Rektor noch hinzugefügt.

Im Beisein Alicias und unter diesem ungewöhnlichen Licht, das mit Licht nichts gemein hatte. Ihr Vater stand mit dem Rücken zur Wand, und das Schulwappen über seinem Kopf machte ihn zu einer Sehenswürdigkeit, umgeben von einer Aureole wie ein byzantinischer Heiliger: »Per aspera ad astra.« Jeden Morgen vor dem Unterricht mußten sie mit vorgestrecktem Arm wie zum alten Cäsarengruß im Chor den Eid auf diesen Wahlspruch ablegen. »Per aspera ad astra« – auf steilem Weg zu den Sternen, so ungefähr hieß das. Die Schüler aus den oberen Klassen sprachen es absichtlich so schnell, daß sie die Silben dabei verschliffen, und ihr einstimmiges Gebrüll, ihr Kanonendonner, hörte sich dann an wie »Pederasta!«, »Päderast!«. Dreimal hintereinander ... Per aspera ad astra. Die weißen Buchstaben umgaben das rote Wappen an der Wand wie der Heiligenschein eine byzantinische Figur, und dazu hingen an der nackten Wand die leicht pädophilen Porträts aller Rektoren, die einmal die Schule passiert hatten.

Tante Ene hatte allerdings erst später zu wimmern begonnen. Der tote Onkel Reynaldo hatte offen im Sarg gelegen, der Deckel daneben, weshalb anscheinend jeder Besucher, kaum daß er hereinkam, an den Toten herangetreten war und mit sichtlichem Wohlgefallen sein rotwangiges Gesicht betrachtet hatte. Tante Ene hatte noch vor dem Eintreffen der ersten Trauergäste einen gemütlich dicken Friseur kommen lassen, der Onkel Reynaldo überaus taktvoll und höflich, ja beflissen ehrerbietig behandelt hatte. Tante Ene hieß eigentlich nicht Ene; man hatte ihren vollständigen Namen, Enedina, so abgekürzt. Ihren schrecklichen Nervenanfall erlitt sie erst später, vor den versammelten Besuchern, die sich darüber sichtlich entsetzten. Mit blutunterlaufenen Augen zerrte sie an ihren Haaren und verlangte, zusammen mit Onkel Reynaldo lebendig begraben zu werden. Aber noch ging der Friseur mit offenkundigem Vergnügen seiner Arbeit nach. Das Rasiermesser ragte wie das Horn eines Einhorns aus seiner Hand, und er sprach leise, freundliche Sätze, wie Ärzte, wenn sie den Patienten mit gemurmelten Monologen die Angst nehmen wollen. »Jetzt geht's erst mal hier lang, Señor, damit Ihr Gesicht schön glatt wird.« Und er schabte mit dem Messer über die Wange, spannte mit Daumen und Zeigefinger der linken Hand die Haut, nicht, weil das bei einem Toten noch nötig gewesen wäre, sondern weil er als Profi automatisch so verfuhr, und warf gleich darauf den Kopf zurück, um sein Werk aus gebührendem Abstand zu betrachten.

»Hier nehmen wir noch ein bißchen von der Kotelette weg – und fertig! Jetzt sind sie beide gleich lang!« Ein fröhlicher Pfiff entfuhr unwillkürlich seinen Lippen. Nur kam er Gott weiß warum nicht darauf, die Wangen auch noch zu tönen, und wurde darum von Tante Ene derart mit Schimpfworten überschüttet, daß der Arme den Tränen nahe war. Als wäre ihm der schlimmste Fehler seiner Friseurskarriere unterlaufen. Über und über rot, das Kinn auf die Brust gesunken, aber immer wieder den Kopf herumreißend, wie jemand, der emsig leugnet, ließ er die Schimpfkanonade stumm über sich ergehen. Es sah aus, als ob er sich umbringen wollte wie ein Heerführer nach verlorener Schlacht. Schließlich wurden Onkel Reynaldo rosa Tupfen auf die Wangen gesetzt, und er bekam dadurch das Aussehen einer Wachspuppe mit zwei übereinandergeschobenen, sich überlappenden Ge-

sichtshäuten, die eine zartrosa, die andere in einem stumpfen, glanzlosen Weißton gehalten.
Unter allen ihren Kindheitserinnerungen fand Alicia diese am faszinierendsten. Sie bewunderte den Friseur, seinen anheimelnd dicken Bauch, ja, sie liebte ihn beinahe. Er hatte das Rouge mit einem chinesischen Bambuspinsel aufgetragen, von dem er sagte, er sei aus seidigweichem Kamelhaar. Der Pinsel stammte also von einem traurigblickenden Wüstenkamel mit großen strengen Augen. Die Schminke verrieb er hinter den Backenknochen zu immer blasseren Tönen, und danach brachte er das Kinn zur Geltung, bis Onkel Reynaldo so ausgefallen und anzüglich munter aussah, daß er schon wieder leicht angetrunken wirkte.
Er war faszinierend gewesen wie eine Modellpuppe, die sonst keiner besitzt, und Alicias Freundinnen hatten es ihr deswegen auch niemals geglaubt, obwohl sie sich allesamt gewünscht hatten, daß auch ihnen ein Onkel stürbe und sein Gesicht so geschminkt würde wie von Alicia beschrieben.
Wie andere ihren Namen zu Ene abkürzten, so hatte die Tante auch den Namen ihres Mannes abgekürzt und ihn nur mit Rey angesprochen. Am ganzen Körper entsetzlich zuckend ließ sie sich in ihr Zimmer führen. »War ein furchtbarer Schlag für sie, die Ärmste«, hatte jemand im Salon geflüstert. »Ach ja, die arme Frau, war ja so herzensgut, hat sich nur aufgeopfert.« Der Friseur, der anfangs so glücklich gewesen war, entschuldigte sich so gut er konnte, in wirren Worten, benommen. »Nicht jede Familie hat es gern, Señora, wenn man ihren Toten verschönert. Bei Frau B., der Witwe des Finanzrichters, Sie wissen, wen ich meine, waren die Angehörigen ganz

empört, als ich die Pinsel hervorholte. ›Lohnt doch nicht bei dem Trottel!‹ sagte die Dame, die Witwe. Ich zitiere ihre eigenen Worte. Dem armen Herrn B. waren während seiner Krankheit alle Haare ausgefallen, und mich hatte man ehrlich gesagt nur geholt, damit ich ihm rechts und links am Kopf einen kleinen Haarkranz anbringe. Ich gestehe also, ich war übereifrig. Heute wollte ich auf keinen Fall denselben Fehler begehen und habe darum die Pinsel lieber zu Hause gelassen. Das heißt doch aber nicht, daß ich mein Metier nicht beherrsche. Señora, Sie werden zufrieden sein mit meiner Arbeit. Herr B. sah dann sehr gesetzt und würdevoll aus, obwohl ich nur ein simples Toupet anzubringen hatte. Ein hoher Finanzbeamter, wie er leibt und lebt.« Der Friseur ging dann seine Arbeitsutensilien holen, und beim Hinausgehen bewegte er die Hände so sonderbar, als ob er in der Luft schwämme, patschte dazu aber nur mit geschlossenen Fingern wie eine Ente. Er hielt die Arme ganz eng am Körper, und hinten paddelten diese zwei komischen Flossen.

Die so unterschiedlichen, ganz gegensätzlichen Bilder von Tante Ene ließen sich damals nur schwer miteinander vereinen. Und wie komisch der Friseur Onkel Reynaldo aus Verlegenheit mit »Señor« angeredet hatte. Als ob der Onkel nicht tot, mausetot gewesen wäre. »Noch ein wenig Hellrot auf die Tränensäcke, und fertig, Señor!«

»Idiot!« hatte Tante Ene geschimpft, kaum daß des Friseurs absurde Patschhände im Korridor verschwunden waren. »Idiot, der! Wenn jetzt die Gäste kommen und Rey ist noch nicht präsentabel, was soll ich dann machen? Ich werde sie im Vorraum aufhalten müssen, großer Gott! Lächerlich, nicht zum Aushalten lächerlich, wenn ich dann eine halbe Stunde später auftauche und sie auffordere: ›Jetzt können Sie herein, hier entlang, bitte.‹ Als ob Reynaldo plötzlich unpäßlich geworden wäre!« Und Tante Ene preßte sich die Schläfen.

Dann jammerte und schrie sie, ihr einziges Sehnen sei es, mit Rey, zusammen mit ihrem Rey, begraben zu werden, lebendig. Das gräßliche Gejammer war im ganzen Hause zu hören. Onkel Reynaldo war Malakologe gewesen, also wissenschaftlich befaßt mit Schnecken. Seine Sammlung von Exemplaren war einzigartig, in gewisser Hinsicht war er eine Berühmtheit, und sicher hatte dies Anlaß zu der Idee gegeben, ihm die Wangen zu schminken. Auch erwartete man ein paar Vertreter der Presse, vor allem aber seine Kollegen, seine alten neidischen Kollegen, und die sollten sich auf die Lippen beißen, wenn er im Sarg, wenn er selbst in den Armen des Todes noch so majestätisch und glücklich aussähe. Nur leicht beschwipst vom Sterben.

Richtig begriffen hatte Alicia damals eigentlich nichts. Da war ein todtrauriger alter Mann mit melancholischem grauem Blick gekommen, dessen Anblick sie befremdet und beunruhigt hatte. Er war so pathetisch schwarz gekleidet gewesen, daß er aussah wie der trauerndste der Trauergäste. Er ließ den Kopf über dem Sarg hängen und schien mit leiderstarrter Miene ein Gebet zu lispeln. Aber er betete nicht. »Ist der Schwachkopf also doch noch verreckt, wie es ihm paßte!« preßte er hervor, gleichmütig wie der Priester eines finster gnadenlosen Kultes, und starrte mißgünstig auf die rosigen Wangen des Leichnams. Erst Jahre später hatte Alicia erfahren, daß der vornehme alte Herr Mitglied in irgendeinem Vereinsvorstand gewesen und kurz nach Onkel Reynaldo

ebenfalls gestorben war, unter gräßlichen Qualen, an einem Geschwür im Zwölffingerdarm.
»Der armen Ene bleibt aber auch kein Leid erspart«, war im Eßzimmer eine besorgte Stimme zu vernehmen gewesen, »als hätte sie nicht auch so schon genug.« Der Satz war eindringlich gesagt worden, und eine Spur Schadenfreude hatte mitgeschwungen, es klang verdächtig genüßlich. In diesem Moment hörte Alicia zum ersten Mal das Wort »Geliebte«. Noch heute klang ihr der Tonfall im Ohr, in dem man es damals ausgesprochen hatte. Ganz leise, ätzend, haßerfüllt, giftig.
Alicia konnte sich zu Tante Ene ins Zimmer schleichen, die man dort wie eine Tobsüchtige unter Decken festhielt. »Der Ärmsten bleibt aber auch kein Leid erspart, draußen steht die Geliebte, eine Unverschämtheit!« Alle waren überzeugt, unermeßlicher Schmerz habe die arme Tante überwältigt, aber als dieser Satz fiel, raffte sie sich wieder auf, wand sich mit einem kraftvollen, energischen Ruck aus den Decken und stieß die beiden Dienstmädchen, die sie festhielten, wie schlappe Handpuppen beiseite.
»Was will dieses gottverfluchte Weibsstück bei mir im Haus?« dröhnte sie, plötzlich hellwach, wie eine Generalin vor versammelter Truppe. Ihr Stimmungswandel war verblüffend, nicht nachzuvollziehen. Die Dienstmädchen machten entsetzte Gesichter, und eines von ihnen verfiel in ein törichtes, ansteckend wirkendes Kichern.
»Die arme Frau, sie bittet dich auf Knien«, lenkte Alicias Mutter in ihrer Eigenschaft als Enes Schwägerin ein, »sie fleht dich an, daß du sie Reynaldo Blumen in den Sarg legen läßt, sonst gar nichts.«

Das Dienstmädchen bemühte sich zwar krampfhaft, sich das Lachen zu verkneifen, mußte aber von neuem losprusten und hatte diesmal auch noch ein Mitglied der Familie zur Seite, das hustete und kicherte und noch unüberhörbarer als sie prustete. Es handelte sich nur um eine obskure Verwandte des verstorbenen Onkel Reynaldo, und Tante Ene brüllte: »Halt den Mund, dumme Gans!« und funkelte sie, hellwach, furchterregend an.
Tante Ene rannte persönlich auf die Straße, die Polizei holen, denn die Sache wuchs sich zu einem Problem aus, weil die Geliebte wie ein Hund nicht vom Eingang weichen wollte und sich ans Torgitter klammerte. Man sollte sie wenigstens sehen lassen, wie er hinausgetragen würde, der Tote, sonst nichts, heulte sie gotterbärmlich wie ein Tier. Sie mußte mit Gewalt vom Gitter losgerissen werden, die angemaßte Witwe, die ein letztes Mal zu ihrem Liebhaber wollte. Die heimliche Witwe.
Zwei Tage danach war im Haus sehr sonderbar von Tante Ene gesprochen worden, so als wäre den Sätzen, die sich auf sie bezogen, der Ton abhanden gekommen, und gleichzeitig legte man großes Mitleid und erbarmungsvolle Nachsicht in die Stimme.
Tante Ene schloß sich in ihrem Zimmer ein und hörte, untröstlich, nicht auf zu ächzen. Das ganze Haus war, wie heute, erfüllt von einer Atmosphäre des Unfaßbaren, Nichtgreifbaren, des absolut Unaussprechlichen. Dank Tante Enes Geächz schlug es sich aber als Generalablaß um sie nieder, als Freispruch ohne Vorbehalt, als ob Tante Ene zuvor ein grauenhaftes Unrecht widerfahren wäre.
Ein furchtbares Unrecht, begangen an Tante Ene, und zwar in einem Vororthotel. Dort nämlich fand man die

Leiche von Onkel Reynaldos Geliebter, die sich eine Kugel in den Kopf gejagt hatte.
»Einverstanden, eine solche Aussage beweist alles, unwiderleglich«, sagte Alicias Vater. »Trotzdem mußt du mir helfen, mußt ihnen zureden, sie überzeugen, daß es ein Unglück war. Wie wenn sie von der Straßenbahn überfahren worden wäre, ein gräßliches Unglück, für das Alicia keine Verantwortung trifft. So war es ja auch, du weißt es.«
Unter einem Licht, das eigentlich kein Licht war, sondern etwas kränklich, morbid Helles im Rektorzimmer, mit einer Stimme, die nicht von einem Menschen zu kommen schien, sondern irgendwoher, sonstwoher, nur nicht aus der Kehle, aus dem Mund ihres Vaters, wurden diese tonlosen Sätze gesprochen. »Du solltest trotzdem einen Arzt hinzuziehen.« Als wäre nicht die arme Alicia gemeint, sondern als bezögen sich die Worte, gehüllt in Nebel, auf das Leid, das ein Flittchen vor Jahren Tante Enedina mit seinem dummen Selbstmord in einem abgelegenen Hotelzimmer angetan hatte.
Alicia betrachtete durch halbgeschlossene Wimpern hämisch ihr Kinderzimmer, in dem sie der Mittelpunkt so großer Aufregung war. Ihr Vater, diese komische Schattengestalt, dieser seltene Vogel, dieser Gulliver in Schwarz mit den eckigen Schultern, dieser dürre unansehnliche Vogel, stand auf und zerrte den Vorhang zu, um den Sonnenstrahl, der neben Alicias aufgelöstem Haar aufs Kissen fiel, zum Verschwinden zu bringen.
Das Licht wich auf den Teppich aus, sprang weiter und landete zu Füßen des Kinderschaukelstuhls, auf den sich der Vater, unproportioniert lang, wieder setzte, wobei er sich notgedrungen kleinmachen mußte und sich duckte

wie eine Ratte. Noch kümmerlicher sah er so aus, noch jammervoller, ein armer, zwischen den Armlehnen des kleinen Schaukelstuhls eingeklemmter Wicht. Die Krankenschwester verzog ihr Gesicht zu einem zustimmenden Lächeln, weil er den Vorhang zugezogen hatte, zu einer Andeutung von einem Lächeln, bekümmert, nachsichtig, bloß um von nichts, was mit der unglücklichen kleinen Alicia geschah, ausgeschlossen zu sein, und der eingezwängte Vater dankte ihr für ihr Einverständnis wiederum mit stummem Nicken und einem kurzen Schließen der Augen.

Der Rektor ließ einen tiefen Seufzer hören und wirkte dabei kurioserweise zufrieden, was wahrscheinlich daher rührte, daß er die Hände vor dem Bauch verschränkt hielt und auf seine Daumen herabschaute wie nach einer soeben abgeschlossenen Mahlzeit. Darauf reagierte die Krankenschwester allerdings mit Naserümpfen und erbostem Funkeln, denn der Rektor gehörte schließlich nicht zur Familie, und der Vorfall hatte sich zudem in seiner unseligen Schule ereignet, so daß der Rektor sich zurechtsetzen und noch einmal aufseufzen mußte. Er sah jetzt geradeaus, und er verschränkte – was die Schwester so schockiert hatte – die Hände nicht mehr wie ein Abt, sondern knetete und preßte sie, als bete er inbrünstig zum Himmel. Die Frau quittierte es mit einer leichten Neigung des Kopfes, ihr gleichzeitig zum Vater hin gerecktes Kinn aber schien zitternd sagen zu wollen, daß sie, die getreue Pflegerin, als einzige imstande sei, das schwere Leid, welches das Haus getroffen hatte, aufrichtig mitzufühlen.

Alicia bemerkte durch ihre Wimpern hindurch den hintergründigen Stolz, die getarnte Gier der Schwester, ihr salbungsvolles Gluckengebaren, ihre Freude darüber, in ein Geheimnis eingeweiht zu sein, das ihr anscheinend Zugang zu höheren Sphären verschaffte, in denen sie zum ersten Mal in ihrem Leben mit Menschen verkehren durfte, die sie immer als über ihr stehend angesehen hatte, aber auch die wehmutsvoll und ehrerbietig entsagende Geste, mit der sie zufrieden bezeugte, daß sie das ihr auferlegte Gebot der Verschwiegenheit nun einmal nicht brechen könne. Sie mußte überglücklich sein. Das Kinderzimmer fesselte sie anscheinend besonders. Ihre Augen verschleierten sich regelrecht vor anzüglichem Kummer, wenn sie über die kindliche Einrichtung wanderten, und ihrer Brust entrangen sich dann gedehnte Seufzer, mit denen sie wahrscheinlich unterstreichen wollte, daß sie von dem Geheimnis mehr Einzelheiten kannte als selbst der eingeweihteste Angehörige. Gräßlich, dieses gipsweiße Scheusal, seufzend im Kleinmädchenzimmer.

In diesem Zimmer mit Dornröschen, Bernhardinerhunden, naiv gemusterten Tapeten, Zierleisten an Decken und Wänden, als ob Alicia nicht schon längst aufgehört hätte, in dieses Zimmer zu gehören, als ob die Krankenschwester – sie auch! – Alicia darin festnageln wollte, als ob sie nicht einsehen, einfach nicht glauben wollte, daß ein Widerspruch zwischen Alicia und dem Charakter ihres Zimmers bestehen könne, ihres vertuschenden, verniedlichenden Zimmers.

Solange ihre Mutter noch gelebt hatte, dachte Alicia, ja, da waren Zimmer und Tochter noch eine Einheit gewesen. Vorstellungen hatte die Frau gehabt! Naiv war sie, in der Seele keusch – eigentlich hatte das Zimmer mehr ihr gehört als ihrer Tochter. Sauber wie ein ausgescheuerter

Zinntopf. Ja, ähnlich ehrenwert wie ein blanker Zinntopf, von ähnlich ernsthaften Sitten war ihre Mutter gewesen, ein still und brav auf dem Herd stehender Topf, in dem planvoll und ordentlich die Suppe vor sich hinkocht und in dem es jedesmal, wenn der Dampf den Deckel hebt, pünktlich blubbert. Nichts war bei ihr ungeordnet gewesen, ihre Auffassungen vom Familienleben waren schlicht und solide. Ein blanker, sauberer Zinntopf – mit weißem Häubchen –, der gesund auch dann noch nach Suppe, Fleiß und Tugendhaftigkeit roch, wenn sie am Fenster saß und unentwegt ihre Spitzendeckchen häkelte. Alicia dachte mit einer Zärtlichkeit an sie, in der auch Ironie mitschwang.

Eine Einheit waren Alicia und ihr Zimmer gewesen, hatten genauso existiert, ja, genauso gerochen. Doch dann hatten sie sich auseinanderentwickelt, sich getrennt, fast minutenschnell, wie zwei Züge, die sich im Bahnhof treffen, einander kurz gegenüberstehen, deren Reisende sich mit dem Gefühl von etwas verzweifelt Unerreichbarem aus zwei Wagen gierig anstarren, um dann überraschend auseinandergerissen zu werden, in nostalgische Ferne zu entgleiten, und alles andere entschwindet mit, das blaue Kattunkleid einer Bauersfrau, das ungläubige Gesicht eines Getränkeverkäufers, dem ein Reisender nicht die Flasche zurückgereicht hat und der vage hofft, eines fernen Tages werde er sie wunderbarerweise wiederbekommen, der Knabe, der hingebungsvoll auf die Bahnschwellen pißt, und der von der Lokomotive weiß eingeräucherte, übertaute Bahndamm.

Ihre Leute aber beharrten auf der Straßenbahn – Alicia sollte unter eine Straßenbahn geraten sein, unversehens und ohne eigenes Verschulden. Sie brachten sie sogar –

Alicia spürte noch jetzt das aufgeregte Muskelzucken unter der Haut ihres Vaters – auf den Armen nach Hause, wie ein Krüppelchen zurück in ihr groteskes Zimmer, das sie doch gerade voller Genuß und so folgenlos verlassen hatte. Alicias – Alices Heimkehr aus dem heimlich-schrecklichen Wunderland. »Als ob sie von der Straßenbahn überfahren worden wäre.«

Vielleicht gab ein Spezialgerät die Laute von sich, ein unsichtbarer Sprechschlauch im Mund des Rektors. »Du solltest trotzdem einen Arzt hinzuziehen, einen Arzt deines Vertrauens. Vielleicht ist das Nichtwiedergutzumachende ja gar nicht geschehen.« Alicia packte entsetzliche Lachlust. Was bei denen als nicht wiedergutzumachen galt. Ein Arzt sollte kommen und sich vergewissern, ob das Nichtwiedergutzumachende geschehen sei. Aber sie lachte nicht, sie brachte das Lachen nicht aus sich heraus, es fand aus ihrer Brust keinen Ausweg. Stimmen ringsum, die ihres Vaters, die des Rektors, Stimmen auch oben auf dem Dachboden und danach im Sekretariat, die Stimmen des armen Herrn Lehrers Mendizábal – und doch waren es auch wieder keine Stimmen. »Ein Arzt deines Vertrauens.«

Sie versuchte sich diesen Vertrauensarzt vorzustellen. Ließ die Gesichter der zwei, drei Ärzte an sich vorüberziehen, die zu ihnen ins Haus kamen. Häßliche, wabbelige Männer. Dieser Iriarte zum Beispiel oder Duarte oder Duarteirigarte oder wie er hieß, jedenfalls hatte er einen baskischen Namen und gewaltige buschige Augenbrauen. Zuerst malte sie sich aus, wie er verwirrt davor zurückscheuen und sich entschuldigen würde, daß er den Fall überhaupt annahm. Doch nach der Untersuchung – Alicia spürte schon die Berührung seiner kalten

Metallinstrumente und vernahm ihr Klirren, das man nicht sieht, wenn man flachliegt, ein Geklirr, wie wenn Menschen ohne Manieren bei Tisch mit Messer und Gabel klappern –, nachdem er sich über sie gebeugt haben würde, in der Hand seine verchromten Folterinstrumente, konnte Alicia Schadenfreude, Hohn und sogar eine Spur Begierde in seinen Augen glitzern sehen. Der und ein Arzt des Vertrauens, der und ein Beichtvater!

In Wirklichkeit kam kein Hausarzt, sondern ein hagerer Unbekannter, mit großen schwarzen Augen und asketischen Zügen, die Hände so mystisch schmal wie auf manchen Apostedarstellungen. »Wie alt ist sie?« fragte er beunruhigend verlegen und so leise, daß niemand es verstehen konnte. Vielleicht meinte er, eine unschickliche Frage zu stellen.

Am Ende hatte man doch lieber einen Unbekannten genommen, um zu vermeiden, daß es sich herumsprach, einen dem Bekanntenkreis der Familie Fernstehenden, einen, den man vielleicht nicht einmal einen Arzt nennen konnte. »Wie meinen Sie?« wandte sich der Rektor in dem Tonfall, in dem man mit einem Erpresser spricht, an den Apostel. Der Arzt lächelte bemüht. »Wie alt sie ist, Señor. Ich muß es für die Diagnose wissen.« Dabei wurde er so rot, daß man fürchten mußte, er werde in Ohnmacht fallen. »Sechzehn«, sagte Alicias Vater hastig, ohne den mißbilligenden Blick des Rektors wahrzunehmen. Der Arzt trug Schwarz, einen schwarz changierenden, durchaus noblen Anzug, aber mit aufgetragenen, blankgewetzten Ärmeln, es konnte sich also nur um einen Vorstadtarzt, einen Armeleutedoktor handeln. Erstaunlich, daß man ihn nicht überhaupt wie zu Freimaurerverschwörungen mit verbundenen Augen herbeigeschafft hatte.

Er schnarrte vor Glück, als man ihm sein Honorar auszahlte, obwohl seine Dienste gar nicht zum Einsatz gekommen waren. Ein solch schönes mittelalterliches Heiligengesicht – und ein solches Schnarren. Der Betrag lag sichtlich über dem, was er erwartet hatte, obwohl er den erwarteten Lohn für seine Verhältnisse schon hoch angesetzt hatte. Sein heißhungriges Schnarren hinterließ einen zugleich peinlichen und belustigenden Eindruck, als ob man es mit einem Irren zu tun gehabt hätte. Da bekam Alicia ihren ersten Anfall, sie begann zu zucken und sich wild hin und her zu werfen. »Sie gehen besser, Doktor, Sie sehen ja, das Mädchen ist schon von Ihrem bloßen Anblick ganz verstört.«

Alicia konnte sich nicht vorstellen, was für eine Figur dieser heilige Franziskus abgegeben hätte, wenn er dazu gekommen wäre, sie mit seinen verchromten Faltern, seinen Orthopädenschnäbeln zu untersuchen, die er übrigens direkt im Rektorzimmer aus seinem Koffer genommen hatte, was man ihm als äußerst geschmacklos anrechnete. Der arme Tropf wäre womöglich in Tränen ausgebrochen. Oder hätte die Wahrheit nicht ausgesprochen. Jedenfalls immer noch besser als die Augen Doktor Duarteiartegartes oder wie er nun heißen mochte. Der Arzt hatte seine Instrumente wieder eingeräumt, fahrig und beklommen wie einer, der sich vor häuslichem Kleinkram fürchtet, vor zeternden Frauen, plärrenden Kindern und im eigenen Zimmer überm unausstehlichen Ehebett aufgehängter, nie trocknender Wäsche. Er mußte furchtbar gelitten haben.

Wie sie hofften, das Nichtwiedergutzumachende sei nicht geschehen, die Tat sei im letzten Moment auf halbem Wege abgebrochen worden. Bestimmt dachten sie sich komische, lächerlich alptraumhafte Szenen aus, die sich auf dem engen Dachboden voller ausrangierter Globen, Atlanten und Sternkarten, auf dem man Alicia ertappt hatte, abgespielt haben mußten. Auf dem, wie alle voll banger Zuversicht hofften, etwas nur halb geschehen war.

Wie mißtrauisch sie schon auf den Arzt gewartet hatten, wie sie ihn dann erleichtert hinauskomplimentierten, ohne Alicia untersuchen zu lassen, so als fürchteten sie weiß Gott welch entsetzliche konfuse Enthüllung. Ein Spitzel war der Arzt, mit seiner wie eine Plazenta aus Leder anmutenden speckigen Tasche, aus der seine gräßlichen verchromten Tierschnäbel herausgeschaut hatten. Ein Spitzel, der vor Glück schnarrte wie ein gerupfter Rabe. Alicia seufzte höhnisch zufrieden auf, und das wurde abermals als Äußerung unsäglichen Kummers gedeutet.

Der Dachboden war eine Welt für sich, einzigartig, wie die Schiffsbäuche voller Seemannsplunder und nautischer Karten in den Seeräubergeschichten. Es roch nach Feuchtem dort, nach nasser Wolle, und es hingen dort obszöne Globen in eisernen Halterungen, die nackt und gelblich waren wie die Zähne in einem Totenschädel.

Überall standen diese kosmischen Gerippe herum, eine Erdkundewerkstatt war das, mit Schneiderpuppen, die die Erde darstellten, mit Hüften, Schultern, Hälsen, und alles dick verstaubt, eine verlassene Schneiderstube. Der Staub vor allem; auf allen diesen Medusenhäuptern hatte dicker Staub gelegen.

Als sie entdeckt wurden, rann etwas Überwältigendes, Marksaugendes, Obskures durch Alicias Adern, das aber schnell weich wurde und sich entfernte. Die Menschen sprachen bald nur noch aus dem Bauch und hatten tonlose Stimmen. Andrés hatte sich wie ein Frosch gekrümmt, dem im Labor ein Stromstoß versetzt wird, als Mendizábal auf dem Dachboden aufgetaucht war.

Alicia durchfuhr der blanke Haß, wenn sie sich daran erinnerte. Sie hätte den Gang der Ereignisse am liebsten gestoppt oder am besten ein Stück zurückgedreht. Nein, nicht gestoppt, sondern anders eingerichtet, so, daß die Teile nicht mehr zusammenpaßten, einen Pferdekopf auf einen Löwenleib gesetzt wie bei ägyptischen Gottheiten, oder einen Stier mit Flügeln geformt wie in Ninive. Jedenfalls hätte sie die reale schlüssige Anordnung des Geschehens verhindert, seine konsequente logische Abwicklung, derzufolge nach dem ersten Vorfall der zweite kam und was sonst noch alles bevorstand. Alicia hätte die Ereignisse gern auseinandergenommen, so daß kein Zusammenhang mehr zwischen ihnen bestünde und niemand sie für eine Agierende, für die Mittäterin halten konnte.

Dumm war auch gewesen, daß sie, als sie sich den Staub aus dem Schulkleid klopfte, eine so gespielt kecke, furchtbar unpassende Miene aufgesetzt hatte, als sei nicht sie, sondern als seien andere in der absurden Welt des Dachbodens, unter den toten Planeten ertappt worden. Und dann noch die zwei Worte, »Andrés, Liebster«, mit dem Finger auf den verstaubten Globus zu malen. Zu dumm.

Bevor Andrés zu ihrem Rendezvous gekommen war, war es Alicia nämlich durch den Kopf gegangen, daß sie ein Engel sei, der Engel der Zeiten, der nach dem Absterben der Welten durch das All schwebt, der Dachbodenengel, der Kontrolleur galaktischer Trümmer, der mit einem

Flügelschlag so gewaltige Entfernungen überbrückt, wie man sie nur in Lichtjahren denken, also gar nicht denken konnte.
Der einen Fuß vorsetzt und eine Hand ausstreckt – ein Engel, einsam, majestätisch, in der Ewigkeit.
Weit hinten lag hingemäht wie ein antiker Krieger mit zersplittertem Schild Saturn, lag Venus mittendurch gehauen und aschebedeckt, Mars mit ausgerenktem Unterkiefer, klaffend, ein Bild des Jammers, und Merkur mit gebrochenen Beinen – Leichname, still in namenloser Weite. Schweigen herrschte in der Zeit, in dem verlassenen Sonnensystem, über den Dingen, Möbeln, Betten, Atmosphären, Geräuschen, der Engel war nicht mehr hier, in diesem hochmütig weiten Raum. Schwermütig hatte der Engel sich abgewandt, war, als sei er erblindet, mal hier-, mal dahin, von einem Grab zum nächsten, von diesem Planeten zum folgenden gewandert. Da hatte ihn auf einmal etwas unwiderstehlich angezogen.
Eine Sphäre aus geballtem Staub hatte nur darauf gewartet, daß des Engels Blick auf sie fiele. Dem Engel tat sie leid, und er trat zu ihr. Der Planet war toter als alle anderen Planeten, weil er wahrscheinlich als einziger Augen und Gehör besessen, als einziger die anderen gesichtet und ihnen einen Namen, Gewicht, Format und einen Platz zugewiesen hatte – es war der weiseste und traurigste aller Planeten. Der Engel der Zeiten betrachtete in tiefem Schmerz den schuldbeladenen Staubball; dessen Tod schien ihn bitterer als der aller anderen zu treffen. Vor Zeiten war der Planet einmal von blindwütigen, gnadenlosen, sprechenden und weinenden Tieren bewohnt gewesen, die sich hartnäckig vermehrten, von einer Hoffnung erfüllt, in die auch Wut sich mischte. Von allen

Leichen im Universum bedurfte diese am dringlichsten des Mitleids, so viel Schuld hatte sie auf sich geladen. Darum hatte der Engel mit dem Zeigefinger auf die tote Fläche getippt, um ein Wort, das erste Lösungswort, darauf zu schreiben. Es sollte ihn wiedererwecken. Er fuhr mit der Fingerkuppe über den verstaubten Planeten, der bei seinen einstigen Bewohnern Erde geheißen hatte, und kraft des Lösungsworts erschienen unter dem unschuldigen Engelsfinger unglaubliche Namen, Rom, Jerusalem, Konstantinopel, Singapur, die eigentlich nichts besagten, die aber einmal aus dem Staub erstanden, gewillt waren, aufs neue zu leben, sich aufs neue mit tobenden Tieren zu bevölkern.
Trotzdem war es eine dumme Geste. Alicia hatte es erbost erkannt und ihren Lehrer Mendizábal wütend angefunkelt. »Es ist nur Sehnsucht nach Unsterblichkeit«, hatte Mendizábal in aufreizend belehrendem Ton gesagt, »die gleiche Sehnsucht nach Unsterblichkeit, in die auch Verbrecher unbewußt verfallen, wenn sie am Tatort das sie überführende Indiz vergessen.« Alicia hätte ihn am liebsten umgebracht.
Mendizábal aber hatte eher verlegen gewirkt und niedergeschlagen. »Ab mit dir durchs Fenster!« hatte er dem Jungen befohlen. »Los schon, wir haben keine Zeit zu verlieren!« Ganz leise, wie in tiefem Kummer. Dann aber war seine Stimme sonderbar geworden, der eines Todgeweihten oder einem dumpfen Trommeln ähnlich, so daß man sie nur hatte erfühlen oder mit dem Bauch hatte hören können.
Elementarer Zorn hatte Alicia überwältigt, doch als Andrés dann aus dem Fenster kletterte, im Gesicht einen albernen Ausdruck , so als ob er lachen wolle, nur noch jämmerlicher, da war sie ganz matt geworden.

Aha, Mendizábal wollte also ihr Komplize werden. Dieses Scheusal wollte sie beide für alle Ewigkeit in der Hand haben. Heftiger Ekel, lodernder Haß war in ihr aufgeflammt. Sie hatte sich von ganzem Herzen, mit geradezu religiöser Inbrunst gewünscht, wenn Mendizábal eine Tochter hätte, so sollte sie zum Flittchen werden, sich auf dem Strich feilbieten wie die letzte Nutte, die letzte, die unglücklichste aller Nutten. »Das war unklug von euch«, hatte Mendizábal gesagt, und es klang unendlich müde, »sehr unklug.« Alicia war es vor Wut richtig schwach im Magen geworden.
Natürlich war es unklug gewesen. Wenn Mendizábal es wissen wollte, so war es ihr durch den Kopf gefahren, dann wäre ihr das Zimmer in der Absteige lieber gewesen, wissen Sie? Die grob gestrichenen Möbel, das Zimmer mit den feuchten, schmierigen Möbeln, mit seinem Geruch nach billiger Körperlotion, mit dem gräßlichen Nachttopf in der Kommode, dem tabakbraunen Fußboden und der schlüpfrigen dicken Wirtin, die ihr jedesmal verständnisvoll zugezwinkert hatte. Doch, wenn Mendizábal es wissen wollte, in dieses Zimmer waren sie vorher gegangen, nur ein paar Monate vorher, und sie hatten es nicht unklug gefunden. Alicia hatte sich, wenn sie ins Haus schlich, immer in Andrés' Regenmantel gewickelt, um ihr dummes Schulmädchenkleid zu verbergen, und die Wirtin hatte auch nach dem ersten Tag, als sie schon wußte, daß es bei Alicia das erste Mal war, nicht aufgehört, ihr anzügliches Komplizengesicht zu machen. Später hatte Alicia nicht mehr dahin zurückgewollt, wegen dieser Frau, wegen dieser Vettel, und sie hatten sich in diesem absurden Universum treffen und im Staub versinken müssen. Das hätte sie dem Lehrer am liebsten ins Gesicht geschrien. Geschrien.

»Sehr unklug«, sagte Mendizábal noch einmal. Alicia war starr vor Staunen. Mendizábal erwähnte mit keinem Wort, was er mitangesehen hatte, sie beide, Alicias und Andrés' Körper, ineinander verschlungen auf den Atlanten. Nein, davon keine Rede. Der Lehrer wischte nur mit seinem schwarzen Flanellärmel das auf die Erdkugel Geschriebene aus: »Liebster Andrés«. Sonst gar nichts. Den Unsterblichkeitsdrang der Verbrecher. Wenn die zwei Wörter entdeckt würden, sagte er mit undefinierbarem Gesichtsausdruck, würden sie beide, Alicia und Andrés, von der Schule verwiesen werden.

»Und jetzt gehen wir fort von hier. Sie zuerst.« Unklug, nichts weiter, das war der Engel der Zeiten, der Besichtiger der Sternentrümmer, der mit dem magischen Wort eine für immer gestorbene Welt hatte wiedererwecken wollen.

Aber Alicia hatte noch keinen Schritt getan, da blieben beide starr vor Entsetzen stehen. Jemand kam die Treppe herauf. Mendizábals Gesicht bekam eine nicht mehr irdische Blässe. »Schreien Sie!« rief er ihr zu, einer plötzlichen Eingebung folgend, und zerriß ihr dabei die Schuluniform. »Schreien Sie um Gottes willen, ich übernehme die Verantwortung für alles!«

Von da an hatte seine Stimme sonderbar geklungen, als käme sie von weither und wie bei Sterbenden von ganz tief drinnen. Wie bei gerade noch lebenden Leichnamen, an denen in ein paar Körperteilen, Kopf, Augen, noch Leben ist, die Stimme aber, verzweifelt, rasend, schon von ganz unten kommt, aus abgestorbenen Partien, rasend vor schon jenseitiger Hoffnungslosigkeit.

Der Schuldiener, der auf Alicias Geschrei herbeieilte, hatte einen grauenvoll starren Blick. Er stierte aus unbe-

weglichen Saurieraugen schwindelerregend lange auf Lehrer Mendizábal, spießte ihn auf mit seinen gelben Augen wie der Sammler den Schmetterling mit der Nadel. Präzise nahm Alicia wahr, wie sich dem Lehrer Laute, ganz unten aus der Brust Laute entrangen. Dabei war der Schuldiener nicht weich und entrückt wie später alles andere. Er war wahrscheinlich gar nichts, denn daß sich die Ereignisse weich und entrückt anfühlten, lag an den Lauten, den Stimmen, der Schuldiener aber gab keinen Ton, nicht das leiseste Geräusch von sich, sondern preßte die Kinnbacken aufeinander wie zu einem Schraubstock. Sein erster Impuls war sicher, mit Fäusten auf Mendizábal loszugehen. Mit Fäusten.
Alicia war bemüht gewesen, sich unsichtbar zu fühlen, versteckt unter der Erde. Befremdend das Gefühl, daß die Stimmen aus dem Magen kamen, daß sie ein Hörgerät war, eine aus unbekanntem Material gefertigte Membrane, an der sich die nicht von Menschen, sondern vielleicht von einem Stück Holz, einem Brett hervorgebrachten Töne der Skala brachen. Töne, so tief, als kämen sie aus den Tiefen einer menschenleeren Kathedrale.
Ihr unwillkürlicher Drang, sich der Gegenwart zu entziehen, schwächte sie, einfach nicht dazusein unter den schrecklichen Globussen und Atlanten. »Gehen wir ins Rektorzimmer«, glaubte sie den totenbleichen Lehrer Mendizábal mit gebrochener Stimme sagen zu hören.
Der Schuldiener hatte seine ekelhaft fahle Haut auch, als Mendizábal heroisch, aufrecht, mit dem Stolz des Todeskandidaten die Treppe hinunterschritt. Im Sekretariat brachte er endlich ein paar, wenn auch unverständliche, Worte heraus und zeigte mit einer Hand, die nicht ihm gehörte, ihm gar nicht gehören konnte, zitternd auf den

Lehrer. Genaugenommen sprach er nicht Worte aus, sondern gab Signale, Signale, die jeder auf Anhieb verstehen konnte, sogar die Bewohner fremder Planeten. Nein, Sprache konnte man, was der Schuldiener da von sich gab, ganz bestimmt nicht nennen.
Da ging etwas vor sich in den Gesichtern von Rektor und Stellvertreter, ihre Züge sprachen eine präzise, furchtbare Sprache, und die war an den Verbrecher gerichtet.
»Ich gestehe meine Tat«, hauchte Mendizábal, »und welche Strafe auch über mich verhängt wird, ich nehme sie unbesehen an.« Etwas unermeßlich Nachsichtiges und Trauriges lächelte aus seinen Augen, und der Rektor wandte sich denn auch voll morbide bebender Verachtung von ihm ab.
»Sie kommen vor die Schulkonferenz, gehen Sie jetzt!« brüllte er. Ein verworrenes, konfuses Schweigen herrschte, als Mendizábal sich geschlagen und verloren aus dem Zimmer schleppte.
»Dieses Ungeheuer!« hatte Alicias Vater, in die Schule gerufen, sich dann laut entrüstet. Ganz untheatralisch, nur tief bekümmert, als schicke er ein Stoßgebet zum Himmel. »Ein Ungeheuer ist das!« hatte er wie durch ein Schallrohr gesagt, aber nicht, um besser, sondern um von niemandem gehört zu werden. Wie er dagestanden hatte mitten im Rektorzimmer, das Gesicht von aschgrauen Rinnen durchzogen, von steilen Falten, die wie mit Steinzeitwerkzeugen eingekerbt waren. Ein Mundwinkel verzog sich zu einem Lächeln, was komisch aussah, als hätte ihm ein Schlaganfall die eine Gesichtshälfte gelähmt, und auf der anderen Seite zitterte die Wange. Nur eine Wange.
»Vielleicht ist das Nichtwiedergutzumachende ja gar

nicht geschehen«, hatte der Rektor noch einmal zu bedenken gegeben, düster höflich und todmüde.
Doch der da jetzt in ihrem Zimmer saß, in ihrem Schaukelstühlchen, das war nicht ihr Vater. Wie konnte ihr Vater so dahocken, das Gesicht in die Hände vergraben, auf einer Spitze seiner Lackschuhe einen schwarzen Lichtfleck? Und auch noch wippen, mein Gott! Auf keinen Fall war, was da wie von Zangen gepackt zwischen den Armlehnen klemmte und wippte, ihr Vater. Der Lichtfleck war vorher, als ihr Vater den Vorhang zugezogen hatte, von ihrem Kissen auf den Boden vor den Schaukelstuhl gesprungen; jetzt hüpfte er hinauf und hinunter, von der Schuhspitze auf den nilgrünen Teppich und zurück, und war mal schwarz, mal schmutziggelb wie ein lange Zeit auf dem Pult liegender angebissener Apfel. Nein, was da wippte wie ein zu groß geratener widerwärtiger Bengel, das sollte ihr Vater sein?
Dazu die Krankenschwester mit ihren begehrlichen Augen. Die selbstgefällige, salbungsvolle Krankenschwester, die die Kindersachen im Zimmer so gerührt anschmachtete, sich dabei aber zugleich wie jemand, der alles weiß und sich nur unwissend stellt, mit der Aura des Geheimnisvollen zu umgeben wußte.
Eine verkleidete, täuschend raffinierte zweite Version der anderen Frau war sie, der Wirtin, bei der Andrés das Zimmer für ihrer beider Rendezvous gemietet hatte. Die Wirtin war an allem schuld, bei Gott, das war sie. Alles kam von diesem verdammten Weibsstück.
Andrés war immer als erster weggegangen, eine halbe Stunde später gefolgt von Alicia. Ein grauenhaftes Zimmer, diese Tapeten, und über dem Bett die Figur der Maria von der Unbefleckten Empfängnis, die aussah wie

eine Tote mit ihrer Nase, rosig und durchscheinend wie die Onkel Reynaldos. Die Figur war lebensgroß und neigte sich übers Bett, um den Schlaf der darin Ruhenden zu bewachen. Aber nur ihr Oberkörper ragte aus der Wand, der Rest schien qualvoll in sie einzementiert und gefangen und sich in ihrer Gefangenschaft rätselhaft genüßlich und besessen zu martern. Das verrieten ihre gelösten Gesichtszüge, ihr Engelsblick, ihre zart apfelfarbenen Wangen.

Und doch hatte Alicia sich hier heimisch gefühlt, sie gehörte in dieses Zimmer, es war ihr wahres, ihr ureigenes Zimmer. Mit seiner sonnengebleichten, dahinkränkelnden Tapete, die einmal mit lila Streifen gemustert, jetzt aber von Fliegen schwarz gesprenkelt war, mit seinem Waschbecken, dessen gußeiserne Halterung es zur Spinne machte, mit seiner Decke, an die goldene Arabesken gemalt waren. Dazu der Nachttopf, ja, selbst der runde kleine Dreckbauch des Nachttopfs hatte ihr Geborgenheit vermittelt.

An ihrem dritten Vormittag aber, nach ihrem dritten Treffen, war die Frau ins Zimmer gekommen, Minuten nach Andrés' Weggang. Sie hatte dreingeschaut wie heute die Krankenschwester, genauso ausweichend, aalglatt und dabei trauernd. Die Eingeweihte, die milde Mitwisserin. Maria von der Unbefleckten Empfängnis.

»Er erfährt nichts davon. Dein Freund braucht's gar nicht zu erfahren. Du kannst noch dableiben, wenn er gegangen ist. Es kommen dann ein paar Herren, Freunde von mir. Hochanständige Leute.«

Alicia sagte ja, um unbehelligt davonzukommen, nur war es von da an aus mit dem Zimmer. Wegen dieses verdammten Weibsstücks. Nur wegen der war alles so

gekommen, und Alicia hockte wieder in ihrem Kleinmädchenzimmer.
Sie wandte sich wieder den Füßen ihres in dem Schaukelstuhl eingeklemmten Vaters zu. Da stand der lackschwarze Lichtfleck auf dem wippenden Fuß plötzlich still und mit ihm der Fuß, und alle Gesichter fuhren zu einem Punkt herum, den sie nicht sehen konnte. Alicia heulte auf, sie schrie, langgezogen, rasend, angstvoll. Vor ihr stand Tante Enedina.
Tante Ene jedoch strich ihr mit unsagbarer Zärtlichkeit über die Stirne. »Armes Kleines!« sagte sie laut. Auf ihrem Gesicht stand tiefer Kummer. Alicia mußte an den vornehmen Trauergast bei Onkel Reynaldos Begräbnis denken, der sich in tiefem Schwarz scheinbar zum Beten über den Sarg gebeugt hatte, in Wahrheit aber den Toten beschimpft hatte, und sie zuckte zusammen.
Über Tante Enes Wangen rannen dicke Tränen, so daß auch alle anderen bitteren Kummer empfinden zu müssen glaubten. Ihr Vater stand abgewandt in einer Ecke und starrte fassungslos auf die Zierleiste mit dem zwanghaften Kaninchengehoppel über der Tapete, biß sich auf die Lippen und konnte trotzdem nur mit Mühe ein Schluchzen unterdrücken. Die Krankenschwester hingegen begann maßvoll und dankbar vor sich hin zu weinen.
Der Rektor warf dem Vater einen Blick zu, stand auf und trat zu ihm hin. Da er nicht wußte, was er anderes tun oder sagen sollte, legte er seinem Freund die Hand auf die Schulter und tat einen tiefen Seufzer. Aber auch dieser Seufzer klang – teuflische Automatik – wieder zufrieden, und so zuckte er nur noch resigniert mit den Achseln.

Tante Ene beugte sich zu Alicia herab und flüsterte mit sanfter, weicher Stimme, kaum hörbar, einlullend : »Wein ruhig, Kind, wein dich nur aus, mir machst du nichts vor. Heul ruhig, du schamlose kleine Nutte, kannst ruhig heulen, ich werde dich nicht verraten!« Alicia wollte es nicht, aber sie mußte lächeln, so beglückt war sie. Tante Enedina, der einzige Mensch auf der ganzen Welt, der nur einmal hinzusehen brauchte, um hinter ihr Geheimnis zu kommen, ihre Tante Ene. Ausgerechnet die rechtmäßige Witwe hatte das passende Wort gefunden, das Lösungswort, hatte es ihr ins Ohr geflüstert, eines der wenigen Schlüsselwörter, mit denen der Mensch sich ausdrückt.

Die Schwester, die Feindin

Für Elvira Vargas

Bereit zur nie dagewesenen Trance dieses unvermuteten heimlich praktizierten Glaubens, dem sie, zuerst angstvoll, dann – solch rätselhafte Wunder bewirkt der Groll – in Liebe und Ergebenheit, ihr Opfer darbringen wollte, hatte sie, leise, blind, wie von Sinnen, von stummer wilder Gier getrieben, all ihre spärliche Kraft für die eine Minute der Erhebung des Kelches zusammengenommen. Für nichts Geringeres als die Erhebung des heiligen Kelches, für nichts weniger Schreckendes. Für ein schwarzes Offertorium. Sie würde es wie tollgeworden beginnen; sie wußte ja von nichts außer von ihrer langsamen, blinden, nach innen gerichteten, seit hundert Jahren andauernden Willensanspannung, die sich wie ein obskures Messer zäh bis zum Verschwinden in einen eigentlich inexistenten, nie existierenden nachtschwarzen Körper bohrte. Nachts dachte sie, das unerbittliche Messer ihres Willens in den Rippen, unter dem Vogel aus schwarzem Stoff, verloren in ihrem Zimmer, ihrem Sarg: Morgen, morgen. Morgen wäre es soweit, morgen würde sie den Kelch heben und dabei in ihrem Rücken spüren, wie ihre Halbschwester ungut und verschlagen die Faust hochnahm.

Wenn sie nicht im Stich gelassen wurde. Wenn ihre Kräfte sie heute nicht im Stich ließen und wenn kam, was immer kam: das grausig strahlende Glück in den Augen der

Stiefschwester und ihre frohlockend gehässige Stimme, in deren Innerstem heimliche, heftige Ergüsse stattfanden, die nach außen hin aber glühte vor gefrorener Liebe zu dem gegen Strafen gefeiten frommen Glied Gottes.
»Ich wollte dich gar nicht schlagen. Aber du erwartest von mir ja immer nur Schlechtes. Du bist zusammengezuckt, weil du Angst hast! Du bist eingebildet und schlecht, so war wahrscheinlich auch deine gottverlassene Mutter!« Damit schlug sie zu, kurz und heftig. Der Kelch, die Wandlung. Die grausame Gabenbereitung. Eigentlich sauste die Faust ohne Zorn aus dem Himmel nieder. Eher freudig, eher vor Wonne zitternd. »Jesus nahm das Brot und den Kelch in seine heiligen und ehrwürdigen Hände und reichte es seinem Vater.« Danach bebte die Schwester immer vor Seligkeit, unmerklich, nur der Mund war leicht verkniffen, so als zögen sich, sobald Wasser und Wein vermischt und auch im schlüpfrigen Kelch ihres Mundes Wasser und Speichel eins geworden waren, ihre Eingeweide sacht zusammen.
»Weil du so verdorben und so schlecht bist! Wegen deiner sündhaften Gedanken! Weil du dich vor dem Schlag gefürchtet hast, obwohl ich gar nicht vorhatte, dich zu schlagen!«
So ging es tagaus, tagein.

Sie spürte das vorsichtige, raffiniert lautlose, echsenhafte Nahen ihrer Schwester im voraus, sie ahnte es, wenn sie sich mit irrealen Schritten unter den stillen Pfeilern durch den Bogengang anschlich. »Laßt uns nun das Leben und Leiden all derer darbringen, die es selber nicht tun.« Noch eine Sekunde, und sie hatte gesiegt, wenn sie nur – Gott bewahre – ihre Kräfte nicht vorher verließen.

Den Tribut an Leiden, den etliche Gott nicht entrichten wollen. »Du gehörst auch dazu! Weil es dir an Demut fehlt! Weil du nicht fromm, wie es sich gehört, niederkniest vor deinen Peinigern! Ohne Stolz, ohne Verstocktheit, ohne Groll im Herzen, schlicht dankbar!« Ihre Stiefschwester. Ihre gräßlichen Reden. Noch eine Sekunde, und sie würde hinter ihr stehen, die Faust erhoben, bereit, sie auf ihren Kopf niedersausen zu lassen. Die Sekunde des erhobenen Kelches.

Als die Stiefschwester merkte, daß das Mädchen nicht zusammenzuckte, daß es nicht zur Abwehr ängstlich den Rücken krümmte, schlenderte sie an ihr vorbei, ohne den Schlag auszuführen. Ein Stück weiter aber fuhr sie herum, leichenblaß im Gesicht, stumm, es war, als wollte sie den Verstand verlieren.

Sonnenlicht ergoß sich auf die großen Obsidianfliesen im Hof. An der Mauerkante über dem Mädchen flatterte neben einer durchgebogenen Leiter emsig eine kühne Schwalbe, und der gegen das Licht stehende Brunnen barg verhalten duftende Feuchtigkeit in seinem Schatten. Es war ein einziges, nicht enden wollendes Wiedererwachen des Lebens.

»Siehst du«, sagte das stumme Leichengesicht, in seine vorläufige Niederlage ergeben. »Ich hab dich nicht geschlagen.«

Ich hab dich nicht geschlagen. Ich hab dich nicht geschlagen. Die Tote begriff anscheinend, daß sie soeben entmachtet worden war, daß sie zumindest den Stein verloren hatte, auf dem die Priester ihre Riten vollziehen, daß sie sich dieses Zaubersteins, der Angst vor Schmerzen, nicht mehr bedienen konnte, daß Schläge fortan nichts mehr nützen würden.

Da funkelten tief in ihren Augen schon wieder kalte Blitze: Sie entdeckte gerade, daß dem Mädchen ein paar sanfte flache Hügel, die Brüstchen, zu wachsen begannen.
»Gestern«, setzte sie darum mit kalkulierter Trägheit von neuem an, als fiele ihr soeben etwas völlig Banales und Belangloses ein. »Gestern hab ich gesehen, wie du im Fluß gebadet hast.«
Das war frei erfunden.
»Nackt gebadet.« Ihre Stimme wurde langsam um Grade wärmer, aber auch perfider, und nahm einen zunehmend anklägerischen und gleichzeitig zärtlichen Ton an. »Ich hab dir von den Akazienbüschen aus zugesehen. Da mußte ich mich verstecken, um dich bei deiner Sünde ertappen zu können.«
Ihr Mund längte sich zu einem schmallippigen grausigen Leichengrinsen. Sie hatte das Ritual wieder im Griff, sie eroberte ihr Terrain zurück. Leben und Leiden all derer, die es nicht selbst darbringen.
»Und sag mal«, setzte sie beglückt hinzu, »warum hast du mir eigentlich nicht erzählt, was da bei dir wächst?«
Die sanften flachen Hügelchen auf der Brust. Die garstige schwarze Sünde.
»Warum nicht?« Die Stiefschwester schloß bei ihrer Frage die Faust um eine Kleinmädchenbrust und preßte sie eine brutale Sekunde lang rasend vor Zorn mit grimmiger Lust zusammen. Über dem Mädchen war der Stab gebrochen.
»Warum hast du's dem Pfarrer nicht gebeichtet? Komm mit! Das holst du nach, sofort, vor meinen Augen!«

Die Schwester sah ihr beim Beichten zu wie ein großer, finsterer, reglos zwischen den Kirchenpfeilern verharrender Vogel. Das Mädchen kniete hinten bei den schon erloschenen Wänden nieder, um von dem Beichtvater den schläfrig genuschelten Segen zu empfangen.
Blutrot, fast schwarz, trennte das durch ein hohes Fenster einfallende Licht den Kopf eines Heiligen vom Rumpf. Die fromme Figur blickte entgeistert aus den Augen, als könne sie nicht fassen, warum ihr unvermutet dieses Unrecht widerfuhr, ihre Enthauptung. Dann wurde das Licht grün, wanderte hinab bis vor den Beichtstuhl und trübte sich zu den Wänden und dem Altar hin allmählich in einer Folge von immer dunkleren und düstereren Schleiern bis zu schmutziger Schwärze.
»Tja, Kindchen«, ließ der Beichtvater sich hören. »Wir sind alle von Geburt an Sünder. Mit den Frauen aber hat das Sündigen angefangen, und du bist nun zur Frau geworden.«
Das Allerheiligste stand erhöht, umkränzt von altgoldenen Strahlen, und nichts entging seinem in die Kustodia wie in einen tiefen Sarg eingelassenen sakrosankten einzigen Auge. Eine Wand weiter prunkte mit brüchig gewordener gigantischer Bildfläche ein dunkles Gemälde, auf dem sich wuchtige Erzengel im Waffengeklirr des Glaubenskrieges tummelten, ein einzelner Erzengel die lautere Brust und den ruchlos fleischlichen Rücken reckte und zwischen Wolken und Finsternis neben Gott Heilige, Dämonen, Marien und Pobacken, Lenden und Sündenfälle wogten. Daneben zeugten Votivtafeln in rührender Einfalt von Dankbarkeit für abgewendetes Ungemach, überstandene Krankheiten, folgenlose Stürze, belohnte Trübsal, gebannte Gefahren und glück-

lich vorübergegangene Schicksalsschläge. Und alles unwandelbar und zur Ruhe gekommen.
Der Pfarrer schien unter dem Beichtstuhldach eingeschlafen zu sein mit seinen vor dem Bauch gefalteten Händen.
»Gewande dich, Kind, ganz gleich womit, mit billigem Baumwollzeug meinetwegen. Damit du niemanden in Versuchung führst. Schlag auf der Straße die Augen nieder, schäme dich vor den Männern und fürchte den Herrgott.«
Dabei hatte es ausgesehen, als schliefe er. Und plötzlich streckte er eine zitternde Hand aus und faßte sie an.
»So groß sind sie nun auch wieder nicht. Fangen ja gerade mal an zu sprießen.«
Das Mädchen ließ ihn in seiner Herzensangst gewähren und ging dann zur Kniebank, um die ihm aufgegebene Buße zu beten.
Der Pfarrer klopfte mit den Fingerknöcheln innen an die Wand. Da aber keine Beichtwilligen mehr warteten, stand er sichtlich verärgert auf und begab sich zur Sakristei.
Als die wuchtige, vierschrötige Gestalt auf dem Weg vom Beichtstuhl schräg hinüber zur Sakristei hinter ihm vorüberrauschte, schrak das Kind entsetzt zusammen. Der Mann war ja Gott in Person, Gottes Augen hatten vorhin ins Innerste ihrer Seele geblickt, und Gottes Hand hatte zitternd nach ihren kleinen Brüsten getastet.
Wenn ihr nur die Bußgebete einfielen! Wenigstens eines könnte in ihrem angstverdüsterten Gehirn doch auftauchen. Ihre Brüste. Jungfrauen, Heilige, fromme Männer, Märtyrerinnen. Die überirdischen Frauen, die im göttlichen Martyrium ihre Brüste hingegeben hatten. Aber

kein Gebet fiel ihr ein, in ihrem Kopf blieb es schwarze Nacht. Ihre Brüste! Oder auch ihre Augen! Alles, wenn sie nur nicht zu Fall kam, nur nicht der Sünde anheimfiel. Sie wollte sie sich eigenhändig abhacken, und es würde ihr nichts ausmachen, wenn es wehtat. Ja abhacken, wenn es sein mußte. Und trotzdem brachte sie es nicht fertig, auch nur das armseligste kleine Gebet zu murmeln.

Als plötzlich ihre Halbschwester heimtückisch sacht und lautlos neben sie an die Bank trat, konnte sie mit knapper Not einen Aufschrei des Entsetzens unterdrücken. »Nimm dir die Rügen zu Herzen, die dir der Pfarrer erteilt hat! Laß sie dir als Ansporn dienen, von jetzt an auch ständig dein Gewissen zu prüfen!« Die Stimme wehte sie aus dem bodenlosen Abgrund der Kirche eiskalt an. »Und jetzt sagst du mir, worin du sonst noch gesündigt hast!«

Das Mädchen konnte dem Befehl nicht gehorchen. Es grübelte, aber es kam nicht darauf, was es noch beichten könnte.

»Hast du keine Träume?« zischte ihre Schwester. »Träume sind auch Sünde.«

Die Jüngere warf ihr einen wehen, angstvollen Blick zu, sie flehte mit ganzer Seele um Erbarmen.

»Die Träume auch!« Ihre Halbschwester ließ nicht lokker.

Wenn man von tobenden schwarzen Stieren mit Männeraugen träumte, war es Sünde, von Stieren, die quer durchs Schlafzimmer auf einen zukeuchten und einen aus blutunterlaufenen Augen rot anfunkelten. Wenn einen im Traum am Ende einer langen engen Straße eine zwielichtige, boshafte Gestalt mit fieberglühenden, begehrlich glänzenden Augen hastig und verstohlen zu sich winkte. Wenn man im Schlaf in ein unbezwingliches Gelächter ausbrach, das nicht von der Brust und nicht von der Lunge und nicht vom Hals, sondern vom Unterleib ausging, von hier, ja, hier, ein entsetzlich hemmungsloses und auch noch lustvolles Gelächter. Oder wenn man riesenhafte Ratten sah, so groß wie schwarze Widder, die wie Schweine unterm Bett grunzten und einen nach oben stemmten, so daß man am ganzen Körper schwitzte und mit seinem fahlen Schweiß alles naßmachte. Oder wenn einem Lippen ohne ein dazugehöriges Gesicht, nur Lippen, Dinge ins Ohr flüsterten, und zwar keine verständlichen Worte, sondern etwas Schleimiges, Heißes, Flüssiges. Aber für schöne Träume galt dasselbe. Es galt auch, wenn man scheinbar von Schönem träumte, von lächelnden Engeln oder von Wolken, vom Fliegen über Städte und Äcker oder vom Anblick der auferstandenen toten Mutter. Ihrer toten Mutter.

»Du hast doch bestimmt von deiner Mutter geträumt, gib's zu! Du hast von ihr geträumt, und das verzeiht Gott nicht. Weil sie dich im Ehebruch bekommen hat, und Ehebruch ist die schlimmste aller Sünden.«

Das Mädchen erbleichte, aus ihrem Gesicht wich alle Farbe. Kalkweiß und zitternd, wollte sie mit ausdruckslosen Augen sagen, ja, sie habe von ihrer Mutter geträumt, und wenn sie wolle, könne sie sie sogar vor sich erstehen lassen, bis zur Schmerzhaftigkeit lebendig. Aber sie brachte nicht die Kraft auf, sondern fiel hintüber und schlug mit dem Hinterkopf auf die schmierigen Kirchenbänke.

Noch als man sie nach Hause trug, war sie nicht wieder ganz bei Besinnung. Sie wurde in ihr Zimmer gelegt, auf ihre kleine alte Pritsche, an den schattigen Platz, den ihr zustehenden dunklen Winkel.

Ihr Vater war beunruhigt, und vor Kummer und Ärger wurde er laut, ohne es zu merken. Ihre Stiefmutter indes hantierte mit verächtlicher, gleichgültiger Miene und fahrigen ruckartigen Bewegungen im Haushalt. Den Beruhigungstee verschüttete sie auf den aschgrauen Lippen und zusammengebissenen Zähnen des Kindes, beim Anlegen der Nackenwickel tränkte sie seine Haare mit der widerlich öligen Soße, und als sie zum Wärmen einen heißen Ziegelstein an die kalten Füße schob, sah es so aus, als wolle sie das Mädchen in seinem Grab aus schmuddeliger Bettwäsche und harten Wolldecken einmauern.

Das Kind schlug die Augen wieder auf und hatte das Gefühl, den anderen Menschen wäre die Sprache abhanden gekommen. Oder sie wären des Sprechens überhaupt nie fähig gewesen, und ihm sei das nur jetzt erst aufgefallen.

Vorsichtshalber schweigend, aber zugleich auch voll plumper Neugier, bewegten sie sich verwirrt und linkisch in einer lautlosen Welt und schielten mit blicklosen fremden Augen zu dem Mädchen herüber.

»Sie kommt wieder zu sich«, sagte jemand, als bemerkt wurde, daß sie die Augen öffnete, und sogleich stahl sich alles aus dem Raum, erleichtert und plötzlich gelangweilt.

Allein gelassen, starrte sie hinauf zu der Decke aus unverputzten braunen Ziegeln. Unter einer kuppelförmig gemauerten Stelle, einer anscheinend ohne Vorsatz, vielleicht sogar versehentlich ausgesparten Erhöhung, hing an einem alten Balken das schwarze Stück Stoff, über das sich nie jemand Gedanken gemacht hatte. Nachts sah es aus wie ein in der Höhe schwebender, ewig regloser, riesengroßer geduldiger Vogel, ein Geier. Ebensogut konnte es aber auch ein spitziger langer Priester sein, schwarzberockt und ohne Kopf und Beine.

In einem erneuten Schwächeanfall schloß das Mädchen die Augen. Es dachte an nichts, sondern schwamm wunschlos im weichen Wasser eines Sees.

Auf einmal sah es sich im Patio seines Hauses umflossen vom Glanz eines durchsichtigen, himmelhohen Morgens. Alles war eine keusche Verlockung, zu leben, die Erde nicht mehr mit den Füßen zu berühren und in der nächsten Minute – unglaublich – flach über die Dinge hinzuschweben. Zwischen den Pflastersteinen auf dem Hof sprossen hier und da lächelnd zierliche Grashalme, winzigkleines feuchtes Leben.

Nichts war schöner, nichts vorrangiger, und nichts ging einem so unter die Haut wie das Leben. Könnte man die Gedanken zum Verstummen bringen, man vernähme augenblicklich die kleinsten Laute, die zusammengenommen das alles ausfüllende, uferlose Rauschen des Universums ausmachen: die Ameisen mit ihren Sanduhren unter der Erde, die Blumen mit ihren korinthisch, ionisch, etruskisch oder gotisch geformten Hochzeitskelchen und dem leicht sinnlichen, goldenen verwehenden Pollen und alles Verästelte auf der Erde, das Wachsen des Rasens, das filigrane Barthaar der Lianen, die wilde Minze und salzig, sauer oder süß schmeckende Gewächse. Alles, was im stillen Takt des Lebens raunte, pochte und atmete.

Da zog oben in der Pfeilerecke ein schmuddliges Schwalbennest ihre Blicke auf sich. Es war schmuddelig, aber anrührend, und aus allem gebaut, was im Lande herumlag. Davor flatterte unentwegt die Schwalbenmutter, lustvoll und besessen, fleißig und stolz für ihre Brut sorgend, die Sinne weit offen für jede Botschaft des weiten Himmels.

Einmal in dieses Nest schauen dürfen und staunen und mitjubilieren!

Das Kind zauderte nicht lange, es legte die Leiter an und kletterte hinauf zu dem Nest. Es war auch innen schmuddelig und lustig zusammengestückelt und hatte etwas kindlich Verspieltes – eine kleine kreisrunde Puppenstube. Und drum herum flog die Schwalbenmutter und hatte in einem fort zu tun und zu sorgen: weil sechs oder acht rundlich-ovale kleine Eier darin lagen und darauf warteten, daß das Leben sie wärmte. Die Schwalbe äugte zu dem Mädchen hin, nickte dankbar mit dem Köpfchen und begann wieder ihr munter vergnügtes Brautleutegeflatter. Es sah aus, als würde sie lachen.

Benommen vor Glück und ganz unbeholfen vor Freude, trat das Mädchen fehl auf der Leiter, stürzte, und im Sturz wurde das Nest mit hinabgerissen. Da lag es, am Boden, zerschmettert, hingemordet, und plattgedrückt wie der erbärmliche Hut eines Landstreichers. Sofort war der Himmel wieder schwarz verhangen. »Weil du so verdorben und schlecht bist! Genau wie deine gottverlassene Mutter!«

Die Schwalbe stieß einen grauenhaft menschlichen Laut aus, ähnlich dem Wimmern eines Kindes, dem der Mund zugehalten wird, ähnlich einem aus der Tiefe der Erde kommenden dumpfen Stöhnen. Wütend schoß der

Schwalbenschnabel auf das Mädchen zu, um ihm die Augen auszuhacken. Klagend wirbelte das kleine Tier, zum Höllenvogel geworden, über dem sich krümmenden und zum Schutz die Hände vors Gesicht haltenden Mädchen. Wieder und wieder hieb es in maßloser, schmerzhafter, verzweifelter Angst mit seinen Flügeln auf sie ein, als wären es Messer, bis sie wundgeschlagen und zerfetzt waren. Arme kleine Kreatur Gottes.
Hatte die Schwalbe die Schuldige zunächst züchtigen wollen, so ging es ihr bald nur noch darum, zu sterben. Was sollte sie auch allein? In welchen Wesen sollte ihr Blut weiterströmen, wen sollte sie füttern, wozu war ihr kleiner Körper, ihr feingliedriger Knochenbau noch nütze?
Sie ließ von dem Mädchen ab und warf sich mit aller Wucht einmal, zweimal und hunderte Male an die Mauer. Ihr Flug wurde immer schwerfälliger, bleierner, ihr Körper und ihre Flügel waren bald vielfach gebrochen, und allmählich erblindeten die zuvor so lebendigen kleinen Augen. Am Ende sank sie mit blutigem, schmutzverschmiertem, zersplittertem Schnabel ins Gras. Dann schwang sie sich mit einer unerhörten Kraftanstrengung noch einmal auf und warf sich ein letztes Mal gegen die Mauer. Es war wirklich das letzte Mal.
Das Mädchen kniete neben der Leiche nieder, brachte aber keine Träne hervor. Gott ließ nicht zu, daß sie weinte, verabscheuungswürdigen Sündern wie ihr standen keine Tränen zu. Darum stand sie auf, eine Tote, zwar am Leben, aber für immer leer im Herzen, und lief durch die langen, endlosen Dorfstraßen. Am Ende fand sie sich – sie wußte selber nicht, wie – unter dem angstmachenden Gewölbe der Kirche wieder. »Erbarmen,

Herr, hab Erbarmen mit mir! Übe Nachsicht mit mir ungeheuerlicher Sünderin!«
Der Pfarrer sah wieder aus, als ob er schliefe. »So groß sind sie ja gar nicht, Kind, fangen ja gerade mal an zu sprießen.« Er schien zu schlafen, aber plötzlich brach er in schauerliches Gelächter aus. »Tut das gut! Unheimlich gut! Hier, ja, hier!« Dem Mädchen fiel auf, daß der Pfarrer nicht aus der Brust, sondern aus dem Unterleib heraus lachte – ein Wahnsinniger, ein Besessener, eine Spukgestalt, ein Dämon. »Gnade, Herr im Himmel! Hab Erbarmen mit mir und vergib mir!« Aber der Pfarrer wieherte und wieherte, als ob er nie wieder aufhören wollte. »Fort! Fort mit dir! Du bist es nicht wert, den Tempel des Herrn zu betreten! Ist doch keine Sünde! Schwalben umbringen ist doch keine Sünde! Raus mit dir, Unwürdige! Ach, tut das gut, unheimlich gut! Hier, ha, hier!«

Das Kind erwachte in tiefer Unruhe, mit keuchendem Atem und schweißgebadet. Nichts hatte sich in seinem Zimmer von der Stelle gerührt, nur das Dunkel wurde allmählich dichter. Über ihm stieß der reglose Geier an seinem alten Balken noch immer mit dem Schnabel ins Zimmer.
Auf wackligen Beinen ging das Mädchen matt in die Zimmermitte, um sich dort ruhig und stumm mit ganzer Kraft auf das Sterben zu konzentrieren. Aber es gelang nicht; es war, als wäre sie schon vor langer Zeit gestorben und verdorben.
Von draußen drangen Stimmen herein, und die Frau ihres Vaters bat unter Tränen, er dürfe ihre Tochter, des Mädchens Stiefschwester, doch nicht schlagen.

Das Mädchen trat einen Schritt näher an den Geier heran, das häßliche schwarze Stück Stoff, das von der Decke herabhing, und tippte daran, um zu sehen, wie sich das gedankenlose, tote Ding anfühlte.
Ein Satz ging ihm im Kopf herum, zu unscharf, als daß es seine Bedeutung hätte erfassen können, aber er war von seinem Willen unabhängig und vollkommen einleuchtend: »Zum Glück gibt es dich bald nicht mehr.«
Dann hörte sie weit weg nur noch, wie ihre Schwester geschlagen wurde.

Die Stiefschwester weigerte sich mit einstudierter Hartnäckigkeit, ihren Eltern, die wissen wollten, was in der Kirche vorgefallen war, Auskunft zu geben. Sie gab nicht einmal zu, daß sich der Vorfall überhaupt in der Kirche abgespielt hatte – eine wesentliche Aussage, die sie sich für später vorbehielt, für den richtigen Zeitpunkt. So sehr ihr Vater auch in sie drang, sie schwieg heroisch und legte in die Augen ein gespielt rebellisches, gönnerhaft zorniges Funkeln und zugleich so viel zärtliche Liebe zu ihrer armen erkrankten Schwester, daß sie damit gekonnt den Eindruck erweckte, sie hüte ein das Mädchen betreffendes schlimmes Geheimnis und werde es um keinen Preis verraten, selbst wenn sie sich dafür foltern lassen müsse.
Dem Vater riß vor Ärger über ihr Schweigen die Geduld, und er schlug gnadenlos auf die Tochter ein. Sie war darüber selig, sie bebte vor Glück. Wenn sie sich prügeln ließ, mußten die Eltern die allerschrecklichsten Dinge von ihrer Schwester, dieser halben Waise, denken. Unerhörte und unaussprechliche Dinge. Dieses namenlose Glück, diese uneingeschränkte Macht, ihre Allmacht,

ihr lustvolles Bekenntnis zu dem uneingestandenen, geheimen, zornigen Glauben, dessen einzige Priesterin sie war – das konnte ihr nichts und niemand auf der Welt nehmen. Es war eine gewaltige Gottesgabe, es stürzte wie eine lustbringende Lawine in ihr Herz, es machte sie glücklicher als Liebe, als Frömmigkeit, als die Seligkeit im Himmel.

In der Nacht, in der wachen Stille des schlaflos mit der Mutter geteilten Zimmers, schien ihr dann der Augenblick gekommen, der Mutter die Mitteilung zu machen, deren Folgen sie so gewissenhaft vorausberechnet hatte. Ihre Mutter schlief auch nicht. Auch sie wartete darauf, daß ihre Tochter sich aussprach. Es war an den im Dunkeln bang und unruhig flatternden geöffneten Lidern zu erkennen. Die Tochter kroch also mit angehaltenem Atem, aufs höchste konzentriert auf das, was sie sagen wollte, lautlos zu ihrer Mutter ins Bett.

»Bist du es?« flüsterte die Mutter. »Weine nicht, Kind. Du hast nichts Böses getan.«

Der Stiefschwester lief ein Schauder über den Rücken, und sie schüttelte sich vor Freude auf das Wunder, das ihr unseliger Glaube sogleich vollbringen würde.

»Entschuldige«, sagte sie, wie verklärt von einem nächtlich geheimen Gefühl, das sie sprengte. »Ich erzähle dir jetzt alles.«

Es wurde beängstigend still, vollkommen still in dem Zimmer. Das Mädchen hörte, wie die Mutter Speichel schluckte, und gab dann preis, was sie in der Kirche angeblich mit eigenen Augen gesehen hatte: Wie ihre Halbschwester aufs höchste beunruhigt aus der Beichte gekommen sei, wie der Pfarrer bestürzt und erzürnt wie noch nie aufgesprungen war und wie das Mädchen dann

unter der Last seines Gewissens vor Scham in Ohnmacht gefallen war.
Auch die Mutter erschauerte nun im Dunkeln, zitternd tastete sie nach der Nachttischlampe. »Nach dem Beichten, sagst du?« fragte sie noch einmal. Befremdender konnte ihr Gesicht nicht aussehen, mit diesen weit aufgerissenen trüben Augen. »Nach dem Beichten, ja?« Aus ihrer Frage war der brennende Wunsch und die schnelle Bereitschaft herauszuhören, auch noch die schlimmsten Vermutungen bestätigt zu finden. »Ja«, hauchte die Tochter.
Eine Sekunde lang ließ die Mutter einen zärtlich mitleidigen Blick auf der Tochter ruhen. Dann reckte sie das Kinn, daß sich die Haut auf den Wangenknochen spannte, und bekam ein unmenschliches Gesicht voller grausamer Härte. Nur noch Siegesgewißheit glänzte in ihren für alles andere erblindeten Augen, und was böse und verworfen gewesen war in ihrem Herzen, war nichts im Vergleich mit der Bosheit und Verworfenheit im Herzen der anderen. Der in ihr lodernde heilige Eifer und ihre gerechte Strenge ließ sie zu Turmhöhe aufwachsen, zum Kirchturm, der ihr erst zeigte, wie weit unten die anderen standen, was für eine geringfügige Sünderin sie doch war und wie ehrlich und rechtschaffen. »Dieses verdammte Stiefkind!« murmelte sie. »Dieses gottverlassene angeheiratete Kind! Wird Fürchterliches zu beichten gehabt haben, wenn es danach vor schlechtem Gewissen in Ohnmacht gefallen ist! Was hat der Pater wohl anhören müssen aus ihrem abscheulichen Mund?«
Wenn sie schwanger war, sollte sie das Balg im Rinnstein loswerden wie die Hunde. Aber ohne Erbarmen, im Rinnstein!

Die Mutter stand auf und schritt mit der gerechten, gestrengen Miene eines unbarmherzigen Richters in das kleine Zimmer, in dem das Mädchen schlief. Die Tochter sah ihr nach und bemerkte überrascht, wie riesenhaft, unförmig und verlottert ihre Mutter in dem gräßlichen Nachthemd und mit der Kerze in der Hand aussah. Dann glaubte sie einen leisen Aufschrei zu hören. Da ihre Mutter jedoch gleich wiederkam, war sie bald beruhigt.

Die Mutter saß auf dem Bett und brachte minutenlang kein Wort über die Lippen. Auf ihrem Gesicht war der Ausdruck fassungslosen Staunens festgefroren. Es hatte den Anschein, als stünde sie kurz davor, den Verstand zu verlieren, denn einzig ihre Lippen bewegten sich mit beängstigendem Eigenleben, so als gehörten sie nicht mehr zu ihr.

»Sie hat ihre Strafe selbst vollzogen«, flüsterte sie, aus Bangigkeit so leise, daß auch die Tochter es nicht mehr verstehen konnte. »Was sagst du?« wollte die Tochter wissen.

Die Frau machte nur eine fast tierhafte, vage Geste. Im Zimmer nebenan baumelten einen halben Meter über dem Boden die Füße des Mädchens. Seine schmächtige Gestalt hing an einer schwarzen Stoffschlinge, an dem schwarzen Geier.

Wie ein Blinder ohne Orientierung strich die Mutter ihrer Tochter unbeholfen über die Haare. Sie versuchte ihr ein paar zärtliche Worte zu sagen, stockte aber vor Schluchzen.

»Bete zu Gott, Kind«, konnte sie nur stammeln, »daß er dich so unschuldig und rein erhält wie bisher.«

Eine Nacht an Land

1

Schwerfällig, echsenhaft träg und ermattet wälzte sich der Fluß in der lastenden Hitze eines tropischen Vormittags zwischen zwei dichtbewachsenen Ufern friedlich und eintönig dahin. Es war ein Fließen wie von warmem Öl, die Wasserfläche war spiegelglatt und die Atmosphäre darüber reglos und auf der Haut spürbar wie ein riesengroßes, vom Bügeln noch heißes Laken.
Die Holzhäuschen der Hafengegend, die zum Schutz vor der Flut auf Stelzen am Flußufer standen, sahen aus, als wankten und zitterten sie, als bögen sie sich im diesigen Glast der stehenden Luft, einer Luft, in der sich nichts rührte, die sich nur staute, abgestorben wie Wasser in einem Teich. Über den Hütten stieg Rauch auf, beschwerlich, ja schleppend vor dem feindseligen Blau des Himmels, bildete eine sanft flatternde, mit weißer Kreide gezeichnete Linie, zäher, bis zur Körperlichkeit verdichteter Rauch, den es unendliche Mühe kostete, überhaupt die über die Flachdächer ragenden kleinen Blechschornsteine hinter sich zu lassen.
Auf der Straße, die sich mit Animierbuden, Eßlokalen und Schenken am Fluß entlangzog, lag etwas sonderbar Gelassenes, Dröhnendes, in enthemmter Lautstärke Erstarrtes, das von der Automatenmusik ausging, einer nie abbrechenden, ganz und gar widermenschlichen Musik, die, so schien es, von übergeschnappten, selbsttätigen Instrumenten gespielt wurde. Auch die Menschen nah-

men sich dadurch, samt den bis zur Nichtexistenz irreal wirkenden Hunden und Schweinen, eher wie Dinge aus denn wie Menschen und wurden zu lebloser, jedes Gedankens barer Materie in der alles aufsaugenden sinnlosen Hitze.
Niemandem kam es in den Sinn und niemand konnte sich auch nur im Traum vorstellen, daß die Musik einen einzigen Augenblick aussetzen könnte oder daß – noch abwegiger – je etwas anderes erklingen könnte als dieser immergleiche, durch gnadenlose Wiederholung zum autonomen Naturgesetz gewordene, unangefochten herrschende Schlager.

Eine Schildkröte ging mal bummeln...

Die vor einigen Monaten entlassenen Arbeiter aus der Erdölraffinerie hockten im Schatten der Hütten, wechselten, einander längst überdrüssig, kaum noch drei Worte und ließen sich mit dem bleiernen tristen Gleichmut von Sklaven wie Tote berieseln. Mit dumpfem Instinkt schienen sie davon überzeugt, daß sie aus dieser Straße, ihrer brüchigen Zuflucht, nie mehr wegkommen würden, so als säßen sie hier in den Stock gespannt und als hielte sie nur die matte Hoffnung zusammen, daß ja doch einmal wieder ein Schiff mit zu löschender Ladung oder sonst eine unwahrscheinliche, vage Beschäftigung auftauchen werde, über die sie zwar nichts Genaueres zu sagen wußten, die ihnen aber wenigstens wieder einmal ein paar Pesos einbringen würde. Bei ihren Frauen zu Hause sammelte sich unterdessen resignierter schmerzender Groll, denn sie mußten ihren Männern, wenn die nach Hause kamen, nichtswürdig, tagtäglich, grauenhaft unausbleiblich und pünktlich, als kämen sie aus der Fabrik, etwas zu essen auf den Tisch stellen, egal, wie sie das Geld dafür zusammenkratzten, und wenn sie es stahlen. Die Straße, diese Straße.

Eine Schildkröte ging mal bummeln...

Eine Straße von Arbeitslosen und barfüßigen Billignutten – Nutten, die nicht einmal Schuhe an den Füßen hatten. Einige von ihnen lungerten oben vor ihren Hütten, saßen entweder am Ende ihrer Treppe auf dem Geländer oder standen, die Schultern an die Fassung gelehnt, in ihrer Türe, trugen an den nackten Leib geklatschte, durchgeschwitzte enge Kattunkleidchen und hechelten vor Hitze – träge, schmuddelige, müßige, sonderbare heilige Kühe, alle mit dem gleichen hoffnungslos gelangweilten Ausdruck auf den feuchten Gesichtern. Ohne eine Regung blickten sie wie im Tran und dennoch andächtig und gespannt zum Fluß hinüber, wo ein alter Schlepper, die *Triton*, manövrierte, um eine vor Puerto México geborgene große beschädigte Barkasse an der Pier festzumachen. Mit kennerhaftem, kundigem Blick erkannten sie am Stand des Manövers präzise, wann es abgeschlossen sein würde und wann sie also von der zehn- bis zwölfköpfigen Besatzung ein paar Mann bei sich als Freier erwarten durften, um, bevor die *Triton* wieder auslief, für eine Handvoll abgegriffener Kupfermünzen oder ein paar verklebte Scheine hastig und untertänig von ihnen genommen zu werden.

»Die brauchen noch an die sechs Stunden«, sagte eine Prostituierte mit ausdrucksleerer, träger, hoffnungslos geduldiger Stimme.

Sonst fiel kein Wort; dazu gab es keinen Anlaß. Sie würden schon kommen, das war so sicher wie das Amen in der Kirche. Bevor die *Triton* wieder ablegte, würde die Mannschaft kommen. Die Frauen brauchten nur hinzu-

schauen. Das einzige, was sie vorerst im Leben tun konnten, war hinzuschauen, den unansehnlich ausladenden, kastigen, zurechtgehackt wirkenden schwarzen Schlepper nicht aus den Augen zu lassen. Da lag er, und sie konnten gar nichts anderes tun, als hinzusehen, ihrem nahenden Schicksal entgegen, als sitzen zu bleiben, still wie auf einem Bahngleis, auf dem die Lokomotive schon anrattern wird, weil sie ja außerhalb der Gleise nun einmal nicht fahren kann.
Zwischen den Prostituierten und den Männern des Schleppschiffs bestand von Anfang an ein ebenso konkretes und intimes, fast häuslich familiäres Band wie zwischen einem Astronomen und dem Himmelskörper, der unweigerlich in die Erdumlaufbahn eintritt und damit, sobald ihn der erste Erdenblick trifft, automatisch zu einem lebendigen, pulsierend realen, der Besitznahme durch den Menschen lange vorherbestimmten Objekt wird. Auch die Männer dachten schon auf dem Schlepper an die ihnen unbekannten Frauen, stellten sie sich vor und malten sie sich in allen Einzelheiten aus, seit sie wußten, daß die *Triton* Minatitlán ansteuerte, und wurden auf dieselbe Weise von den Frauen erwartet. Beide Seiten bewegten sich so zielstrebig und unausweichlich aufeinander zu, daß ihre Begegnung schon jetzt der ganz besondere, einmalige Liebesakt zweier zum Sterben Verurteilter war. Darum mußten die Frauen dem Schlepper zusehen, sie konnten gar nicht anders. Darum waren sie wie in der Hölle Schmorende dazu verdammt, hinzusehen.

Eine Schildkröte ging mal bummeln…

Das letzte der sechs eingeworfenen Geldstücke setzte die Platte im Automaten erneut in Bewegung, und der gerade ablaufende Schlager begann zum sechsten Mal loszududeln. Keiner der Frauen wäre eingefallen, daß es ihnen freistand, die Musik abzustellen. Nein, das gehörte zu den Dingen, die nun einmal undenkbar sind im Leben. Die Frauen gingen sparsam um mit ihren Energien, träg und schläfrig wie Tiere im Käfig.

»Na, wer ist jetzt die Dumme?« raffte eine von ihnen sich auf zu fragen.

Mit dieser ehrenden Anrede wurde diejenige bedacht, die nach ihrer stillschweigenden, unangefochtenen Übereinkunft reihum das Geld für die Musikbox einzusammeln hatte, damit die Musik bis ans Ende der Zeiten weiterdudeln konnte.

Alle Gesichter wandten sich einer grobknochigen gedrungenen Kollegin zu, die mit ihrer großporigen Haut und den kurzen Beinen unter dem unansehnlichen getöpferten Bauch die schaudererregende Anziehungskraft archäologischer Ausgrabungsstücke aufwies.

»Die *Trommel* ist dran!« riefen sie alle.

Die *Trommel* war genaugenommen nicht dran, aber da sie häßlich war, genossen alle schadenfroh das Vergnügen, zu erleben, wie ihr Unrecht angetan wurde.

»Die *Trommel*! Die *Trommel*!«

Die Frauen boten schon einen sonderbaren Anblick, wie sie da hockten, unkeusche schmuddelige Tauben vor ihren Taubenschlägen, Hütten, von denen manche nicht einmal eine Treppe, sondern nur an die Tragpfähle genagelte Trittbretter besaßen; wie sie bei aller Unbeweglichkeit und Dumpfheit doch auch noch etwas Undirnenhaftes, nicht ganz Verkommenes, vielleicht sogar kindlich Verspieltes besaßen, als wären sie gackernde Teenager oder, genauer, als würden Teenager, noch unsi-

cher, noch nicht mit allen Geheimnissen ihres Gewerbes vertraut, der Prostitution nachgehen.
»Die *Trommel*! Die *Trommel* ist dran!« Auf den scheinheilig unschuldsvollen Frauengesichtern spiegelte sich der boshafte Genuß, den ihnen das vergnügt und ungestraft gemeinsam begangene Verbrechen bereitete.
»Und?« entgegnete die *Trommel* ungerührt aus ihrer dämmernden Gedankenleere. »Warum sollte ich nicht gehn?«
Doch erst mußte sie einmal in Gang kommen, mußte die bleierne Schwere abwerfen und durch die glutheiße Luft, die entsetzliche Sonnenglut, zu der Kneipe waten.
Mit bedächtiger, melancholischer Langsamkeit tappte die *Trommel* wie ein kranker Schimpanse, der die Anweisungen seines Dompteurs befolgt, gehorsam die Sprossen ihrer Hütte hinab, sammelte, unten angekommen, in der Demutshaltung einer blinden Hausiererin das Geld auf, das ihr die Nutten aus der Höhe zuwarfen, und schlurfte dann auf die Eckkneipe zu, in der die Musikbox aufgestellt war.
Die Arbeitslosen johlten begeistert hinter der vorbeitrottenden Dirne her. Einige grapschten, um ihr einen Schreck einzujagen, sogar ungeniert mit den Händen nach ihr, als wollten sie sie in den animalisch wuchtigen, naßgeschwitzten, schamlosen Hintern kneifen. Die *Trommel* wich ihnen mit gesenkten Augen aus, starr vor sich auf den Boden sehend, und orientierte sich, blicklos, eine täppische Blinde auf hindernisreichem Weg, allein nach dem Gehör, gedankenverloren und dabei gesammelt.
Am Ende des Männerspaliers duckte sich hinter ihr einer der Arbeitslosen, selig vor Verruchtheit, und gebot den

anderen mit auf den Mund gelegtem Finger, zu schweigen, während er sein Vorhaben ausführe, irgendeinen komischen Jux, so daß seine Kollegen, sich mit blinzelnden Augen zuzwinkernd und voll neidischer Hochachtung grienend, denn auch sogleich danach gierten.
Perfide vorsichtig schlich er hechelnd hinter der Dirne her, schürzte ulkig die Lippen, zog die Mundwinkel nach unten und tat, als ob er den Atem anhielte, während die *Trommel* nichtsahnend weiterschlurfte. Dann lief alles ganz schnell ab, flott, frohlockend, brutal. Der Mann schlug der *Trommel* unter dem wilden, fast schmerzhaft seligen Gejohle der Arbeitslosen den Rock hoch, fuhr ihr mit der Hand mehrmals obszön zwischen den Beinen hin und her, da wo sie nackt war, und tat es so versiert und gekonnt, daß die Zuschauer fanden, es sei das Artistischste, was sie im Leben je geboten bekommen hatten. Dickflüssiges Glück, haßversetzte Seligkeit rann ihnen durch die Adern und brach aus ihren Kehlen als rauh erotisches Gekrächz, so daß es klang, als trauerten sie gleichzeitig um einen zu ihrem großen Kummer dahingegangenen, vor ihnen aufgebahrten teuren Toten und müßten bitterlich weinen vor grimmigem Mitgefühl, durch Gottes Ratschluß für immer verarmt. Wie in der Kirche, ja, es war, wie wenn sie in der Kirche auf Knien lagen.
Die *Trommel* wußte sich nicht zu wehren, sondern stand dumm und ratlos, wie ein Leguan, nach dem jemand einen Stein geworfen hat und der nicht weiß, woher ihm Gefahr droht, und der darum, gelähmt vor Urangst, einfach still stehenbleibt. Sie war so versteinert, so hilflos wie ein Tier der Frühzeit, sie sah vor Ohnmacht so stumpfsinnig drein, als wäre sie betrunken, ja, als hätte

der Suff sie bis zum Schwachsinn, bis zur Unrettbarkeit verblödet.
Es überstieg ihr Begriffsvermögen, es war sichtlich mehr, als ihr auf dieser Welt zu begreifen vergönnt war. Sie sah die Männer aus irrsinnig flatternden, aus entrückten, vor zärtlichem Mitleid und Erbarmen mit sich selbst verschleierten Augen an, und während sie an einem der Hüttenpfosten lehnte, rollten über ihre in Stein gehauenen kantigen Wangen gänzlich unpassende, nicht zu ihr gehörige, an ihrer schandbar heiligen Dirnengestalt fremd wirkende Tränen.

Eine Schildkröte ging mal bummeln ...

Da sprang eine zweite Dirne von ihrem Taubenschlag und war mit einem Satz neben der *Trommel*. Heftig atmend und in ihrem braunen Gesicht tiefe Blässe, hielt sie die Männer mit einem drohend vorgehaltenen Messer in Schach und sprach dabei trotzdem mit unaufgeregter, scharf betonender, gebieterischer, aus Körpertiefen zum Mund aufsteigender, halblauter Stimme.
»Was wollt ihr von ihr, ihr Schweinehunde, ihr gottverdammten? Sagt schon! Wer von euch war's, wer hat sich an der *Trommel* vergriffen?«
Die Arbeitslosen saßen auf einmal mit dem Rücken zu ihr, sie taten, als könnten sie nicht hören, sie spähten angestrengt geradeaus, wo in Blickrichtung ihrer Augen anscheinend etwas ungeheuer Wichtiges und Kniffliges ihre gesammelte Aufmerksamkeit verlangte. Die *Trommel* verdrückte sich zu der Kneipe und stand mit den Sammelgroschen inzwischen wahrscheinlich vor dem Musikautomaten.
»Wollt alles umsonst kriegen, was?« tobte die Dirne weiter, ohne ihr Messer wegzustecken. »Tut den ganzen Tag

nichts als auf unsere Kosten Musik hören, Musik, die wir mit unserm sauer verdienten Geld bezahlen, und dazu wollt ihr uns noch reinlegen! Bequem, was? Hat einer was zu sagen?«

Vor verletztem Gerechtigkeitsgefühl und vor Zorn funkelten ihre Augen, und dennoch begann die Frau offensichtlich unsicher und schwankend zu werden. Es war, als fände sie für ihre Anklagerede nicht die klaren, zwingenden, unangreifbaren Argumente. Sie konnte die Beleidigung nur finanziell erklären, konnte nur mit Geld begründen, wieso die Männer der *Trommel* diesen Schimpf angetan hatten. Es war keine Gegenleistung dafür erbracht worden, sie hatten ihr mieses Vergnügen umsonst haben wollen, wo es doch, da die Frauen nun einmal Nutten waren und »anschafften«, allenfalls bei entsprechender Bezahlung gerechtfertigt gewesen wäre. Darum der plötzliche Stimmungswandel der Frau, darum steckte sie als erstes das Messer in ihre Gürtelschärpe und sprach nunmehr im Ton guten Zuredens weiter.

»Wer was dabeihat, der weiß ja, er darf...« Nun wurde ihre Stimme sogar warm, ja geradezu zärtlich und behielt nur noch einen Unterton demütig resignierender Bitterkeit. »Dazu sind wir schließlich Nutten; nur das hier muß stimmen«, hakte sie nach und bildete mit zum Kreis geschlossenem Daumen und Zeigefinger die Form eines Geldstücks. »Sich's aber einfach nehmen, nix da, da habt ihr euch geschnitten! Entweder – oder, was andres kommt nicht in die Tüte!« Bei ihrem Schlußsatz drehte sie sich um und sah der *Trommel* entgegen, die zurückkam und sich ängstlich zu ihr flüchtete.

Die Männer hockten immer noch abgewandt und schlau

grinsend da und mimten angestrengt die amüsierte Unbekümmertheit, die sie davor bewahrte, sich von irgendeinem Vorwurf persönlich angesprochen zu fühlen.
Die Frau legte der *Trommel* den Arm um den Hals. »Kannst immer mit mir rechnen, Süße«, brummte sie mit ruppiger, heiserer Zärtlichkeit. »Und gib nichts auf diese miesen Sittenstrolche!«
Dann kletterten die beiden hintereinander die Stiege zum Taubenschlag der *Trommel* hinauf und hielten, um den Arbeitslosen nicht Anlaß zu neuerlichen Ferkeleien zu geben, die durch die Beine gezogenen Röcke dabei züchtig mit einer Hand vorn zusammen.

»Wieso sie mir den bloß hergebracht haben!« stöhnte die *Trommel*, kaum war sie vor der anderen in den ihr als Wohnstatt dienenden elenden Verschlag getreten. In ihrer brettergezimmerten Einraumwohnung waren die Wände mit Zeitungspapier tapeziert, so daß man ringsum von Schlagzeilen, Fotos, Annoncen und Nachrichten aus den unterschiedlichsten in- und ausländischen Publikationen umgeben war. Sogar ein Schanghaier Blatt mit den exotischen chinesischen Schriftzeichen war darunter, das einer der am Ort zahlreich vertretenen, Geschäfte und Cafés betreibenden Chinesen mitgebracht haben mußte. In einer Ecke stand das nackte hölzerne Bett, nur mit einem abgegriffenen Baumwollüberwurf abgedeckt, und darüber hing, weiß der Himmel wozu, vielleicht um einen rätselhaften Restbestand an Scham zu symbolisieren, an einem übereck in die Wände eingelassenen Draht, zum Kopfende hin zusammengeschoben, ein schmuddeliger Vorhang aus Rupfen. Die übrige Einrichtung bestand aus einem Kiefernholztisch, einem Blechkocher, ein paar Holzkisten und zwei Stühlen. Das war auch schon alles.

Störrischen Unglauben im Gesicht, stand die *Trommel* wie festgewachsen mitten in ihrem Zimmer, wagte keinen Schritt mehr zu tun, sondern schüttelte nur immer wieder ruckartig und heftig den Kopf.

»Keine Ahnung, wozu sie mir den gebracht haben«, begann sie ihr Klagelied von vorne.

Sie meinte ein Kind. Einen etwa siebenjährigen kleinen Jungen, der mit tiefschwarzen, vor Gespanntheit auf sein ungewisses Schicksal weit aufgerissenen Augen unbeweglich im Zimmer stand. Er wagte kein Wort zu sagen, stumm gefaßt auf alles, was die sich jagenden Ereignisse, die er nicht verstehen, sondern nur hinnehmen konnte, ihm an Unverhofftem und Unbekanntem noch bescheren mochten. Die *Trommel* war seine Mutter.

Erst vor wenigen Tagen hatte die *Trommel* auf dem Dorf ihre arme alte Mutter beerdigt, bei der das Kind bis dahin gelebt hatte, und den Jungen danach mit dem Versprechen, regelmäßig ihre paar Centavos zu schicken, zu einer Nachbarsfamilie in Pflege gegeben. Und nun waren die Leute gestern zu ihr gekommen und hatten einfach so, ohne Begründung, den Jungen kurzerhand wieder bei ihr abgeliefert.

Begreifen konnte das keiner, weder die *Trommel* noch ihr Sprößling.

Der Dirne auf Besuch fiel ein, daß sie am Abend zuvor, als sie vom Unglück der *Trommel* erfahren hatte, noch gar nicht dazu gekommen war, sich zu erkundigen, wie das Kind eigentlich heiße.

»Ölalio!« seufzte die *Trommel*. Weil sie es am Namenstag des heiligen Eulalius bekommen habe. Wieder blickte

sie mit weh hadernder Zärtlichkeit kurz zu dem Kind hinüber, kam doch der ganze zehrende Kummer der letzten Stunden nur daher, daß ihr dieses Unglückswurm ins Haus geweht war.
»Drecksbalg, verdammtes!« ergänzte sie und endete mit schicksalsergebener, matter Stimme: »War scheinbar Gottes Wille. Mußtest ein Hurensohn werden, ob ich es nun wollte oder nicht!«

2

An Bord der *Triton* ließ der Steuermann seine ganze abgrundtiefe Wut an der Besatzung aus, die sich denn auch trotz ihrer Erschöpfung bemühte, noch schneller zu arbeiten.
»Los, ran, ihr Säcke!« brüllte er heiser und düster. »Wenns ans Futtern geht, seid ihr groß! Bloß nicht, wenn ihr arbeiten sollt, ihr Schlappschwänze! Los schon, zack zack, ran mit euch!«
Die Männer hätten sich auch weniger abhetzen können, aber der Kapitän hatte soeben beschlossen, daß sie noch heute wieder auslaufen würden, um morgen in Veracruz am Kai zu liegen. Darum schäumte der Steuermann, und da ja auch die Hühner ihren Dreck immer auf die daruntersitzenden Artgenossen fallenlassen, meinte er, seinen Ärger ruhig an den unter ihm stehenden *Blödmännern* abreagieren zu dürfen. Zu Porfirio Díaz' Zeiten war er schließlich auch mal ein einfacher Matrose gewesen, ein *Blödmann* wie die da, und damals war man bei der Marine, wo eiserne Zucht herrschte, auf den Schiffen nicht besser dran gewesen als heute, sondern schlimmer. Das war kein Kinderspiel damals, das war kein Honiglecken!

Aber was wußten die denn davon, was er damals durchgemacht hatte. Gar nichts! Im Vergleich dazu waren diese *Blödmänner* Jammerlappen! Sogar ein Schiffsjunge, der eine gelangt bekommt, durfte heute einen Offizier melden. Früher, ja, da riß man sich zusammen, auch wenn es Prügel nur so hagelte, und stand Hand an der Mütze stramm, bis man zusammenrutschte wie ein Sack Kartoffeln. Und der Kettenkasten erst, in den man beim geringsten Anlaß – oder auch ohne Anlaß – gesperrt wurde. Hören und Sehen verging einem, wenn man Tage und Nächte – um sich die zum Haufen getürmten tausend Glieder der Kette wie verknäuelte Schlangen – auf einem Quadratmeter Sitzfläche kauerte und sich keinen Millimeter von der Stelle rühren konnte. Dazu ein Gestank, wie er sonst nirgendwo vorkam, von dem höllisch stinkenden Zeug, das die Ankerkette auf dem Grund des Meeres ansetzte. Nach fauligem Fisch roch es und nach verrottetem Eisen, daß es einen vor Ekel würgte. Wenn sie einen da wieder rausholten, war man fortan schön brav vor Angst, ja, geradezu lammfromm, so grauenhaft war die Angst, noch einmal in diese Hölle zu müssen, in der selbst die strammsten Kerle flennten. Ganz abgesehen davon, daß beim Maschinenstoppen und Ankerwerfen nicht selten auch einmal vergessen wurde, daß da noch einer im Kasten steckte. Dann sahen sie vom Deck des Vorderschiffes aus zu, wie eine dunkelrote Wolke unter Wasser aufstieg und langsam größer wurde und sich schließlich als großer Fleck an der Wasseroberfläche ausbreitete – das Blut des Mithinabgerissenen. Und alle begriffen, daß der da drinsaß, beim Herausschießen der Kette zerfetzt und zerfleischt worden war. Im Vergleich dazu konnten sich die *Blödmänner* heute doch wahrhaftig nicht beklagen.

»Also ran, marsch marsch, Dreckskerle ihr!«
Der Steuermann hechelte, hierhin und dahin, selber vor Müdigkeit ganz benommen. Von Kopf bis Fuß fellbewachsen, noch Stirn und Wangen voller Haare, die Augen kaum sichtbar unter den verwilderten angegrauten Brauen, war er ein Zottelbär, der zu allem imstande war und der im Moment vor Wut kochte. Mit seinem Geschimpf und Gebrüll machte er sich zwar Luft, aber damit hatte er sich, das spürte er, noch lange nicht ausgetobt. Dieser dreimal verdammte Kapitän; diese schlecht geschmierten Ankerwinden auf dem Schlepper, die immer dann festsaßen, wenn man sie am dringendsten brauchte; diese mörderische Sonne, die durch ein Vergrößerungsglas schien, so groß wie der ganze Himmel, nur um noch mehr zu brennen, nur um sein Gehirn noch zum Sieden zu bringen! Und dazu diese Order, noch am selben Tag auszulaufen: schon heute wieder auslaufen, keine Nacht an Land verbringen dürfen, weiterfahren müssen!
Am liebsten hätte er etwas zerhackt und zertrümmert, etwas Dauerhaftes, möglichst ewig Dauerndes, es mit der Faust zermalmt, es mit den Zähnen zerrissen! Am besten gleich das Schiff!
Außer Atem hielt er steuerbords inne und blickte zum Kai hinunter.
Mein Gott, auch das noch! Er mußte hinsehen, es zog ihn, es zwang ihn, alle seine Muskeln erschlafften, obwohl er sich schüttelte vor fröstelndem Widerwillen, vor physischer Abwehr. Da auf dem Kai stand es, das Unglückswurm, das rotzige Gör! Da stand das kleine Ungeheuer, das Scheusal, genauso unbeweglich wie am Anfang, ein Denkmal, schon seit drei, vier Stunden, und

wandte die fassungslosen großen stummen Augen nicht von dem Steuermann, sondern starrte unverwandt zu ihm hinauf, wie wenn ein ausgestopfter Vogel einem mit ausdruckslosem Blick nachstiert. Kaum drei Meter lagen zwischen dem jähzornigen alten Bär auf dem Schlepperdeck und dem Kind dort unten, dieser unirdischen Erscheinung, diesem fortgeprügelten Engel.

»Hau endlich ab hier!« brüllte der Steuermann mit einem Haß, der ihn selbst befremdete. »Hab' schon gesagt, daß an Bord für niemanden mehr Platz ist! Das Schiff ist kein Kinderheim! Mieses vertrantes Gör! Hau ab, sag ich dir!«

Der Steuermann zitterte gegen seinen Willen. Das war es also! Darum, aus keinem anderen Grund als diesem hier, war er seit vier, fünf Stunden, seit er auf dem Weg von der Hafenbehörde diesen Jungen angetroffen hatte, so fürchterlich in Rage. Weil dieser Junge da auf ihn gewartet hatte.

»Meine Mutter sagt, Sie sollen mich doch bitteschön auf dem Schiff mitnehmen«, hatte das Kind ihn angesprochen. »Sie will mich nämlich nicht bei sich haben, weil ich ein Hurensohn bin.«

Er hatte es ganz leichthin und ungerührt gesagt, wie etwas von höherer Stelle Verordnetes, Schicksalhaftes, Gottgesandtes, das er auf jeden Fall nicht begreifen mußte.

Den Steuermann würgte es teigig, er zitterte, er rang nach Atem, als ihm bewußt wurde, daß Haß und Zorn nur darum in ihm loderten, weil er sich selber haßte. Er konnte sich nicht ausstehen für sein Erbarmen mit einem anderen Menschen, für sein Mitleid mit seinesgleichen, mit einem räudigen Hund, wie er selbst einer war. Der

Junge mochte tatsächlich eine Hure zur Mutter haben, aber das unselige Wort hatte er ganz unschuldig ausgesprochen, ganz losgelöst von seiner Mutter. Seine Mutter mochte ja *so eine* sein, für ihn war sie es deswegen noch längst nicht.

Einen Augenblick war der Steuermann von seinem zerstörerischen Zorn ganz geblendet. Das Gör stand immer noch da, es schien, als ob es schon jahrelang wartete, schon bevor es geboren, bevor es zum Hurenkind geworden war, unbeweglich dort auf dem Kai.

»Kapierst du nicht? Hast nichts davon, daß du dir die Beine in den Bauch stehst! Bist du taub auf den Ohren? Kannst gleich erleben, was passiert, wenn du nicht hörst!«

In diesem Moment kam der Küchenjunge aus der Kombüse, in der Hand einen Abfallkübel, den er über Bord kippen sollte und in dem, mit rosigem Blut vermischt, Abwaschwasser, Fischschuppen und Eingeweide schwappten.

»Gib her!« befahl der Steuermann und riß dem Küchenjungen den Eimer aus der Hand.

Er faßte den Kübel mit beiden Händen, wippte zum Schwungholen ein paarmal bizarr bedächtig mit ihm nach hinten, sah dabei aus wie die Diskuswerferfigur in Zeitlupe aufgenommen, tat dann einen kurzen, ruckartigen Schritt nach vorn, stoppte sich aber jählings mitten in der Bewegung, und schon flog der Unrat in hohem Bogen über die Reling und klatschte auf den Jungen nieder.

›Na, wie findest du das?‹ wollte er schon auftrumpfen, fuhr auf einen Zuruf des Kapitäns aber zurück, wie von einem unsichtbaren Ladebaum herumgerissen. Der leere

Abfalleimer polterte, ein lebender Körper mit Eigenantrieb, schräg übers Deck und kam, gleichsam über sich selbst verwundert, vor den Füßen des Küchenjungen zum Stehen.

»Herkommen!« befahl der Kapitän, und der Steuermann trabte eilends die Treppe aufwärts. Zu zweit traten die Männer in die Funkerkabine.

Der Kapitän hatte die Mütze schief überm Ohr sitzen und lächelte, beschwipst wie üblich. Er schaute vergnüglich drein mit seinen runden braunen Indianerpausbakken. Eins seiner Augen schielte so stark, daß es verurteilt schien, für alle Zeiten auf der Schläfenseite im Augenwinkel festzusitzen. Was aber anderen Menschen zu einem zaghaft strengen Gesicht verholfen hätte, gab ihm einen listig erheiterten, sarkastisch verspielten Zynikerausdruck.

Dem Steuermann fiel gar nicht auf, daß ihm der Kapitän ein Stück Papier hinhielt, obwohl er es schon vor ihrem Eintritt in die Kabine in der Hand gehabt haben mußte.

Der Funker hatte die Kopfhörer umgelegt, wie zwei schwarze Saugnäpfe klebten sie an seinen Ohren, und andächtig lauschte er den aus einem innen gelegenen Jenseits zu ihm dringenden Stimmen, die blicklosen, entrückten, blanken Fakiraugen auf sie gerichtet.

»Sehn Sie sich mal das an«, sagte der Kapitän, mit seiner schielenden Gesichtshälfte lächelnd. »Der neueste Wetterbericht.« Und damit auch nichts unerwähnt blieb: »Er kam wenige Minuten, bevor Sie den Jungen mit Dreck übergossen haben.« Es war seine hintergründige, indirekte Art, zu tadeln.

Statt den ihm gereichten Wetterbericht in die Hand zu

nehmen, schlug der Steuermann die Absätze zusammen und salutierte.

»Zur Stelle, Kapitän! Ich sehe mich als arretiert an.« Er war tatsächlich ein Bär, wie er, Hand an der Mütze, stumpf und täppisch dastand.

Der Kapitän hielt ihm, in einem weiteren Versuch, den Mann zur Kenntnisnahme der Wettermeldung zu bringen, mit seinem lachenden Schielauge das Blatt provozierend dicht vors Gesicht.

»Lesen Sie. Veracruz meldet schwachen bis mäßigen Wind aus nördlicher Richtung. Wir bekommen also eine bequeme Fahrt. Sind Sie um achtzehn Uhr klar zum Ablegen?«

Der Steuermann nahm die Wettermeldung entgegen, starrte ein paar Sekunden darauf, ohne zu lesen, und sah dem Kapitän dann wie jemand, der die Herausforderung zu einem Duell annimmt, in die Augen.

»Sogar eher!« gelobte er. »Punkt fünf sind wir mit dem Manöver zu Ende.«

»Wenn Sie Ihr Wort nicht halten, kommen Sie wirklich in Arrest. Dann büßen Sie gleich mit ab, was Sie mit dem Jungen angestellt haben.«

Im schrägen Blick des verrutschten Kapitänsauges schimmerte jetzt unverhohlene Wehmut. Vielleicht hatte der Mann selbst auf irgendeinem Kai ein Kind zurückgelassen.

Unten pfiff der Maat jetzt zur Mittagsmahlzeit.

»Wenn Sie vorhaben, an Land zu essen, Steuermann, gehen Sie in die *Schwarze Katze*«, schlug der Kapitän vor. »Ich komme dann nach, und wir spielen eine Runde Domino. Sie können gehen.«

Der Zottelbär machte dankeschön und tappte von der

Brücke. Als er sich an Deck nach den Matrosen umsah, die an einer Schiffsseite schon die hölzerne Gangway auf die Pier ließen, prallte er zurück vor ärgerlicher Verblüffung.

Nicht zu glauben, der schreckliche Bengel stand immer noch an derselben Stelle. Das war ja kein Kind mehr, sondern ein Baumstamm, vororganisches Leben, ein nicht zur Menschenwelt gehöriges Wesen.

Wenige Schritte hinter ihm stand inzwischen auch die *Trommel*, ließ den Kopf auf die Brust sinken und bohrte ihren lichtlosen stumpfen Blick so mörderisch verbissen vor sich in den Boden, als stecke in ihrem Auge eines der furchtbaren Obsidianmesser, mit dem die alten Mexikaner ihren Kindern das Herz herausschnitten.

Sekundenlang war der Steuermann unschlüssig, was er tun sollte. Es widerstrebte ihm, an diesem Nachtmahr von Kind und an dieser Frau vorbeizugehen. Des Kindes grobgewebtes Hemd war über und über, als hätte sich jemand darauf erbrochen, mit Speiseresten, gelblicher Fettbrühe und Tiergekröse besudelt. Nicht einmal abgewischt hatte sich der Junge und sich auch nicht von der Stelle gerührt.

Der Steuermann riß sich zusammen und versuchte die sonderbare Unruhe zu überspielen, die in ihm rumorte. Sollte diese Frau, dieses vor Kummer stumpfsinnige Stück Vieh, die Mutter des Kindes sein?

Ausgerechnet die Frau trat ihm in einer Demutshaltung, bei der es einem kalt den Rücken hinunterlief, mit immer noch niedergeschlagenen Augen in den Weg. »Ich hab' erfahren«, ließ sich die *Trommel* hören, »daß Ihr Schiff nach Veracruz fährt.« Auf ihrer ausgestreckten Hand erschienen eine Anzahl Kupfermünzen und zwei, drei zerknüllte Pesoscheine.

»Nehmen Sie den Jungen doch bitte mit auf Ihrem Schiff, guter Mann! In Veracruz bringen Sie ihn zu einer Freundin von mir. Der Junge hat ihre Adresse dabei. Was kann es Ihnen schon ausmachen? Tun Sie mir die Liebe! Hier sind auch ein paar Centavos. Und wenn Sie mal *wollen*, gern, bei Ihnen mach ich's umsonst.«
Sie sagte es sehr leise, mit weicher, wohltuender, wärmender Stimme. Sie bot dem Mann gleichsam in aller Reinheit und Keuschheit an, es mit ihm zu *machen*, sich von ihm nehmen zu lassen. Sie wollte nur dieses Unglückswurm nicht bei sich und nicht zum Sohn haben, wollte sich seiner nur entledigen, eine Art Abtreibung vornehmen, die sieben Jahre zu spät kam.
Der Steuermann spürte schon wieder ekelerregendes, wehes, gräßliches Mitleid in seinem Hals hochschwappen, und damit flammte abermals der rasende Zorn auf, dem gehorchend er diesem liederlichen, verkommenen Weibsstück am liebsten die Fresse eingeschlagen hätte.
»Weg da!« fauchte er und schob die Frau zur Seite. »Wegen deinem dreckigen Balg wäre ich beinahe im Arrest gelandet. Jetzt langt's aber, verschwinde!«
Sein Ton war herrisch, sicher, entschlossen, und er strebte auch sofort der *Schwarzen Katze* zu.
Die *Trommel* und ihr Sohn Eulalio sahen dem Davongehenden nicht einmal nach. Wozu auch, wo ja doch nichts mehr zu machen war? Sie hefteten den Blick gleich wieder auf die düstere Masse des Schleppers.
Auf einmal zuckte etwas neben der *Trommel*, und sie hörte ihren Sohn zum ersten Mal im Leben weinen. Einsamkeit brannte sich ihr gnadenlos wie schwarzes Feuer in die Seele.
»Nicht weinen, Süßer, Schätzchen!« stammelte sie dem Jungen zum Trost ins Ohr.

Schätzchen und *Süßer*. Die *Trommel* gab ihrem Kind unwissentlich dieselben Kosenamen wie in ihrem Taubenschlag ihren Freiern.
Der Steuermann ließ sich unterdessen auf der Holzterrasse der *Schwarzen Katze* an einem Gästetisch nieder, wartete auf den Kapitän und blickte darum zum Hafen. Frau und Kind waren vom Kai verschwunden. Endlich konnte er aufatmen, endlich sich ruhig und rundum wohl fühlen.

3

Zwei schlanke, seetüchtige Fischkutter, glitten die *Möwe* und die *Lilie*, seit die Coatzacoalcos-Mündung hinter ihnen lag, im selben Fahrwasser wie das Schleppschiff in geringem Abstand hinter der *Triton* her.
Noch eine ganze Strecke in den Golf hinaus zog der Fluß seine Spur, die tief ins Meer hinabreichte und völlig anders als das Golfwasser gefärbt war, so daß es den Anschein hatte, als würde mit lichter Klinge in dunkle Haut eine bernsteingelbe Wunde geschnitten.
Der Steuermann hatte Wort gehalten: das Manöver war vorzeitig abgeschlossen worden, und die *Triton* fuhr nun schon anderthalb Stunden auf offener See. Der zweite Wetterfunkspruch, vom Bordfunker noch beim Ablegen empfangen, hatte auffrischenden Wind bei Veracruz gemeldet.
›Ist noch eine Weile hin, bis wir auf den treffen‹, überlegte der Steuermann. *Auf den* – der Wind nahm körperliche Gestalt für ihn an, er dachte an ihn wie an einen Menschen, an einen Bekannten, den man zu einer festen Uhrzeit mit Sicherheit bei sich zu Hause erwartet. »Wo

bist du jetzt?« knurrte er den Wind an. »Wo bist du, alter Hund?«

Schon bevor der Wind überhaupt einsetzte, als er noch etwas erst Erahntes, Gewittertes war, machte er den Steuermann schon benommen, ja vor Angst betrunken. Er bewirkte in ihm ein Lockerlassen, ein entsetztes Erschlaffen des Willens, so wie es der Kojote in seinen Opfern auslöst, wenn er seine Beutetiere anhaucht, damit sie sich nicht länger wehren. Dennoch wünschte er sich die Begegnung, wollte er den Wind herausfordern, ihn reizen, den Kampf mit ihm aufnehmen, wollte ihn vor ohnmächtiger irrer Wut schnauben sehen wie einen Stier, ihn zu Fall bringen und hören, wie der schwere blutige Tierkörper krachend ins Bodenlose, auf die schwarze Erdhälfte, auf die andere Seite des Ozeans stürzt. Nach dem zweiten Wetterfunkspruch bestand kein Zweifel mehr: stürmischer Wind aus nördlicher Richtung mit orkanartigen Böen.

Er war also unterwegs. Sie würden einander begegnen.

Der Steuermann schritt zum Ruderhaus, um abzulesen, welchen Kurs sie steuerten. Zwanzig Grad; demnach fuhren sie Nordnordwest und mußten später auf scharf Nord drehen.

Er betrachtete sorgenvoll streng das Meer und stellte ihm stumme Fragen, als erwarte er von ihm eine ehrliche, wahrheitsgetreue Antwort, die es ihm unmöglich verweigern konnte. Schwere Wogen wälzten ihre Wassermassen aus der Tiefe empor, als würden sie von einem breitschultrigen blinden Riesen, einem Gott hochgestemmt, der auf ewig zu dieser Galeerenstrafe verdammt war.

›Sag etwas, Meer‹, bat der Steuermann stumm und auf

einmal besänftigt, mit einer weihevollen Andacht, die bei einem Zottelbären, der nun sogar der Tränen fähig sein sollte, überraschte und rührte.
»Wieder die Hölle«, sagte er dann mit rätselhaft leiser Stimme. Er war allein auf der Brücke und führte Zwiesprache mit der See. Das Land war seinen Blicken entschwunden. Jetzt an Land sein! »Sprich doch! Sag, was dir gerade einfällt!« flüsterte er wieder und sah unverwandt auf das Gewoge der zerstückelten Leiber, auf die Zyklopenglieder, die, sich verschlingend und verknäuelnd, in panischer Angst erneut zu einem Ganzen zusammenwachsen wollten. Es mußte sich quälen, sicher quälte sich auch das Meer, wenn es bei aller Größe so geknechtet wurde, wenn ihm keine Ruhe vergönnt war, wenn es sich von Anbeginn der Zeiten an schlaflos wälzen mußte. Es litt wohl an seiner Ewigkeit. »Erinnere dich, Meer. Sie ist damals in der Nacht fortgegangen. Erinnere dich, sag etwas. Sie wollte eine Nacht an Land verbringen. Und wir schliefen an Land. Danach ist sie fortgegangen. Sag etwas, Meer.«
Er gab sich der Erinnerung hin, hemmungslos wie ein Selbstmörder, er rannte, aller Fesseln ledig, blind und besessen, ein Süchtiger, in sein Verderben. Es war eine verhängnisvolle Steuerlosigkeit seiner Seele, eine berükkende Krankheit, die bald von ihm abließ, bald – wenn er am wenigsten damit rechnete – von neuem ausbrach, und es war dazu nicht einmal nötig, daß er der Vergangenheit gedachte, sie brach so kalkulierbar aus wie ein gemarterter Planet, der immer dieselbe Planetenbahn abfliegt.
Die Frau wollte, da es nun drei Jahre waren, daß sie auf der Jolle zusammenlebten, unbedingt, wenigstens dies eine Mal, eine Nacht an Land verbringen. Die Jolle war

des Mannes Zuhause, seine einzige Heimat, sein unveräußerliches Besitztum.
Sie war es, seit er wegen seiner Teilnahme an einem Fregattenaufstand zur Unterstützung einiger gegen die Regierung meuternder verrücktspielender Generale aus dem Landesinnern aus der Marine entlassen worden war. Damals übernahm er die Jolle, und auf ihr schlug er sich fortan durchs Leben.
Die Frau und er sahen sich auf dem Kai, ohne daß ein Wort fiel, lange kühn in die Augen, und danach kam sie zu ihm an Bord, um zu bleiben. Sie war barfuß, sie hatte fast nichts an außer dem zerschlissenen Kleid, das sie am Leib trug, und sie war zum Erschauern schön, schön wie ein Gewitter. In den drei Jahren jedenfalls hatten sie noch kein einziges Mal an Land geschlafen.
Sie war eben schön wie Wetterleuchten, und sie liebte, als ob sie töten wollte, als wäre sie eine Schwerverbrecherin, die auf der Welt nur noch ihren Liebsten hat, und der muß ihr nun gehören, bis er ausgelöscht, bis er zu Asche verbrannt ist.
Nur dieses eine Mal, bat sie, sollten sie an Land übernachten. Sie hatte dabei etwas Furchtbares an sich, etwas Überlegtes, etwas wie bei einem in Stummheit gehüllten, schwermütigen Tier abgründig Verschlossenes. Auf ihren langen Fahrten lag sie mit geöffneten Augen bäuchlings in seiner Nähe auf Deck neben der Ruderpinne und preßte die Lippen auf die Planken wie zum Kuß oder wie ein kranker Hund, der den Boden ableckt.
In der einen Nacht schlich sie dann fort. Und tags darauf lag die Jolle nicht mehr im Hafen. Die Mütze des Rudergängers hing noch vergessen auf dem Poller, an dem das Schiff vertäut gelegen hatte. Der Rudergänger – ein dü-

ster schöner junger Mann mit obsidianhartem, barbarischem schwarzem Blick.
Der Steuermann mußte die flatternden Lider schließen. Die Frau hatte wohl nicht anders gekonnt, als mit uneindämmbarem Feuer, mit alles an sich reißendem Heißhunger, mit der todbringenden Erbarmungslosigkeit von Ertrinkenden zu lieben. Sie konnte nur so lieben, wie sie ihn nie geliebt hatte.
Mit einem Mal hatte der Steuermann gewußt, was ihr Hundelecken und ihre halboffenen, auf die Planken gedrückten Lippen und ihre axtstarren Augen zu bedeuten hatten und warum sie immer wie niedergemäht, eine demütige Magd, stundenlang, regungslos, neben dem düsterschönen jungen Mann an der Ruderpinne gelegen hatte.
»Sag etwas, Meer, egal was! Auch wenn es nicht hierhergehört...!« Er hatte gespürt, wie sie mit eisig entschlossenen, hypnotisierten Schlafwandlerbewegungen aus dem Bett stieg, und er hatte ihr noch nachgesehen, wie sie die Tür hinter sich zuzog, aus dem Zimmer ging, ihm entglitt für immer. Barfuß, und auch sonst nur ihr Hemd auf dem nackten Körper. Er hatte abgewartet, bis ihre Schritte nicht mehr zu hören waren. Wäre sie nicht fortgeblieben, er hätte sie am Morgen, nach der ersten Nacht, die sie an Land verbracht hatten, noch vor der Rückkehr zur Jolle erwürgt. Das Zimmer hatte sich geleert, die Wände rückten auseinander, schwanden bald ganz, es war entseelt, es wurde zur Meeresöde, ein Zimmer, so öd wie das Meer. Er sah aus dem Fenster, lange, reglos, bis er ganz entmenschlicht und leergeblutet war. Über die Mole lief eine mattweiße Gestalt zur Bootsanlegestelle. Von der Jolle löste sich die feste Silhouette des

Rudergängers, der auf sie gewartet hatte und ihr nun entgegenkam. Die beiden verschmolzen miteinander, das sah der Steuermann noch; dann legten sie ab.
Der Steuermann mußte loskommen von der ihn vergiftenden Vergangenheit. Er versuchte sich loszureißen aus dem Zimmer ohne Wände in der Hafenherberge, von dem aus er die beiden hatte an Bord gehen sehen. Aber was machte es schon für einen Unterschied, ob er in der Pension im Hafen oder jetzt hier auf der Brücke des Schleppers stand, vom Wasser eingeschlossen, alleingelassen, verwaist, er hatte ja doch immer die beiden jungen Leute vor Augen, die hinausfuhren, einander auf offener See zu lieben.
Die Jolle war nie wieder aufgetaucht, und man erfuhr auch nicht, was aus ihr geworden war. Die beiden hatten sie auf See draußen vielleicht versenkt, um, nachdem sie sich einmal geliebt hatten, nie wieder zurückzumüssen. Der Gedanke war wahrscheinlich der Frau gekommen, an einem der fahl dämmrigen Abende, an denen sie die Lippen, sich vor Liebe verzehrend, auf die Planken drückte, und sie hatte dem Rudergänger davon erzählt. Sicher war sie es, die ihn dazu aufgefordert hatte. »Das weißt nur du, Meer.«
Plötzlich fiel ihm auf, daß das Schiff heftig stampfte. Es mußte schon einige Minuten so gehen, und er hatte es nicht bemerkt. Die Schraube drehte sich mit beängstigendem Gedröhn über dem Wasser im Leeren, und das Vorderschiff tauchte in die See. Gleich darauf ragte wieder der Bug aus dem Wasser, und die Brecher schlugen über das Heck.
Der Steuermann riß die Augen auf und nahm noch halb im Traum wahr, daß die *Möwe* und die *Lilie* nach Süd

abdrehten und entgegengesetzt zur *Triton* fluchtartig auf das Festland zusteuerten. ›Werden es gewittert haben, die Fischer‹, dachte er. ›Die verstehen davon mehr als wir, sie sind mehr eins mit der See.‹ Immerhin konnte das Stampfen auch einfach bedeuten, daß die *Triton* jetzt klar Kurs auf Nord hielt und die See inzwischen von vorn zuschlug. Daran mochte es liegen. Er sah zur Sicherheit auf dem Kompaß nach: richtig, dreihundertsechzig Grad. Und dennoch beruhigte es ihn nicht. Der Himmel war ebenso aschgrau und diesig trüb wie das öligtrübe Wasser, alles Licht schwand allmählich aus ihm, er erblindete und zerfranste, wurde immer ähnlicher einem alten Bettler, der gleich losschluchzt, um dann endlos zu heulen.

Der Steuermann begab sich zur Funkerkabine und schaute zur Tür hinein.

»Was meldet Veracruz?«

Der Funker drehte sich mit dem ewig müden, irrealen Gesicht von Menschen zu ihm um, die wie Taucher immer nur mit sich selber und in sich selbst hinein sprechen, und nahm wehmütig lächelnd die Kopfhörer ab. Er wollte soeben sprechen, da mußte er, mit einem Mal hellwach, aufspringen vor Verblüffung.

»Da, sehn Sie mal!« Er wies mit dem Kinn aus der Türe.

Der Steuermann fuhr auf dem Absatz herum.

Draußen jagten Wolkenfetzen, tiefe zerrissene Wolken, wie eine von Wölfen gehetzte Schafherde in wilder Flucht flach übers Meer hin.

Die beiden Männer lasen mit einer Präzision, die schon anormal war, einer des anderen Gedanken. Nach ihren Berechnungen, die auf der in Veracruz um fünf Uhr gemessenen Windgeschwindigkeit basierten, sollte die Begegnung erst später stattfinden, erst in zwei Stunden. Aber da war er schon – da tönte schon das kehllose Heulen des Hurrikans.

Behutsam beugte der Funker sich über seine Apparatur. Seine Stimme nahm einen eintönig professionellen Ton an.

»Veracruz, Veracruz, Veracruz! Kommen!«

Es antwortete aus weiß der Himmel welchem Ende des Weltalls ein unmenschliches Krächzen, ein Gegurgel aus durchschnittenen Kehlen, ein Sirren von Zahnarztbohrern, ein Gekläff tollwütiger Hunde und ein Kratzen von Sand auf Glas. Der Funker legte den Hebel um. Stille.

»Zuviel Statik. Sie können mich nicht hören.« Er sagte es in ganz gelassenem Ton und wischte sich dabei nur ein Paar naßgeschwitzte Hände an den Hosenbeinen ab.

»Angst?« fragte der Steuermann, ohne zu wissen, warum. Vielleicht wegen der schweißnassen Hände. Der Funker lächelte, ruhig wie zuvor.

»Ja«, erwiderte er und beugte sich ruhig wieder über das Gerät.

Da fiel ihm ein, daß um diese Zeit sein Freund Genaro, Funker wie er, in Veracruz Dienst haben mußte.

»Veracruz! Veracruz! Genaro? Genaro? Veracruz. Veracruz, antworten, Veracruz. Hörst du mich, Genaro? Antworten. Ich rufe Veracruz. Kommen.«

Wieder gackerte ein erboster Hühnerhof, kreischte eine Trepanationssäge, gellten schrille Pfiffe. Die Männer warteten ohne einen Wimpernschlag angespannt, daß der Lärm aufhöre. Das Schiff krängte jetzt stark; es legte sich bald auf die linke, bald auf die rechte Seite.

»Morales? Morales?« Endlich gab die Apparatur Antwort. Die Männer tauschten einen kurzen wortlosen Blick. »Hier Veracruz! Hier ist Genaro!«

Die Stimme aus dem Äther klang überrascht, so als befiele den Sprecher eine furchtbare Ahnung.

»Woher sprichst du, Morales? Kommen.«

In fast mütterlich besorgtem Tonfall wurde dringend Auskunft verlangt. Funker Morales sah Genaro vor sich, wie er sich in der Veracruzer Behörde fassungslos über seine Apparaturen beugte. Er befolgte Genaros Anweisung und legte in der Hoffnung, gottweißwieviel Meilen entfernt auch gehört zu werden, den Hebel herum.

»Hier ist die *Triton*! Ich spreche auf der *Triton*, Genaro. Neben mir steht Galindo, der Steuermann, und läßt dich grüßen.« Dem war noch nach Scherzen zumute! »Was meinst du, wie es hier wohl weitergeht, bei der leichten Brise, die aufgekommen ist?«

Aus Veracruz wurde zur Antwort geflucht. Dann brüllte Genaro: »Volle Kraft zurück! Vielleicht habt ihr ja noch Zeit! Der Hurrikan erreicht euch gleich!« Und jetzt hörte sich die Stimme trotz des Rauschens beinahe zärtlich an: »Guten Tag auch, Galindo!«

Der Steuermann bedachte Morales mit einem warmen, intensiven, freundschaftlichen Blick.

»Halte uns weiter auf dem laufenden«, wies er den Funker überraschend herzlich an. »Ich bin beim Kapitän.«

Als er hinausging, riß ihm der Sturm die Kabinentür aus der Hand und warf sie hinter ihm krachend zu. Gegen den Sturm war auf Deck kaum anzukommen, und das Schiff tanzte auf den Wellen. Haushohe Wogen türmten sich bald backbords, bald steuerbords und stürzten mit Getöse zusammen, um sich sogleich erneut zu schwindelerregenden Höhen zu türmen.

Mit Mühe und Not gelangte der Steuermann zum Kapitän, der die Pinne auf Kurs zu halten suchte. Als er den Ankommenden sah, brüllte er ihm entgegen:
»Wir versuchen zu *baxen*! Schwimmwesten anlegen! Das ist ein Befehl! Verschwinden Sie schon, und kommen Sie sofort wieder!«
Beim *Baxen* lief eine Maschine weiterhin voraus und die andere zurück. Glückte es, würden sie sich damit einmal um die eigene Achse drehen. Ein halsbrecherisches Manöver, aber es ließ sich damit kostbare Zeit gewinnen. Wenn sie sich noch retten wollten, war das ihre einzige Chance. Der Hurrikan war jetzt fast über ihnen. Die Atmosphäre hatte sich verfinstert und verflüssigt, und um sie knatterten und klatschten geschmeidige Peitschen. Normales Abdrehen würde zu lange dauern, *Baxen* war schneller.
Der Steuermann schoß, von animalischer Erregung gepackt, halb Angst, halb Jubel über den bevorstehenden Kampf, in seine Kammer hinunter. Auch Haß erfüllte ihn, die grimmige Lust, den Gegner zu töten, die Faust um ihn zu schließen und zuzudrücken, bis er erstickte. In seiner Kammer herrschte Nacht, bodenlos schwarze Nacht. Er zog an der Schalterschnur, aber es gab kein Licht. Elektrik ausgefallen, fuhr es ihm durch den Kopf, das konnte mancherlei Ursachen haben, eine schlimmer als die andere. Nein, jetzt wollte er sie nicht durchspielen, das stahl nur Zeit. Schwimmweste anlegen und wieder hoch auf Deck! Dumm war nur, daß ihm nicht einfiel, wo zum Teufel er das Ding hingesteckt hatte. Er griff sich die Taschenlampe aus seiner Gesäßtasche und leuchtete die Kabinenwand ab. Der Lichtkreis stoppte an der Kleiderstange, aber der Westenbügel war leer; er

wanderte weiter, suchte in allen Richtungen, war Polyphems ungeduldiges Auge. Auf der Koje machte er halt und tastete sich weiter in die Tiefe. Er war auf etwas gestoßen und wollte schärfer beleuchten, wovor sein Strahl zitternd zurückschreckte. Ein Bündel, ein nicht hierhergehörendes sonderbares Tier lag da, ein sich dukkendes erschrecktes Äffchen, das aus weit aufgerissenen Telleraugen schaute und vor Starre nicht einmal blinzeln konnte.
»Bitte, tun Sie mir nichts!« flehte das Äffchen und kroch noch tiefer in die Koje. »Hab' mich an Bord geschlichen! Lassen Sie mich nach Veracruz, schmeißen Sie mich bitte nicht ins Wasser!«
Das Kind der *Trommel*! Der Steuermann brachte kein Wort über die Lippen; er spürte nur, wie schwere Tränen über seine Stoppelwangen liefen, und hatte den brennenden Wunsch niederzuknien.
»Woher zum Henker weißt du, daß ich dich über Bord werfen will?« konnte er endlich artikulieren. Es war ein jämmerliches Clowngestotter, weil er an seinen Tränen würgte.
Er trat an den Jungen heran, setzte sich zu ihm auf die Koje und bemühte sich, so gut er eben konnte, begütigend auszusehen.
»Hör her. Ich nehme dich mit nach Veracruz, wäre ja noch schöner, wo du schon mal an Bord bist. Ich wollte dich nicht herauflassen, da du nun aber einmal da bist, sei's drum in drei Teufels Namen!«
Das Kind tastete an seinen Kleidern herab und reichte dem Steuermann einen Zettel.
»Ich hab' Leute in Veracruz; bei denen kann ich bleiben. Da, sehn Sie.«

Die Minuten verflogen. Der Orkan würde gleich über sie herfallen, aber der Steuermann faltete sorgsam den dreimal geknifften Zettel auseinander und strich ihn glatt. Es war schließlich ein kostbarer Zettel, des Kindes Ein und Alles. Er las ihn im Schein der Taschenlampe.

»*Señora Felipa Martínez*«, stand da. »*Veracruz, Bundesstaat Veracruz. Paß gut auf meinen Jungen auf. Felipa.*« Das war alles.

»Dieses verdammte Weibsstück, deine Mutter!« brach es aus dem Steuermann hervor. »Zu welcher Hausnummer, in welche Straße, zu was für Leuten sollst du? Ihr müßt ja auf dem Mond leben, Urwaldindianer seid ihr, Kaffern!«

Der Junge drückte sich besessen vor panischer Angst wieder in seine Ecke. Er klapperte mit den Zähnen, er flog am ganzen Leib, und er machte sich so klein wie nur irgend möglich. So weit wie möglich weg von diesem gehässigen harten Mann, der schon wieder auf seine Mutter schimpfte, wie alle! Als der Junge zur Wand kroch, kam unter ihm die Schwimmweste zum Vorschein, derentwegen der Steuermann gekommen war.

Schaurig heulend tobte der Orkan jetzt bis in die Kammer herab und pfiff, schrie und jaulte wie im Fieber. Eine schwere See schleuderte den großen Kerl auf den kleinen Jungen. Wieviel Zeit er verloren hatte, fiel dem Steuermann siedendheiß ein, hier unten in der Kammer.

Er griff sich die Schwimmweste und stopfte mit brutalem Drücken, Zerren und Stoßen die Arme des Jungen durch die Ärmellöcher und schnürrte ihm dann die Weste um den Körper. Das Kind schien den Verstand verloren zu haben; mit der Kraft der Verzweiflung biß, strampelte und kratzte es und trat wild um sich. Mit dem tobenden Bündel in den Armen kam der Steuermann an Deck.

Das Schiff bekam jetzt Schlagseite; sie waren verloren. Da trat der Steuermann, das Kind am Hals, an die Reling. Der Junge geriet außer sich, schlug ihm die Zähne ins Ohr, verbiß sich ins Leben mit der mörderischen Kraft von Jahrtausenden und ließ nicht mehr los. ›Mein Ohr geht mit ab‹, dachte der Steuermann, riß das Kind mit einem Ruck von sich und schleuderte es ins Meer. Vielleicht wurde es ja gerettet. Der Schmerz im Ohr dröhnte in seinem Kopf wie ein niederkrachender Baumriese und zog, flimmernde Lichter um sich versprühend, konzentrische Kreise in der schwarzen Nacht seines Schädels.

Die *Triton* meldete sich längere Zeit nicht auf die Funkrufe der Station in Veracruz. Dann ließ der Bordfunker, Morales, sich wieder hören. »Genaro? Entschuldige, ich habe mich nicht gemeldet, weil ich versucht habe, die Kabinentür aufzubekommen. Der Sturm drückt dagegen. Ich bin hermetisch abgeschlossen im Funkraum, ich sitze fest. Ich glaube, wir beginnen zu sinken. Grüß meine Frau zum Abschied und auch die Kollegen.«
Als der Tag anbrach, suchte Genaro in der Hoffnung, angespülte Schiffbrüchige von der *Triton* zu finden, die Strände vor Antón Lizardo ab. Sie fanden keinen, obwohl die *Triton* auf dieser Höhe gesunken war, knapp drei Meilen entfernt von der Küste. Nur auf ein Kind waren sie gestoßen, dessen Vorhandensein sie sich allerdings nicht erklären konnten. Ein Kind an Bord war ihnen nicht gemeldet worden, es war gewissermaßen nicht vorhanden, und darum konnte es den übergeordneten Stellen schlecht als einziger Überlebender der Katastrophe präsentiert werden. Und doch stand un-

übersehbar in klaren Lettern *Triton* auf seiner Schwimmweste.

Genaro nahm das Kind auf den Arm und fragte es aus, behutsam, freundlich.

»Er hat mich ins Meer geschmissen!« schrie der Junge haßerfüllt. »Der Mann hat mich ins Meer geschmissen! Er wollte nicht, daß ich mitfahre! Er hatte überall ganz viele Haare, daß einem furchtbar angst wurde! Ich sollte ertrinken!«

Männer im Sumpf

Wenn sie nur etwas Lebendiges hören könnten, alle warteten angespannt darauf, daß das ersehnte Ereignis noch einmal einträte. Egal wie, wenn es nur eintrat, denn zweimal war es ja immerhin schon geschehen, auch wenn die beiden Male inzwischen weit zurücklagen. Es hatte ihnen Erleichterung gebracht, danach hatten sie aufatmen können, unverhohlen, zynisch, schurkisch, so wie sie da standen, bis zur Brust im schlammigen Wasser.
Seit drei unerträglichen, höllischen Tagen schon, in sinnenverwirrender Stille, zwei feindliche Spähtrupps, die sich gegenüberlagen und nichts anderes taten, als sich gegenseitig zu belauern, allerdings blind zu belauern, denn wollten sie mit ihren Schußwaffen richtig zielen, so konnten sie sich in dem dichten Mangrovengeschlinge einzig an den Geräuschen orientieren.
Beim ersten Mal hatte Korporal Frank Robles aus Arizona plötzlich wie ein Irrer zu schreien angefangen, und gleich darauf hatte eine knatternde japanische Gewehrsalve ihn für immer zum Verstummen gebracht. Das zweite Mal war ebenfalls noch am ersten Tag gewesen, gegenüber im Sumpf, wo sich der Feind versteckt hielt, ganz in der Nähe, im Schilf. Einer von drüben hatte husten müssen, offensichtlich ein empfindlicher Mensch, anfällig für Erkältungen, nur daß er danach niemals wieder eine Erkältung bekommen konnte. Beide Männer, sowohl der aus Arizona als auch der Japaner, hatten beim Sterben jedenfalls einen fürchterlichen Schrei ausgesto-

ßen, und der Schrei schien beide Parteien gleichermaßen zu trösten und zu stärken in ihrem Kampf Stille gegen Stille und Starre gegen Starre, der schlimmer als alles andere auf der Welt war.

Wichtig war nur, daß man sich hören konnte, sich hören und sonst gar nichts; ob der Schrei von einem außer Gefecht gesetzten Japaner oder Amerikaner stammte, war belanglos, worauf es ankam, war, daß durch diesen Schrei, durch dieses Sterben, alle merkten, daß sie nicht tot und nicht allein waren auf der ganzen Erde.

Drei Tage schon rührte sich keiner, drei Tage froren und hungerten sie qualvoll, und keiner hatte in der Zeit auch nur herausgefunden, wo sein nächster Kamerad stand, geschweige denn der Gegner. Jeder war allein, allein mit seinem Leben und seinem Körper, ohne eine Menschenseele, jeder im Bewußtsein seines Alleinseins, jeder ein Opfer seiner Isolierung, seiner endgültigen, von allem abschneidenden Isolierung, umgeben von dieser nicht begreifbaren Sinnlosigkeit, die schon mehr war als Krieg, die über den Krieg hinausreichte und dennoch auch Krieg war und Gesellschaft und Menschen, nur daß der Blick eben bis zum nacktesten Wesen vordrang, bis in die messerscharf umrissene Nacktheit.

Mit einem Mal spürten sie, daß das Wunderbare wieder einmal bevorstand. Diesmal war die amerikanische Seite an der Reihe, die die amerikanische hieß, obwohl sie größtenteils Chicanos waren, Mexikaner aus Texas, New Mexico, Kalifornien, an die zwanzig Mann rundgerechnet. Einer von ihnen hatte sich bewegt, unvorsichtig, mußte ein Irrer sein, vertraute vielleicht darauf, daß es Nacht war und man in der Finsternis nichts sah, jedenfalls hatte er hörbar an Schilf gestoßen und damit ein unglaubwürdig klingendes, erstaunlich deutliches, präzises Geräusch verursacht, und das hier im Sumpf, wo so etwas den Tod bedeutete.

Alle Leiber waren zusammengezuckt bei dem Geräusch, bei dieser befremdlichen, nervenaufreibenden, beängstigenden Ruhestörung. Alle wußten, was gleich als nächstes kommen würde: ein japanisches Schnellfeuergewehr würde rattern, ein Kamerad würde aufheulen, wie ein Tier und dennoch menschlich, vielleicht würden sogar, was im Sumpf bisher kaum möglich erschienen war, auf beiden Seiten zugleich ein paar Schüsse fallen, und dann träte wieder Stille ein, entsetzliche Stille und Bewegungslosigkeit, für wer weiß wie lange. Alle wußten es, aber daß sie es wußten, war ohne Bedeutung, denn die Geschehnisse waren hier anderer Natur, waren nur Lebenszeugnisse, Anwesenheitsbekundungen, eine Methode, sich im Angesicht des Todes seine Existenz bescheinigen zu lassen. Joe Martinez rätselte im Dunkeln, woher das Geräusch gekommen sein mochte, und er folgerte, daß es Smith, der Neger aus Texas, gewesen sein könnte. ›Solange es nicht Johnny ist!‹ dachte er. Johnny steckte nämlich auch mit hier im Morast, sein junger Schwager, Tischler von Beruf, aus Los Angeles, gerade mal achtzehn Jahre, bestimmt nicht älter. ›Solange es nicht der kleine Johnny ist!‹ Er dachte daran, wie ausgelassen der Junge gewesen war, als sie beide ganze Sonntagvormittage lang an den Automaten in der Main Street fiktive Flugzeuge abgeschosssen und dabei haufenweise Nickels verspielt hatten. Wie anders heute alles aussah.

Nach dem Geräusch wurde es erst einmal bedrückend und bedrohlich still. Bis einer, der so nah stand, daß Joe seinen warmen Atem spüren konnte, etwas hauchte, das wie ein Satz, wie ein »Na endlich!« klang und worin auch ein Aufatmen, eine Erleichterung mitschwang.

Drüben zielte jetzt im Finstern sicher schon ein Japaner mit dem Schnellfeuergewehr, sicher drehte er sich schon bedächtig im Tempo einer Sanduhr.

Joe stellte sich im schlammigen Grund des Wassers auf die Zehenspitzen, wie als Kind, wenn er in seinem Dorf Apaches in Texas über die Schultern eines anderen hinweg einer Parade zugesehen hatte. Auch er empfand es als wohltuend und beglückend, zu wissen, daß im nächsten Augenblick etwas geschehen würde. »Wartet's ab, gleich ist es so weit«, ließ sich der Haucher wieder hören, und seine Worte verharrten schwebend in der schwarzen Nachtluft. »Gleich, noch eine Sekunde.« Joe befiel eine beunruhigende Ahnung. War es nicht vielleicht er selber, so beschlich es ihn, der da, ohne es zu merken, laut vor sich hinsprach? Zitternd vor Angst biß er sich mit aller Kraft auf die Lippen. Nein, er war es nicht, denn da fing der Fremde schon wieder an. »Hast du gehört, Joe? Diesmal wird's anders, besser, als wir dachten. Du hast doch richtig gehört, Joe? Wollen wir wetten?« Joe gab keine Antwort. Doch, er hatte auch das zweite Geräusch gehört, das nach dem Knacken des Schilfes kam, den ungleichmäßigen Aufschlag, wie unterteilt in zwei Takte, zwischen denen eine kaum wahrnehmbar kurze Pause lag, und auch, zeitgleich mit dem Schlag oder den Bruchteil einer Sekunde eher, den unartikulierten rauhen Wehlaut, der geklungen hatte wie das Winseln eines Hundes. Joe entsann sich, daß er am Morgen in derselben Richtung Smith, den Neger, zu erkennen gemeint hatte, allerdings zu kurz, um sich ganz sicher sein zu können.

Dann war also alles geklärt: erst der unscharf geführte Schlag, dann das gleichsam auf halbem Wege abgebrochene Wimmern; das hieß – dessen waren sich alle sicher und registrierten es mit unaussprechlichem Frohlokken –, daß der Japaner im ersten Anlauf gescheitert war, und das hieß, daß er sein automatisches Gewehr nicht benutzen wollte, und das wiederum hieß, er würde mit einer Hieb- oder Stichwaffe angreifen. Mit einem Messer also oder einem schönen orientalischen Dolch oder einem sagenumwobenen Säbel oder vielleicht sogar mit dem Schwert, das einst einem Samurai des Kaisers gehört hatte.

Es sollte also ein Kampf Mann gegen Mann werden, das war ja noch weitaus besser, als sie erwartet hatten, aufregender, gewaltiger. »Na, Joe, worum wettest du jetzt? Setz du auf unsern Sportsfreund, ich nehm' den Japaner. Um einen halben Dollar?« Joe verweigerte die Antwort. Er versuchte angestrengt, die Stimme dessen zu identifizieren, der ihn da in so vertraulichem Ton ansprach und ihm doch gänzlich unbekannt vorkam.

Smith der Neger hatte – angenommen, es handelte sich wirklich um Smith den Neger – den Laut von sich gegeben, der in Joes Ohren klang wie Hundewinseln, denn Neger winselten immer so, wenn sie, sagen wir, in einem Supermarkt in der City beim Klauen eines Kastens Bier erwischt wurden. Oder auch keines Kastens Bier, sondern irgendeiner anderen Ware, egal, was es war, Neger winselten so, wenn sie sich, hilflos und maßlos verwundert, gejagt und in die Enge getrieben fühlten. Smith war sicher eingeschlafen, war nach so langer Schlaflosigkeit ja auch unvermeidlich. Das passierte hier jedem einmal, man mußte es nur richtig tun, mußte sozusagen mit offenen Augen schlafen, und im Schlaf hatte Smith wahrscheinlich auch die unverzeihliche Dummheit begangen, der Esel, sich zu bewegen und das Schilf zum Knacken zu bringen, und war erst aufgewacht, als der Japaner praktisch schon über ihm war. So hatten sie diesen Kehllaut zu hören bekommen, diesen nur bei Negern vorkommenden Laut, typisch für den tiefen Baßgesang der Neger, und damit stand es eigentlich auch schon fest, daß es sich um Smith den Neger handelte. Das Gewimmer hatte sicher mit seinem Traum zu tun, den Überfall des Japaners träumte er sicher auch noch, er war sozusagen die logische reale Pointe des Traumes, wie wenn einer, der mit der brennenden Zigarette eingeschlafen ist, von einem Brand träumt, weil das Kissen Feuer gefangen hat und zu qualmen anfängt.

Was Smith der Neger wohl geträumt hatte. Etwa, daß er, um sich aufzuwärmen, im Bus führe, hinten auf den Negerplätzen, in einem der klimatisierten Greyhoundbusse, in denen es im Winter schön warm und im Sommer schön kühl ist, daß er da im Warmen säße, gerade weil er in Wirklichkeit im eiskalten Wasser stand, denn in Situationen, wo man sich das genaue Gegenteil wünscht, kamen solche Träume oft vor. Aber auch im Bus würde ihm nicht warm, sondern die Kälte stäke ihm weiterhin in den Knochen, und zu allem Überfluß käme auch noch ein riesenhafter Polizist und ließe den Schlagstock auf den armen schwarzen Smith niedersausen und brüllte, er werde ihn schon warmprügeln, und genau da, als der schmale Schatten des Japaners schon über ihm war, mußte Smith der Neger im Sumpf aufgewacht sein. Oder er hatte von etwas anderem geträumt, war ja so vieles möglich, man konnte tausenderlei Träume träumen, selbst noch in den Sekunden des Erwachens, wo man es eigentlich nicht mehr durfte, aber man war ja so abgekämpft und kniff die Augen zu und träumte schnell noch ein paar Szenen hinterher, in denen dann Moskitos und ein Sumpf, Schilf und Schlick und Japaner vorkamen, in denen man fror und Hunger hatte, so wie auch Joe immer nur von Kälte träumte, obwohl dabei ein Topf mit Punsch auf dem Feuer kochte, dem sogar Dampfwolken entwichen, aber sobald Joe sich davon eingoß, hatte er im Glas immer nur eine eiskalte Brühe.

Joe ließ noch einmal die im Sumpf aufgetauchten Geräusche Revue passieren und schmeckte sie gleichsam ab. Da war zuerst das Knacken von Röhricht unter dem Körper eines Schlafenden, der langsam daraufsinkt und es eindrückt; dann die komische Folge von Baßtönen aus dem Mund eines jählings aufgeweckten Mannes, und gleich darauf der Schlag, der danebenging, ein Aufschlagen in zwei Teilen, ein Akkord mit einer Dissonanz, die nur der Virtuose wahrnimmt.

Joe lächelte. Sehr schön alles. Kein läppisches Vogelgezwitscher oder Urwaldraunen oder was sie sonst normalerweise im Mangrovendschungel zu hören bekamen. Das hier waren Menschenlaute, erzeugt von Menschen, die einander rissen wie Bestien und in denen Joe sich bei aller Düsterkeit dennoch wiedererkannte und deren Schuld ihm – seine eigene eingeschlossen – immer deutlicher bewußt wurde. Was ein Zugewinn war, eine zwar brutale, aber notwendige, dem Erlebnis im Sumpf, dieser berauschenden Erfahrung, geschuldete gedankliche Leistung.

Schon gab es wieder etwas zu hören, diesmal unter Wasser, ein plätscherndes Eintauchen, so sacht und angespannt geräuschlos, daß es fast nicht real war. Allen wurde klar, daß Smith der Neger – kein anderer als Smith der Neger – in den Sumpf wegtauchte, um dem Angriff auszuweichen und den Feind von unten selbst zu überraschen. Dann trat beklommene Stille ein, weil das Maschinengewehr gleich losknattern mußte.

Doch es geschah nichts; der Japaner schoß immer noch nicht dahin, wo das Geräusch aufgetreten war. Sonderbar, aber alle begriffen: das bedeutete, daß die Japaner – und folglich auch sie selber, ihre Feinde – keinen Gebrauch mehr von ihren Schußwaffen machen würden und daß der Kampf von jetzt an also nur noch in Form dieses Sichjagens von Wölfen, dieses Nacheinandertastens, dieser irrwitzigen Hetzjagd unter Blinden vor sich gehen sollte, mit der jeder jedem das Erkennen des eigenen Standorts erschweren, wenn nicht unmöglich machen wollte. Auf einmal war die Stille eine andere Stille, angefüllt mit Wunderdingen, mit Leben, eine Stille voller unsichtbarer Abenteuer, die auch im Finstern mit mathematischer Schärfe und Deutlichkeit zu verfolgen waren und schimmerten und alles erhellten.

Man konnte sich sogar einreden, dies sei gar kein Krieg, sondern ein Spiel unter Brüdern, weil beide einander im Schlamm einer entlegenen Insel mitten in der Unermeßlichkeit des Pazifik gegenüberhockenden Gruppen kein anderes Interesse hatten, als sich von diesem erbarmungslos im Dunkel ausgefochtenen Zweikampf, von diesem stummen, erregenden, die Zuschauer wieder zu konkretem Dasein erweckenden Smith dem Neger und dem Japaner, von diesem Sterben, diesem für jeden der beiden andersgearteten Sterben, und später vom Sterben aller nach ihnen Drankommenden, auch nicht das kleinste Detail entgehen zu lassen.

Die Männer hatten den Krieg auf sein simpelstes, elementarstes, nacktestes Wesen reduziert, verkürzt zum Krieg ohne Zielvorgaben, zum Krieg in Reinkultur. Bar patriotischer Ansprachen und Zuhilferufungen Gottes hatte auch der Krieg ihnen wiederum über ihre Menschengrenzen hinaus in ein Jenseits geholfen, in dem sie nicht mehr real existierten, in dem sie aufhörten, Menschen zu sein, und nur im Tod noch eine Äußerung von Leben aufspüren konnten, in dem ihnen als einzig Lebendiges und Menschliches das Aufschreien der Sterbenden und als einzig lebenspendende Handlung nur noch das Töten erlaubt war.

›Gut, daß es nicht Johnny war‹, dachte Joe noch einmal. Um Johnny, diesen unerfahrenen, aufgeregten Jungen, mußte er jeden Augenblick fürchten, und auch Paulina hatte ihn mit Tränen in den Augen angefleht, da sie beide der gleichen Heereseinheit zugeteilt wären, solle er wie ein Vater für ihn sorgen.

Joe hörte noch genauer hin, mit wachen, angespannten Sinnen und einem rasenden Pochen und Stechen in Schläfen, Brust und Handflächen. Der Japaner war unterwegs im Sumpf, er forschte, er suchte, er bewegte sich mit einem flachen Gegenstand – vielleicht seinem Maschinengewehrkolben – kaum wahrnehmbar, sacht, behutsam, geschmeidig durch das Wasser, wie einer, der zärtlich und stumm die glatte Fahrrinne eines Kanals entlangpaddelt. Es war eine fesselnde Suche, delikat, vornehm und voller Zauber, sie entbehrte jedenfalls völlig der Feindseligkeit und des Hasses. Wer so suchte, der fand auch; der Japaner mußte den Neger finden. Früher oder später würde er ihn unweigerlich finden, und dann würde er zustechen, mit stummer, grausamer Freundlichkeit im zähen, reglosen Dunkel des Mangrovensumpfs wieder und wieder auf den Neger einstechen. Sollte der Neger wider Erwarten aber doch mit dem Leben davonkommen, so würde Joe ihn später, wenn sie beide wieder in ihrem schönen Texas wären und den Blick über die weiten grünen Fluren schweifen ließen, natürlich einmal danach fragen. »Sag mal, Smith, alter Junge, du gottverlassener Neger«, würde er sagen, »wie war das damals eigentlich, wovon hast du geträumt, als dich der miese Japs da beim Schlafen erwischt hat? Ich hab' mir immer gedacht, du sitzt im Traum gerade schön im Bus, und da schwingt plötzlich, zack, der Japaner über dir das Messer.« Dann würden sie beide losprusten, lauthals lachen vor dem sanften Gewoge der texanischen Wiesen.

Wovon sollte man auch sonst träumen, wenn man nach drei Tagen im Sumpf, wo man kein Auge zugetan hat, mal kurz einnickt und von einem Japaner geweckt wird, der gerade zum tödlichen Stoß ausholt? Allerdings konnte Smith der Neger auch von der Realität geträumt haben, war durchaus möglich. Konnte zum Beispiel geträumt haben, daß er im Stehen schlief und plötzlich ein Japaner über ihn herfiel, weil er ihn wegen eines unwillkürlichen Zuckens aufgespürt hatte, einer im Schlaf gemachten falschen Bewegung. Doch, warum sollte Smith der Neger nicht von dem geträumt haben, was sich gerade in der Wirklichkeit abspielte?

Da vernahm Joe ganz in der Nähe schon wieder die Stimme des Unbekannten, der ihn in so vertraulichem Tonfall ansprach. »Ich garantiere dir, Joe, diesmal war's nichts, du hast dich verhört. Die Sache ist längst vorüber, ohne einen Schrei. Der Japaner hat den von uns sicher

erwischt, bevor der überhaupt den Kopf aus dem Wasser bekommen hat. Du hättest die Wette verloren.«
Joe wurde weich in den Knien.
Jetzt endlich erkannte er die Stimme. Sie war unverkennbar, sie gehörte Smith dem Neger, und weiß der Himmel, warum er das nicht früher gemerkt hatte.
Er dachte an Johnny. Wovon hatte dann Johnny geträumt?
Immerhin war er ihm dankbar, daß er ihm zu so unvergeßlich schönen Empfindungen verholfen hatte mit seinem kleinen Sterben.

Salz

Lief ihr Vorhaben damit an?
Alles war jedenfalls durchdacht, abgesprochen, ausgelotet, mit den Unsicherheiten, die jeder Planung eignen, und mit Herzschlägen bis zum Hals, wie das Herz sich so zu verhalten pflegt vor besonderen Unternehmungen. Die Reihenfolge, was als erstes, zweites, drittes, viertes kommen sollte – oder auch tausendstes, man konnte nie wissen –, die war festgelegt; doch, die Reihenfolge stand fest. Punkt eins hieß: absichern, das Schiff inspizieren. Danach Punkt zwei. Nur, was kam zum Schluß? Was würde am Schluß aus ihnen, was sollten sie anfangen mit ihren Händen? Mit ihren Hemdsärmeln, ihren Mützen, in den Wind gestellt und ins Leben? Immerhin, das hier war wenigstens ein Anfang, damit konnte ihr Vorhaben anlaufen. Das Schiff lag da, groß, klobig, heruntergekommen, ähnlich einem geprügelten alten Zirkuselefanten. Und auch der Strand lag da, ausgedehnt, verlassen, eine rauhe, schmerzende Zunge, eine Landzunge der Insel Madre. Der zweite Schritt wäre dann: aufs Schiff gehen, runter in den Laderaum, und abwarten. Nein, das Warten käme schon als drittes.
Als Reyes die rhythmischen Atemzüge unter seinen Füßen spürte, ein gemächliches, verzögertes Heben und Senken, fühlte er sich auf dem schwankenden Grund augenblicklich gefährdet, wie betrunken oder vom Schlaf benommen. Er stand wie auf Wolken, die unter einem wegsinken, um sofort wieder emporzufedern, und das

Wasser wich in großen flachen Kreisen vor ihm zur Seite. Kaum war sein Kahn angekommen, klatschte auch schon das Tau herunter, und die *Maciste* überragte ihn in ihrer ganzen realen, maßlosen Größe. Das war nicht mehr das verkleinerte Schiff, von der Insel aus gesehen, gleichsam aufs Meer gemalt, aus Papier gefaltet. Jetzt bestand es aus baumelnden Trossen, Eisengestänge, Stahlplatten, und aus seinen Flanken schoß schmutziges Wasser.

Als nächstes war das Stauen dran, und im Laderaum mußten sie eine Lücke freilassen. War das nun der vierte Punkt? Oder der zehnte? Kam es vor oder nach den kurzen Sekunden, den kurzen Seitenblicken und vor allem den schrecklichen kurzen Herzschlägen, zu denen es in der endlos langen Zeitspanne kommen mußte, ob sie nun eine Stunde oder vierundzwanzig Stunden dauerte? Hier klafften Denken und Leben, Vorsatz und Ausführung eben auseinander. Hier schienen die Menschen mit zugekniffenen Augen vor einem ominösen, fernen, völlig sinnlosen Ziel zu stehen.

Am nächsten Abend wäre es dann soweit – sobald das Schiff die Anker lichtete. Vorerst ging es noch einmal an Land, nach dem Beladen, am Feierabend.

Die *Maciste* hob und senkte sich im gleichen Atemrhythmus wie der heute so blaue und so tiefe Pazifik. Unten auf dem Boot bekam man das Gefühl körperlicher Unberechenbarkeit, weil die üblichen Orientierungshilfen und Bezugspunkte, die Wolken und die Masten, wie in einem Film oder Traum in eine ganz andere, bizarre und unlogische Atmosphäre getaucht waren. Worauf konnte man noch bauen, was stand außer Zweifel? Der Strand? Der bewegte sich mit. Das Meer, das ebenfalls schwankte? Der große Mast der *Maciste* gar, der, willen-

los geworden, gleichsam am Himmel kratzte? Der Horizont, der sich zum Zirkuszelt rundete und dann wieder schlaff durchhing? Es machte geradezu Spaß, im Takt mit ihm zu atmen – einzuatmen, wenn er sich wölbte, auszuatmen, wenn er erschlaffte. Doch bei diesem Horizont war nichts zu wollen: das ganze Meer, das ungeheure, heilige Meer, zog sich da anscheinend zusammen und versuchte – aberwitziges Unterfangen – beim Ausdehnen den Erdball in seiner Gänze zu überfluten. Unübersehbar, abgründig, hatte das Meer etwas von einer hingelagerten, selbst noch im Ruhen bedrohlichen Bestie. Reyes schwirrte aufs neue der Kopf vor Benommenheit – ein vages Gefühl der Trunkenheit und der verminderten Wahrnehmungsfähigkeit. Die Leine baumelte nur Zentimeter neben ihm, und doch bekam er sie nicht zu fassen, sondern ließ sie sich immer wieder entgleiten. An Deck wünschte ihm der Bootsmann die Pest an den Hals:
»Reyes, du Idiot!«
Sofort schwang abermals das Tau vor seinen Augen.
»Faß doch zu!«
Also mit dem geschulterten Salzsack über das Boot balancieren und die Leiter hinauf und laut in die Luke brüllen, denn damit erleichterte man sich die Bürde.
»Hopp, uuff! Weg da unten!«
Vom Boot aus war weder das Deck noch die Luke, in die das Salz gebracht wurde, zu sehen gewesen. Salz – eine Materie, die überall vorkommt. Das Meer ist gesättigt von Salz, keiner kann es erklären. Auch der Mensch enthält Salz, so wie sein Schweiß, seine Tränen. Salz umrundet die Welt, und dem Salz sind ganze Völkerstämme und Nationen hinterhergewandert. Auf der Madre-Insel drüben hatte das Salz die Gestalt kleiner feiner Polyeder, die

sich beim Gehen in die nackten Fußsohlen drückten und sich im Schweiß, dem Menschensalz, festsetzten. Auch in Salinas, in ihrem Barackenlager, kam es vor und hatte dort die Form rechteckiger weißer Becken, in die kanisterweise schweres Wasser geschöpft werden mußte, damit das Salz in der Sonne zu einem schneeweißen Sediment wurde, damit es weiß ausflockte, kristallisierte und sich am Boden absetzte. Vom Hang aus gesehen rückten die weißen Gevierte zu einer regelrechten Stadt zusammen. Einer blendend geometrischen Stadt, durch deren Planquadrate man mit heißen Füßen watete. Nun aber wurde das Salz auf nackten Rücken über die *Maciste* geschleppt hinab in die düstere Luke, in der die Atemluft knapp war.
Nein, von hier aus war die Luke nicht sichtbar, aber sie barg bedeutenden Stauraum. Zehn Tonnen Salz mußte sie aufnehmen und zuletzt noch einige Kilo obskure organische Materie. Eiweiß, Fett, Eisen, Kohlehydrate – zwei Männer, zwei Ausbrecher, mit Blut in den Adern, und im Blut noch Salz in geringer Menge. Und diese wenigen Kilo lebenspendende Substanzen, wärmepulsierendes Eisen, unergründbare Kohle – diese Männer hielt man eingesperrt auf einem winzigen Fleckchen Erde. Die Welt mochte unermeßlich groß sein, von Staaten, Gebirgen, Städten und Flüssen durchzogen, das Leid der Menschen fand auf einem kleinen Stück Land Platz, einem Fleckchen, so klein, daß gerade ein Fuß oder ein Blick darauf paßte.
Die Lukenöffnung war verrostet und schmierig, wie ein schwarzer Riesenbauch klaffte darunter der Laderaum, und daraus stank es nach nassen Säcken und Ratten. Doch es würde sich darin selbst dann noch atmen lassen,

wenn sie hermetisch verschlossen war. Die Luft war zwar feucht, dumpf und klebrig, aber dann würde man eben seine eigene hechelnde Gier einatmen.

Was kam als fünftes, zehntes, als hundertstes in ihrem Plan? Wenn die *Maciste* erst einmal, weit weg von der Insel, in einem nebligen Hafen anlegen würde, der Erde so entrückt wie die Wolken, dann kämen Männer zu ihnen in die Tiefe, um die Ladung zu löschen. Ihnen unbekannte Männer, deren Existenz für sie keinen Sinn barg. Und von denen dennoch heute schon feststand, daß sie einander begegnen würden. Sie wurden erwartet in der Tiefe des Laderaums. Von Stund an jede Minute. Atmende Männer sicher, voller Leben, voller unverbrauchter Atemluft. Sie wurden erwartet. Doch woher sollten sie das wissen? Sie wären mit einem Satz im Laderaum, würden erst tappen mit ihren noch nicht ans Dunkel gewöhnten Augen, und dann ginge der Kampf los, dumpf, verbissen, fast liebevoll in seiner Stummheit. Zwei Gestalten würden ihnen plötzlich an den Rücken springen, sie würden sie abgehackt atmen und keuchen hören. Reyes dachte an *seinen* Mann, den er sich würde vornehmen müssen, und er verspürte ein leises Staunen, einen leisen Kitzel. Ein Hafenarbeiter wahrscheinlich, gutgelaunt, der nicht wußte, daß er sich schon seit Stunden nur noch auf sein Ziel, sein Fatum, seine furchtbare Verabredung zubewegte. Mochte er auch jetzt noch in Kneipen hocken, andere Schiffe entladen – jeder Sack, der hinfort im Bauch der *Maciste* verstaut wurde, brachte sie einander näher, machte ihn existenter, realer. Wo genau würde sein Blut fließen? An welcher Stelle würde er stürzen? In welchen Sack würde sein Blut sickern und seinen intensiven, warmen Geschmack mit dem befremdenden Geschmack des Salzes vermischen? Reyes' Hand fuhr an die Hüfte und tastete nach dem abgeschabten Messer an seinem Gürtel. Einfach fest zustoßen, das war es, als ramme man das Ding in einen Salzsack. Im Grunde konnte dabei nichts anderes zu spüren sein als in den Salinen: kleine Hindernisse, durcheinandergeworfene kleine Körner, in Unordnung gebracht von unverhoffter äußerer Gewalteinwirkung. Sollte darauf alles zulaufen? Sollte dieses namenlose Etwas, das den Schauermann zur vorgenannten Stunde in den Laderaum der *Maciste* treiben würde, als Fatum über ihn verhängt sein? Über Pedro, über Juan, wie Schauerleute eben so heißen?... Aber zunächst einmal mußten sie, allen Widrigkeiten zum Trotz, allen gegenläufigen Kräften, hinunter in den Laderaum kommen.

Auf der *Maciste* dauerten die Ladearbeiten an. Der Bootsmann brüllte seine Kommandos, und in seinem Mund blinkte dabei matt ein nur zur Zierde vorhandener Goldzahn. Erst als Reyes diesen Goldzahn sah und des Mannes fahlgelbes Antlitz, fiel ihm auf, wie ungewohnt es war, daß der Bootsmann eine Machete bei sich hatte. Eine Machete an Bord, eine Machete auf dem Schiff? Sie baumelte dem Bootsmann seitlich am Gürtel, am Bein. Da hörte Reyes sich auf einmal singen, wie ein Kind, ohne es sich vorgenommen zu haben.

»Zieh deine Machete voll Scharten,
laß zur Schlucht uns gehen...«

Am Ende ließ er die Melodie in einem Pfiff ausklingen:

»Wenn du da bist, zeigt sich
vielleicht die weiße Schlange...«

Doch, es gab Einsatzmöglichkeiten für die Machete auf der *Maciste*. Als sich die Salzsäcke neben der Luke stapelten und die Transportkette damit abriß, konnten die an Deck Stehenden drunten ein dumpf metallisches Geräusch hören, wie Hiebe einer Klinge auf Kissen. Gleichzeitig einen Wehlaut und den Aufschlag fallender Körper auf Hartes. Als der Bootsmann wieder an Deck kam, klebte etwas Rötliches, Helles an seiner Machete, als verhindere die Beimengung fettiger Substanzen ein Hervortreten ungeniert schönen Blutrots.

»Los, macht schon, ihr Säcke!« brüllte er keuchend mit Augen, die wie von Rauch gerötet und geblendet waren. Nach ihm stieg auch Reyes aus der Luke, auf dem Rükken blutig angeschwollene Striemen. Aber immerhin, die Höhle, die sie aussparen wollten, hatte er bauen können. Die Höhle, in der zwei Mann Platz finden mußten.

Welcher Punkt war das nun in ihrem Plan? Wieviel Pulsschläge der Welt waren inzwischen vergangen? Unerforschlich wiegte sich das Meer, schaukelte sein gigantischer Körper. Welche Mengen Salz enthielt das Meer in seinem Wasser! Und wie verschwindend klein waren dagegen die paar Salzkörner auf Reyes' Machetenwunden, die rot anliefen, sich mit Glut vollsaugten, die Blut schlürften.

Als die Ladearbeiten beendet waren, schien die *Maciste* mit einem Mal stillzustehen. Es war, als hielte sie den Atem an, ihren schweren Atem, die tiefen Atemzüge der Wellen, die dem Horizont ihre Bewegung aufdrückten, die ihn an sich zogen und ihn hernach wieder an die Ufer warfen. Reyes sprang vom Fallreep in den Kahn. Und abermals hatte er dieses schwindelerregende Gefühl des

Tanzens, des Fliegens und der Trunkenheit unter seinen nackten Füßen.

Wem die Tage keinerlei Hoffnung bescheren, wen selbst die Sonne nicht wirklich beseligt, dem wird die Nacht kurz und dem bricht der Morgen an, sobald er die Augen aufschlägt. Wer sich vom Tag jedoch etwas zäh Ersehntes erhofft und wen die Sonne jung und schön erwartet wie eine ins eigene Herz verlegte Sonne, dem wird die Nacht schwarz und so wüst und lang, daß ein Mensch daran vielleicht über Nacht ergraut.
Reyes' Mittäter, der *Schecke*, schüttelte den Kopf über der Gasflamme. Er war gar nicht gefragt worden, wozu also mußte er mit dem Kopf wackeln? Was zum Teufel gab es zu verneinen, und überhaupt, warum? Sie saßen in der Krankenstube, der *Schecke* spielte den Sanitäter. Ein elendes Geschäft – Spritzen verabreichen, Chinintabletten ausgeben, Barackenbesuche. Besondere Kenntnisse waren dafür nicht nötig. Außerdem waren die Krankheiten kinderleicht zu katalogisieren: entweder war es Malaria oder Krätze. Abweichende Fälle kamen praktisch nicht vor. Und wenn, so war es – Pellagra, Skorbut – unweigerlich ein Exitus.
Die Schatten der beiden Männer in der Krankenstube fielen groß auf Arzneiflaschen, Reagenzgläser, Einlaufspritzen, knickten an jedem Gegenstand ein und verlängerten sich aufs neue.
»Menschenskind, *Schecker*«, zweifelte Reyes, »ist doch wohl nicht nötig, die Schauerleute umzubringen, die aufs Schiff kommen, oder?«
Sogleich klärte sich das Kopfschütteln des *Schecken* auf. Er zog die Brauen hoch, und auf sein von der Pigment-

störung und der Beleuchtung in zwei Hälften geschnittenes Gesicht trat ein ganz und gar eindeutiger Ausdruck, scharfe Ablehnung. Die nicht gefleckte, beinahe menschliche Gesichtshälfte lächelte, während die andere, in der Finsternis des Zimmers verschwimmende und vermutlich in den Raum ausfließende, sich gespenstisch verhärtete und versteinerte.

»Wo denkst du hin!« antwortete er. »Das würde alles verderben!«

In der Krankenstube lastete auf einmal spürbar das Gewicht der ins Dunkel getauchten Arbeiterunterkünfte und der droben auf dem Hang liegenden Baracke. Ein einzelner Mensch sang darüber hin, ein Klagelied, das sich einem in die Schläfen hämmerte und von dessen endlosen Wiederholungen man wahnsinnig werden konnte:

»Welch traumhafte Naaacht,
und die vielen Sterne,
und um drei Uhr früüüüh
muß, ach, Mutter, ich steeerben!«

Der *Schecke* fuhr wütend herum:

»Mann, sägt dieser Mistkerl an den Nerven!«

Der dritte und vierte Vers des Liedes, *»um drei Uhr früh muß, ach, Mutter, ich sterben«*, waren hier zum Erschrecken genau am Platz. Die Menschen starben tatsächlich zwischen zwei und drei Uhr morgens, und sie kehrten dabei an ihren Ursprungsort, zu ihrer menschlichen Ausgangsmaterie, in ihre Mutter zurück. Alle riefen sie »Mutter!« beim Sterben, denn der Mensch braucht nun einmal einen Halt, einen Orientierungspunkt auf Erden, er muß nach dem wärmenden Urgrund schreien, aus dem er einstmals, blutend und bangend, hervorging. Es ist, als ob er an eine Tür klopfte und um Ruhe und Alleingelassenwerden bäte.

»Morgen läuft das Schiff aus ...«

»Ja, Morgen.«

Da wurde draußen geklopft.

»*Schecker*?«

»Was ist?«

»Wir können den *Gelben* nicht mehr aushalten ...«

»Wie bitte?«

»Der Kerl stinkt wie ein verendeter Köter.«

Der *Schecke* drehte sich zu Reyes herum.

»Hab ich's dir nicht gesagt? Die trampeln einem nur auf den Nerven herum.«

Sein Schatten wurde riesenhaft, wuchs über die Arzneiflaschen hinaus, und im Raum wurde es dadurch noch dunkler.

»Gehn wir hin«, sagte er resigniert. »Wir können ihn ja unter den Feigenbaum legen.«

Der *Gelbe* hatte von Anfang an gestunken, schon bei den ersten Krankheitssymptomen. Sie hielten es für Malaria. Der Mann war erst gestern erkrankt, nur die Begleiterscheinungen waren etwas befremdlich. Er erbrach sich, hatte Krämpfe und schied unentwegt widerwärtige Substanzen aus, etwas Weißliches, Schlieriges, Flüssiges, dessen Geruch frischem Fleisch nahekam, der aber allen unbekannt war – niemand konnte sich entsinnen, dergleichen jemals gerochen zu haben. Sie stiegen zur Baracke hinauf, die auf der Kuppe des steilen Hanges lag. Der Bau wirkte in der schwarzen Nacht größer, strenger, eine hoch aufragende Grabkapelle, die zweihundert Menschen Platz bot und den Hügel, indem sie sich vor

die tropische Sternenpracht schob, bis in den Himmel verlängerte. Der Aufstieg im Dunkeln war beschwerlich. Die einsame Singstimme verlor jede Menschenähnlichkeit, jedes organische Ursprungsmerkmal, und es schien, als orgelte die Baracke selber, samt Holz, Lehm und Steinen, die düstere Melodie mit. »... *Die vielen Sterne... welch traumhafte Nacht... und um drei Uhr früh...*«
Reyes und der *Schecke* stapften hügelan. Die Nacht war tiefdunkel und mondlos. Im Pazifik spiegelte sich das Kreuz des Südens, und dumpf grollte und dröhnte die See, wie dumpfes, schwarzes, vom Sand des Strandes gedämpftes Trommeln. Nur in der Luft hing etwas, ein Dunst, nicht bestimmbar, ein Geruch, der weder der Erde noch den Menschen eignete und der die rätselhafte Gelassenheit der Nacht störte. Es roch wie Geschlachtetes, wie faseriges Fleisch, und schien doch auch wieder von Lebendigem, wenn auch Zerstücktem, fast schon Ausgeblutetem und Erkaltetem, ausgeströmt zu werden. Nicht allein der Geruchssinn nahm es wahr – auch im Mund setzte es sich als süßlicher, teigiger Geschmack ab. Könnte man den Leib eines lebenden Menschen öffnen – beileibe keinen Toten – und mit dem Gesicht nah herangehen, so würde man vielleicht ebendiese Witterung erkennen. Doch selbst damit wäre die Ausdünstung noch nicht hinreichend bestimmt, denn von einem normalen Menschen konnte sie nicht stammen – es mußte ein von Wasser ausgelaugter Körper sein, ähnlich Fleisch, das zu oft gewaschen wird. Das Wasser war dann allerdings Schmutzwasser, dem Körper entquollen, eine andere Herkunft war gar nicht denkbar. Der Geruch kam von der Baracke her, und er zog sich, als Schwaden, die die

Finsternis der Nacht noch zäher machten, hügelabwärts. Der *Schecke* preßte Reyes' Arm:
»Das ist dieser Mistkerl! ...«
Der *Gelbe* sah, wie die beiden Männer in sein Zimmer traten. Er blickte aus weitgeöffneten, hellwachen Augen, und er verstand sofort. Die beiden Besucher hielten sich die Hand vor die Nase, ohne es zu wollen, und sie blieben ruckartig stehen. Es war, als täte es ihnen schon wieder leid, daß sie den Berg hinauf zu ihm in die Baracke gekommen waren.
»Wir nehmen dich hier raus«, ließen sie ihn wissen.
Da ging mit dem *Gelben*, ohne daß er es kontrollieren oder steuern konnte – seit er krank war, hatte er sich nicht mehr in der Gewalt, die Dinge widerfuhren ihm nur noch, so als hausten Dämonen, deren er nicht Herr wurde, in seinem Körperinneren –, etwas Auffälliges vor sich: Seine Lider begannen zu zucken, abgehackt, wie bei einer Aufziehpuppe. Aber nicht allein das war befremdend, sondern daß sie dabei Geräusche hervorbrachten, ein unheimliches Platschen, wie wenn mit Gerten auf Pfützen gepatscht wird. Dazu flatterte es in seinem Verschlag, als ob ein irre gewordener Vogel mit den Fittichen an die Wände schlage. Auf die ersten Geräusche folgten alsbald die nächsten, die wieder anderer Natur waren. Es war ein Kampf tückischer kleiner Tiere, die sich unter Gegrunze und Geknurr ineinander verkeilten, und dabei begann gurgelnd und schmatzend eine dickflüssige Brühe in ihm zu kochen. Gleich darauf kam unter des *Gelben* Baumwolldecken auch etwas Farbloses, Flüssiges zum Vorschein. Es floß so schnell, daß Reyes und der *Schecke* schon Sekunden später in der Brühe wateten und sich darum grimmige Blicke zuwar-

fen. Wie sie den *Gelben* auf einmal haßten, wie sie sich erbittert wünschten, er möge krepieren, er möge platzen, er möge von einer gewaltigen Explosion in seinem Inneren zerrissen werden. Was hatte der Mann hier überhaupt zu suchen, wozu war so einer überhaupt auf der Welt? Aus welchem Höllenschoß war der gekrochen? Als sie ihn unter den Achseln packten, waren sie offenkundig gewillt, grob zu sein, ihm weh zu tun, seinen aufgeweichten, zerknitterten und verkrümmten Körper zu mißhandeln.

»Beweg dich schon, du stinkender Leichnam! ...«

Dabei hätte es draußen in der Mainacht herrlich sein können. Das Wäldchen um die Baracke glimmte zauberisch. Dem Boden entströmten warme nächtliche Wohlgerüche, der zarte Dunst der Feuchte, und die Bäume dufteten nach Harz und die Gräser nach Kühle. Das hätte man einatmen, freudig genießen können wie die Sonne, aber sie mußten ja den *Gelben* bei sich haben und sich mit ihm abschleppen. Schwer war er auch noch, ein Sack durcheinandergerüttelter Plunder. An den Händen spürten sie seine verklebten, abgestorbenen Achselhaare, seine außen kalten, klingenharten, innen weichen Fersen, und sein schon ausgehöhlter Rumpf rumpelte ächzend über Gestein und Erde. Und dieser Lumpenhund in der Baracke sang immer noch! *»Um drei Uhr früh, um drei Uhr früh!«*

Nein, es blieb ihnen gar nichts anderes übrig, als die Schauerleute im fremden Hafen umzubringen! Kaum daß sie im Laderaum unten wären, die Ahnungslosen, und zwar lautlos. Wie wenn man in Salzsäcke sticht: man durchstößt das sperrige Leinen und stochert dann nur noch in Nachgiebigem, Unbekanntem, während der warme Strahl schon herausschießt.

Sie waren am Ziel, unterm Feigenbaum. Dort legten sie den *Gelben* auf einer Decke ab.
»Also, jetzt kannst du schlafen. Ich lass dir auch Chinin da, für den Fall, daß du's brauchst.« Und der *Schecke* legte ein paar weiße Kapseln neben den Kranken.
Schon wenn er den Mund zum Sprechen aufmachte, spürte der *Schecke*, wie der üble Gestank hereinzog und ihn den Hals hinunter bis in die Eingeweide verpestete. Und er mußte diese Pest schlucken, mußte sie hinunterwürgen, in den Magen befördern, wo sie dann von weiß Gott welchen ominösen Säften durchtränkt wurde. Eine Woge des Zorns schlug über ihm zusammen. Wenn er doch verrecken würde, der dreimal verdammte *Gelbe*! Wenn er im wahrsten Sinne des Wortes krepieren würde. Wenn seine Haut sich erst bis zum Zerreißen spannen und dann platzen würde, so daß sich die ganze eklige Jauche endlich aus ihm ergösse!
Der *Gelbe* stierte mit ins Riesenhafte vergrößerten Augen in die Runde und stellte seine Frage, fast ohne die Lippen zu bewegen, als holte er eine Stimme woanders her, als wäre es die Stimme eines Fremden:
»Ihr habt mich hierhergebracht, weil ich stinke, ja?«
Er war im Bilde. Er hatte es vom ersten Augenblick an gewußt. Schließlich hielt sich bei ihm alles die Nase zu und spuckte. Das war aber kein Grund, es ihm auch noch ins Gesicht zu sagen. Im Gegenteil, es verlangte ihn nach ein paar freundlichen, tröstlichen, anteilnehmenden Worten.
Der *Schecke* biß, weil er am liebsten mit den Fäusten dreingeschlagen hätte, die Zähne zusammen.
»Dachtest du etwa, wegen deinem hübschen Frätzchen?«

Ein dumpfes Schluchzen entrang sich der Brust des kranken Mannes – lächerlich. Sie spürten es noch in den Füßen, als sie hart auftretend wieder unterwegs zum Krankenrevier waren. Sie mußten sich schließlich um ihren Plan kümmern, ihn zu Ende bringen, den Plan, der heute angelaufen war, heute morgen.

In der Krankenstube saßen dann nicht zwei Männer, sondern sprachen zwei Stimmen, so undurchdringlich finster war der Raum. Wo begann und wo endete das Gesicht des *Schecken*, die dunkel verschwommene Stelle, und wo fing wieder die Luft an?
Erster, zweiter, dritter Punkt. Als erstes mußten sie in den Laderaum, als zweites abwarten, als drittes zustechen, als viertes...
»Morgen, ja?«
Reyes mußte seine Geschichte loswerden.
»Ich türme nur ihretwegen, Kumpel...«
Er sprach von einer Frau, einer lang Verflossenen.
»Sie wollte nicht auf mich warten... Dabei hab ich sie gewarnt. ›Also‹, hab ich gesagt, ›zehn Jahre sind schon eine Zeit, aber wenn du nicht auf mich wartest...‹ Und ich hab' ihr klargemacht, daß sie's mir büßen muß...«
Doch etwas störte ihn beim Erzählen; er brach ab. Es war belanglos. Die Nacht hätte schön sein können, lau, majestätisch. Die vielen Sterne am Himmel, und das Meer, und über dem Meer strahlte das Kreuz des Südens... Wenn nur dieser Gestank nicht wäre! Da war er schon wieder! Nichts stinkt so schlimm wie ein Mensch. Ein Hundekadaver, eine Mistgrube, ist nichts im Vergleich zum Gestank eines Menschen. Das lag sicher an seinen Sünden. Sonst wäre ein Mensch nicht in einer gan-

zen Stadt, in einem ganzen Land zu riechen. Menschengeruch bleibt stehen in der Luft, wird von der Luft umzingelt, zusammengepreßt, eingekapselt, und verharrt so am Ort, eine Wolke des Grauens.

»Komm, wir tragen den Dreckskerl noch ein Stück weiter.«

Weiter als bis ans Ende der Insel konnten sie ihn allerdings nicht bringen, danach blieb nur noch ersäufen. Oder eine Grube ausheben und den mittlerweile grün Verfärbten lebendig begraben.

Sie schafften ihn vom Feigenbaum weg ans Ufer des Baches. Vielleicht konnte der Gestank von dort aus nicht mehr zu ihnen dringen.

»Ist dir eigentlich etwas aufgefallen?«

»Nein, was?«

»Sein Gesicht. Es war grün.«

Grün? Ja, es war grün. Als ob es sich langsam wie altes Fleisch mit Schimmel überzöge und dadurch ins Pflanzenreich hinüberwüchse. Als ob er wieder in die Erde einginge, zu den Würmern und Gewächsen, von wo er gekommen war.

»Muß der fiese Kerl auch so stinken?«

»Bringen wir ihn weiter weg?«

Das Unternehmen wuchs sich allmählich zu einem bedrückenden Alptraum aus. Nie war ihnen die Erde verlassener und beängstigender vorgekommen. Und die *Maciste*! Da unten mußte sie liegen, und ihren Rumpf, ihre Ladung Salz, ihre feuchten Säcke, ihre rostige Stahlwandung und ihre Trossen auf den Wellen wiegen.

Der *Gelbe* hörte, wie die Schritte zurückkamen, und im nächsten Augenblick sah er auch die Taschenlampe, die schwach vor den entschlossen auf ihn zumarschierenden

vier Männerbeinen hinleuchtete. Diesmal würde er sich nach dem Schiff erkundigen. »Stimmt es«, würde er fragen, »daß die *Maciste* morgen ausläuft?« Er hatte davon gehört, bei den Salinenarbeitern. Er hatte ein Anliegen. Jemand könnte einen Brief für ihn mitnehmen, einen ganz kurzen, der zusammengefaltet in die Brust- oder sogar in die Hemdtasche passen würde. Er wollte seine Familie um ein paar Dinge bitten, Spritzen zum Gesundwerden, Zigaretten, lauter rührend banale, geläufige Sachen, die einem das Herz ebenso erwärmten wie zu Haus im Bett liegen und die Wolken an der feuchtfleckigen Decke betrachten. Aber da war schon wieder dieses demütigende Gegurgel in seinem Magen, in dessen Folge er jedesmal zu einer eklen Brühe zerfloß. Sofort verdrängte dieser eine mächtige Gedanke alle anderen. Sich zusammenreißen, seine außer Kontrolle geratenen, eigenmächtig gewordenen inneren Organe bezähmen, sonst hatten die ihn gleich wieder so weit, daß es wie bei einem kleinen Kind aus ihm herauslief. Er hätte alles darum gegeben, nicht diesen jammervoll erbärmlichen Anblick bieten zu müssen. Ein erwachsener Mann, der sich einkleckerte wie ein Kind! Ohne das geringste dagegen ausrichten zu können. Es war stärker als alles Starke auf der Welt, es war übermächtig, und es rüttelte ihn und wühlte in ihm und machte ihn ganz wirr.
Die beiden leuchteten ihm mit der Taschenlampe ins Gesicht, und da brachte er mit zusammengekniffenen Augen seine Frage nach der *Maciste* hervor:
»Läuft sie wirklich aus? Wirklich?«
»Sieh dir den an! Kackt schon wieder, der Mistkerl!«
Wovon sprachen die beiden? Von ihm etwa? Und von der Brühe, die unter ihm hervorlief?

»Um wieviel Uhr läuft die *Maciste* aus? Bitte, um wieviel Uhr?«
»Miß mal seine Temperatur, der sieht ja immer schlimmer aus!«
Das Thermometer, das kleine gläserne Ding, wurde unter seine Achsel geschoben. Der Kranke hörte halbe Sätze, konnte aber keinen verstehen. Es ging sicher um die *Maciste*. Wenn er sich anstrengte und nicht so laut atmete, sondern genau hinhörte, müßte zu verstehen sein, was die beiden sprachen. Wenn nur sein Magen dieses Gegurgel und Geblubber sein ließe, er wollte doch alles verstehen!
Der *Schecke* zog das Thermometer heraus.
»Sonderbar!« Er schrie fast. »Dreiunddreißig Grad!«
Sie verfielen in anhaltendes Schweigen. Vom Bach drang ein Tuscheln herauf; in Bächen wohnen mit gedämpfter Stimme leise wehklagende Frauen. An den Bäumen bogen sich die Zweige im lauen Wind und ächzten. Trotz der Stille dröhnte es mit einem Mal in Reyes' Herzen – er begriff die Katastrophe. Er konnte nicht an sich halten, er schluchzte auf, er mußte schreien:
»Kumpel, das ist...! Kumpel, weißt du, was das bedeutet?«
Der *Schecke* drehte sich befremdet zu ihm herum. In Reyes' Gesicht quollen die Augen aus den Höhlen, er stammelte, er wollte in wilder Panik davonstürzen.
»Gott, Kumpel!« stöhnte er.
»Was ist denn, zum Henker?«
»Das ist die Cholera! Er hat die Cholera! Weg hier! Die Cholera!«
Da hetzten beide durch das Dickicht, da stürzten sie und torkelten weiter.

Der *Gelbe* schaute zu den Sternen in die Höhe. Hatten sie nun von der *Maciste* gesprochen oder nicht? Und wann lief sie aus?

Auf der Reede schaukelte die *Maciste* sanft ihren gewaltigen Schiffsleib, die Luken randvoll mit blendendweißem Salz belanden. Salz besteht aus zahllosen scharfkantigen Kleinstkörpern, die einem in die nackten Sohlen schneiden, so daß sie hinterher leicht brennen, so wie Tränen oder unergründliches Meereswasser in den Augen.

Im Loch

Da, ganz unten, da stak das Verbrechen. Da unten lagen Mord, Ungeheuerlichkeiten, Verschulden. Er konnte seine Tat gar nicht loswerden, sie saß da unten, im Niemandsland, da wo Vernunft, Verstand und Moral nichts galten. Auf diesem Gelände, dem Terrain des Schreckens und der Tierhaftigkeit, folgte ein Vorkommnis mit haarscharfer Regelmäßigkeit, kühl und eigengesetzlich, auf das andere. Von einem Bezirk des Chaos und der Wirrsal konnte also nicht die Rede sein; im Gegenteil, darin lag ja gerade das Entsetzliche. Das Entsetzliche, Beängstigende, Wahnsinnigmachende bestand darin, daß die Tiefe, das Dunkel, ein Verbrechen barg. Ein ganz besonderes, ein unaussprechliches Verbrechen, nirgendwo konkret anzusiedeln, unscharf umrissen, ohne eigenen Charakter, eigene Ausformung, jenseits von Zeit und Materie. Es gehörte ja gerade zu seiner Natur, keinerlei Natur zu besitzen. Es war ein Verbrechen, nichts weiter, konnte auch nichts sein als ein Verbrechen. Was trennte es denn auch von einem Verbrechen? Zwar lag seine Denkfähigkeit, seine Intelligenz, sein Wille dazwischen, Dinge also, die man zur Hand nehmen, betrachten und befühlen konnte, doch war auch stets etwas anderes im Spiel, etwas Entlegenes und zugleich Naheliegendes, das mit Intelligenz, Denkfähigkeit und Willen nichts zu tun hatte. Da existierte etwas ohne sein Einverständnis und agierte völlig eigenmächtig und nahm eine Richtung, die er niemals gewiesen hatte. Und diese eigenwilligen stum-

men Mitspieler, unfaßbar, unerkannt, aus dem Ruder geraten und doch so zielgerichtet, bewegten sich einzig auf dem Terrain des Verbrechens, existierten nur im Nackten, Animalischen, in Mord und in Ungeheuerlichkeiten. Dort saß sein Verschulden, seine rabiate, tödliche, übermächtige, von ihm selbst im tiefsten Innern durchaus erkannte und erahnte Schuld. Da unten wurde er angeklagt, kalt, nüchtern und unerbittlich, da unten hob es den Zeigefinger in der abgelegensten und unerforschtesten Tiefe seines Herzens, da unten brandete wie ein Meer seine Schuld, eiskalt zum Verzweifeln. Beharrlich und ruhelos, ein Meer aus Tränen, Schreckensvisionen und Fluchtgedanken und aus Gewissenspein.
An welcher Stelle der Qual und des Jammers hatte das Verbrechen seinen Ausgang genommen, an welchem Punkt in Zeit und Raum war es verübt worden? In seiner versunkenen, verblaßten Kindheit? Ja, vielleicht in seiner staubüberlagerten, nebelverschleierten Kindheit. Eine Erinnerung tauchte auf – seine Mutter, ja doch, seine Mutter. Nur hatte er den Hergang nie erfahren können. Seine Mutter hatte allerdings eine Narbe an der Oberlippe. Genauer – wenn auch nicht mit absoluter Sicherheit – konnte er sich nur daran erinnern, daß aus den Blicken und den Worten, mit denen alle anderen, seine Tanten, seine Großmutter, ihn bedachten, stets ein barscher Tadel, ein ungemütlicher Vorwurf gesprochen hatten. Er mußte wohl einmal die Hand gegen seine Mutter erhoben haben – wie sonst sollte er sich die Narbe erklären und daß sie so tief war? –, auch wenn es äußerst waghalsig war, Genaueres auszusagen. Auch dafür, wie es überhaupt dazu gekommen war, fand er nie eine Erklärung. Ihm waren nur die vor Feindseligkeit fast haßer-

füllten Blicke der Tanten und der Großmutter in Erinnerung. Aber hatte es solche Blicke auch wirklich gegeben? Selbst dessen war er sich nicht vollkommen sicher. Immerhin lag über allem inzwischen die undurchdringlich dicke Staubschicht des Vergessens. Seitdem gab es allerdings einen Winkel in ihm, darin nisteten Abscheu und Furcht vor sich selbst und die Befähigung zu Chaos, Niedertracht und Kriminalität. Rührten daher etwa der abgründige Wahnsinn und der haltlose Schrecken, den er in seiner Natur, *da unten*, auf der Lauer wußte? Nutzlose Frage, es gab ihn. Es gab diese brutale Sonderwelt, die ihr Eigenleben führte. Und das war auch das einzige, das mit Sicherheit zu wissen ihm vergönnt war.

Da er also wußte um die in ihm lauernden Gewalten, wenn auch ohne ihre volle Bedeutung zu ermessen, hatte er sein ganzes Leben nach dem gestrebt, was er für entgegengesetzt zu dieser ihm vermeintlich vorgezeichneten und dunkel vorgeformten Welt erachtete.

Er baute um sich eine Mauer aus starren Reglementierungen und selbstverordneten täglichen Pflichten. Frau und Kinder und eine Arbeit, die er dank ihrer Eintönigkeit routiniert versehen konnte. Ein seßhafter, ausgeglichener, monotoner Lebenswandel, ganz in sich verkrochen. Vormittage, unverfänglich, und einer glich dem anderen: Zuerst die Bleistifte anspitzen, drei an der Zahl, schön glatt und sauber, dann die dicken Bücher, in die sämtliche Eintragungen seiner großen Firma kamen, mit seiner ruhigen, disziplinierten Schrift anfüllen. Den ganzen Tag also schrieb er. Des Abends zu Hause klagte und fluchte er ein bißchen und nörgelte am Essen. Eine bessere Abwehr, ein wirksameres Gegengift konnte es nicht geben.

Und dennoch – drunten wartete seine eigentliche Bestimmung, unerbittlich und lockend. Kriminelle Täter, heißt es, kehren, einem grausamen Naturgesetz gehorchend, stets zurück an den Ort ihres Verbrechens. Ebenso treibt es den Menschen unentwegt zu den widerwärtigsten, ihm selbst verhaßtesten Bezirken in seiner Seele. Es ist die Prometheus auferlegte Pein, die grausame Qual, am nackten, geschundenen Fleisch erfahren. Auch er hechelte wieder und wieder dorthin, mußte hineinstarren ins Loch, in den eigenen Abgrund, die Marter. Er genoß die nur zu menschliche schmerzhafte Lust an Selbstzerfleischung und Selbstnegierung. Es war ihm ein Bedürfnis, für die dumpf in seinem Herzen brütende Nichtswürdigkeit und Gemeinheit gedemütigt, bespien und verachtet zu werden. Das war seine einzige Chance, Erlösung zu finden, der einzige Weg, seine Freveltaten zu büßen. Zu diesem Zweck bediente er sich eines fragwürdigen, kümmerlichen und zermürbenden Hilfsmittels – des Trinkens.

So tat er denn auch alles folgende gleichsam fremdgesteuert. Am Anfang stand das erleichternde Gefühl, Regeln zu verletzen, freier zu werden. Es wurde eine besonders weichgestimmte, lebenzugewandte Phase. Alles stellte sich ihm wohlmeinend dar, wolkenlos, gütig. Die kleinen Gebote, die den Alltag, das tägliche Leben im Lot hielten, konnten also gebrochen werden. Eine Arbeit zu erledigen war mit einem Mal nur noch halb so dringend. Es würde schon keine Folgen haben, wenn er sein Pensum einmal nicht erfüllte; die Welt würde sich schon weiterdrehen. Nicht umsonst war die Welt so schön – freundlich gesonnen und nicht interessiert an der Pflichterfüllung der Menschen. Danach jedoch enthüllte

sich ihm allmählich die gottserbärmliche, dürre, groteske Wahrheit – daß nämlich alles nutzlos war, daß es zu nichts führte, sich zu kleiden, sich zu ernähren, sich abzuarbeiten und umzusehen. Undurchschaubare, zerstörerische Kräfte nahmen rüde von ihm Besitz und gellten ihm ihre grausige Verneinung des Lebens ins Ohr. An diesem Punkt angelangt, vollzog sich an ihm auch äußerlich eine Wandlung – er bekam eine verbissene, kreaturhafte, kummervolle Miene und verspürte das brennende Bedürfnis, zu weinen und alles zu bekennen. War ein Freund zur Hand, weinte er sich auch aus, da kannte er kein Erbarmen, er machte sich lächerlich, indem er ihm alle seine Mißgeschicke und Ängste vorwimmerte, seinen flehentlichen Wunsch, doch einen Ausweg für ihn zu finden. Noch später umschloß ihn dann das Dunkel, und er ließ sich völlig gehen. Jede Art Verrücktheit erlaubte er sich in dieser Phase, soweit es seine körperliche Verfassung zuließ, war sein einziger Gedanke doch Selbstbestrafung und Sühne.
In einer solchen Nacht fand er einmal nicht mehr nach Hause, seine Freunde mußten ihn fahren. Am Morgen kam das Erwachen und mit ihm die Beklemmung und die Beschämung. Am Tag nach solchen Abstürzen gewann das Dunkel um ihn wahrhaft undurchdringliche Dichte. Die Finsternis kroch geradezu über seine Haut, seine Gehirnschleusen standen offen, und ungehindert strömte sein Verstand hinaus, strudelnd und brüllend. Wurde er sich dessen bewußt, wuchs die Finsternis in seinem Herzen in alle Richtungen, ließ ihre wahren Größenverhältnisse erkennen, wurde zum idealen Kampfplatz. Eine Woge der Angst überschwemmte ihn, die Seelennot schlug über ihm zusammen. Er fühlte sich ge-

hetzt und geängstigt, getrieben und schuldig. Was bislang ein wenn auch unbarmherziges Spiel schien, zeigte seine Zweischneidigkeit nun in aller Nacktheit. Ging es zuvor um Selbstbestrafung, um gewollt und großmütig angenommenes Leiden, so rächte sich sein Denken nun an ihm für den vorausgegangenen Versuch der Befreiung. Am Tag nach der Nacht, an die er sich nicht erinnern konnte, entdeckte der Erwachende auf seinem Hemd einen Blutfleck. ›Woher?‹ reagierte er zunächst verwundert. Wie kam der dahin? Angestrengt grub er in seinem Gedächtnis, versuchte das Geschehene zu rekonstruieren. Es überstürzten sich nur verschwommene Szenen, Sätze, Gebärden, obszöne Gesten. Alles real, ja, all das hatte sich ereignet. Aber danach? Nachdem es um ihn dunkel geworden war, was war dann geschehen? Was hatten sie angerichtet, die wilden Pferde seines Herzens, als sie, unkontrolliert, scheu geworden, ohne sein Einverständnis aus ihm hervorgeprescht waren? Ein furchtbarer Verdacht kam ihm, atemberaubend, in seiner Grauenhaftigkeit vernichtend. Wenn er nun gewalttätig geworden war, sich an jemandem vergangen hatte? Natürlich, das war es. Noch dazu an einem alten Mann. Das paßte zu ihm – an einem alten Mann! Wahrscheinlich ein Bettler. Ein weicher Körper kam ihm in den Sinn, am Boden liegend, den er getreten hatte, einmal, zweimal, fünfmal. Es war ja sogar durch den Schuh spürbar gewesen, mörderisch, das arme, geschundene, schlaffe Fleisch. Welch niedrige Gesinnung! Welch abgrundtiefe Gemeinheit! Wahrscheinlich hatten seine Bekannten den Alten vor ihm gerettet. Oder er hatte es auf einer menschenleeren Straße getan, ungesehen, denn sonst wäre sein Vergehen doch wohl nicht ohne Konsequenzen geblieben. Der alte Mann war sicher tot, und er hatte nun ein Menschenleben auf dem Gewissen. Und das alles, weil er getrunken hatte. Der Alkohol machte ihn zur enthemmten Bestie, zur Beute aller da unten in seinem Innern aufgestauten Triebe. Den ganzen Tag konnte er das Gefühl nicht abschütteln, daß man ihn jage, in die Enge treibe, mit dem Finger auf ihn zeige. Erst nach einer Rücksprache mit den befreundeten Kollegen erlangte er seine Fassung wieder. Dabei hatte er Überraschendes und Verwirrendes erfahren.

»Ach was«, hatten die Freunde abgewinkt.»Nach deinem Wegsacken hast du ganz still gelegen und nur irgend etwas vor dich hin gemurmelt. Wir mußten dich nach Hause fahren. Der Fleck auf dem Hemd? Ach ja, ein Tisch war gerade frisch gestrichen.«

Also alles nur eingebildet? Eine besondere Art Traum? Ein Traum, bei dem man nicht schläft, sondern wach liegt wie ein Tier, die Augen aufgerissen, der Kopf leer, umrauscht von Stimmen, die aus dem Loch, aus dem Abgrund, rufen?

»Übrigens, da fragen welche nach dir, geh heute nicht raus«, sagte der Freund nun mit mysteriöser, voller Andeutungen steckender Miene.

»Wie bitte?« zuckte der Mann zusammen.

»Ja natürlich, wegen gestern nacht. Weißt du es denn nicht mehr?«

Des Mannes Augen weiteten sich. Wegen gestern nacht? Wieder im Finstern. Von zäher Finsternis ausgefüllt der ganze Schädel. Gestern nacht! Hilfesuchend irrten seine Augen durchs Büro. Da, die farblosen, fleißigen, soliden Tippfräulein. Hier, vor ihm im Raum, seine eigenen zittrigen, bläßlichgelben Hände. Er selbst im vom Knei-

penzug noch zerknitterten Anzug, und in dem Anzug sein langer, kümmerlicher, geknickter armer Körper. Um Gottes willen! Nein, er war es nicht gewesen! Erbarmen! Ihn traf keine Schuld! Er hatte nichts verbrochen! Die Polizei sollte sich trollen. Er war ein unbescholtener Bürger, jeder hier konnte das bezeugen.
Nun gut, gelegentlich trank er, aber er war kein gewissenloser Mensch, war nicht böse. Außerdem wollte er um nichts auf der Welt ins Gefängnis. Um Gottes willen! Es war doch noch nicht zu spät. Er würde sich das Trinken abgewöhnen, wenn sie ihn nur ließen. Erbarmen! Mitleid! Er war sich seiner ganz sicher, nicht er, sondern ein anderer war es gewesen. Es gab ja auch keine Beweise. Nicht einen! Er würde nie wieder trinken. Vergebung! Wenn sie ihm nur noch einmal vergäben! Er hatte sich nichts zuschulden kommen lassen!
Oder doch! Er war schuldig. Er hatte ein Menschenleben auf dem Gewissen, er hatte alles getan, dafür mußte er auch zur Verantwortung gezogen werden!
Aber er hatte es im trunkenen Zustand getan, war also nicht zurechnungsfähig. Ansonsten versah er doch penibel seinen Dienst, sollten sie sich bei seinem Vorgesetzten erkundigen. Sie würden hören, wie pünktlich er immer käme, obwohl er trinke. Wo er gestern nacht gewesen sei? »Mein Gott, ich lieb doch meine Kinder. Die können Ihnen bezeugen, daß ich ein guter Mensch bin. Ein guter Mensch, und ein guter Vater. Ich bin höflich zu jedem, ich weiß, wie man sich zu benehmen hat. Die Kollegen werden es Ihnen bestätigen. Ich verlöre ja sonst meine Stelle. Um Gottes willen, Nachsicht! Erbarmen!«
Ach, er war es doch gewesen, er bekannte alles. Er gab es

auf, jemanden täuschen zu wollen. Jetzt galt es nur noch, seine Haut zu retten. Sie sollten ihm doch helfen, sollten ihn decken, sollten ihn übersehen wie einen streunenden Hund, den keiner beachtet. Ihm verzeihen. Ihn meinetwegen anspucken, ihn treten, beschimpfen, wie er es verdiente, aber doch bitte auch ein klein wenig Nachsicht mit ihm üben. Selbst Gott war schließlich barmherzig und vergab seinen Feinden!
»Setz dich da drüben an meinen Schreibtisch, da wirst du nicht gesehen. An die Arbeit! Daß bloß dem Chef nichts auffällt!«
Nicht einmal seinen Bleistift vermochte er zu spitzen, gräßlich. Er schnellte ihm aus der Hand, und um ein Haar hätte er sich in den Finger geschnitten.
Innerlich verneigte er sich in aller Demut vor der Selbstlosigkeit seines Kollegen. Am liebsten hätte er ihn abgeküßt, wäre vor ihm in Tränen ausgebrochen und hätte ihm erzählt, womit er gestraft war, wie entsetzlich allein er auf der Welt war und welche Kostbarkeit sein Freundschaftsbeweis in einer solchen Lage bedeutete.
Er stellte das Hauptbuch vor sich auf und war damit so gut getarnt, daß er fast seine Ruhe zurückgewann. Wie zu andachtsvollem Gebet senkte er den Kopf, saß mit angehaltenem Atem, und seine Augen wichen nicht von dem Hauptbuch. Nur kein Risiko eingehen, sich bloß nicht nach links oder nach rechts umsehen! So groß war die Gefahr, in der er schwebte, daß ihn schon ein Augenrollen verraten und in die Falle tappen lassen und den Fahndern ans Messer liefern konnte. Darum wollte er so sitzen bleiben, und sei es bis ans Ende der Zeiten; um alles Gold auf der Welt würde er sich nicht von der Stelle rühren. Aber ach, leider ging das nicht, mochte er es sich

noch so sehr wünschen. Punkt eins, das sah er kommen, würde er das Büro verlassen müssen. Seine Verfolger warteten geduldig, und kaum träte er über die Schwelle des Büros, würden sie den Mordgesellen festnehmen und abführen. O Gott, die Uhr! Die Zeiger spielten verrückt, sie rasten um das Zifferblatt. Die Zeit flog davon, furchtbar. Gott, wollte denn keiner die Hand über ihn halten? Wollten ihn in seiner Not alle fallenlassen, in seinem grenzenlosen Jammer?

Vorsichtig hob er den Kopf und lugte in Zentimenterhöhe über den Rand des Hauptbuchs. Da stand sein Vorgesetzter, ihm gegenüber. Also war er informiert! Also würde er ihn ans Messer liefern! »Herr Martínez«, würde er sagen. »Verlassen Sie bitte unser Haus. Draußen wartet die Polizei auf Sie. Ich möchte nicht, daß unsere Firma eines unwürdigen Mitarbeiters wegen ihren guten Ruf einbüßt.« Sekundenlang stand sein Vorgesetzter so vor ihm, mit feinem Lächeln. Wahrscheinlich hatte er entschieden, Martínez nicht sofort auszuliefern, sondern abzuwarten, bis es ein Uhr war. Martínez war seinem Vorgesetzten dafür zutiefst ergeben. Am liebsten wäre er vor ihm auf die Knie gestürzt, hätte seine Füße geküßt, hätte ihn um Gnade gebeten, denn er war nun der einzige, der ihn noch retten konnte. Sein zerknirschtes Gesicht glich so sehr der Dankbarkeitsmiene eines Hundes, daß ein Tippfräulein vor Lachen laut losprustete. Ihr Gelächter riß das ganze Büro mit, doch Martínez verlor nicht die Fassung, obwohl es ihn wie ein Stromstoß durchzuckte: Dann waren also alle im Bilde! Ihm fiel auf, wie ihn jeder beobachtete, seinen Bewegungen nachsah. Für die saß er in der Falle, von hier ging es auf direktem Weg ins Gefängnis. Ach, wenn sie sich doch seiner erbarmten. Wenn der Chef seine Beziehungen spielen ließe. Die Güte besaß er, die dafür nötige Großmut. Martínez hatte ihn auch sonst immer gemocht und große Stücke auf ihn gehalten. Aber der Chef ging seiner Wege. Vielleicht konnte er, bei allem Mitgefühl, tatsächlich nichts tun für seinen Mitarbeiter.

Da zog Martínez den Kopf noch tiefer zwischen die Schultern. Er glich einem Wesen, um das der Abgrund klafft, das verzweifelt Halt sucht und das sich, um nicht abzustürzen, an alles Erreichbare klammert. Von Schwindel gepackt, fürchtete er, sich auch nur umzusehen, weil die Angst und der Wahn, dessen Beute er war, davon nur gesteigert würden. Hastig ließ er sein Leben Revue passieren. Mehr denn ein Erinnern war es ein liebloses gehetztes Abrufen von Vergangenem, der Fluchtweg der Verzweiflung bei einem, der darauf aus ist, noch mehr zu verzweifeln. Wenn es schon um seine Vorgeschichte so bestellt war, wie dann erst um den gestrigen Vorfall? War sicher entsetzlich. Martínez dämmerte es allmählich, daß seine Stunde geschlagen hatte, der lang gefürchtete Augenblick war gekommen. *Er* mußte seinen Gang antreten, seinen Weg zu Ende gehen. Tagaus tagein hatte er nach jedem Versacken, überwältigt von der Finsternis, beinahe gefaßt auf dieses Ereignis gewartet. Nun war es soweit, an diesem Punkt war alles zu Ende. Sein unkontrollierbarer Seelenanteil, sein Dämon, hatte gesiegt über das ordinäre, eitle, unergiebige Vernunftdenken.

Langsam kreisend, setzte sich der Gedanke, daß er der Mörder sei, in seinem Kopf fest. Er wirbelte und tanzte im Reigen zusammen mit hundert irrlichternden Spukgestalten. Die Rettung! Ach, könnte er sich doch retten!

Nur, wie? Nicht ohne fremden Beistand, nicht ohne Hilfe.
Von dieser Not getrieben, dieser Seelenangst, wurde er braver, von Minute zu Minute freundlicher, wurde der ohnehin Kleine zum Allerkleinsten, brannte er darauf, es den anderen, von denen er jetzt vollständig abhing, in allem recht zu machen.
Ein Uhr – er war verloren. Doch sein treuer Freund kam, um ihn zu retten. Er brachte Kleider mit, die zwar zu klein waren für Martínez, aber wunderbar geeignet, sich damit zu verkleiden und unerkannt an den Polizisten vorbeizukommen. Sein Aufzug war lächerlich – eine Stoffbahn überm Arm, über den Knöcheln endende Hosenbeine –, aber was machte das aus, wenn er in dieser Kostümierung ins Freie kam, sich in Sicherheit bringen konnte.
Mit gesenktem Kopf schlich er die Treppen hinab, ein Bild der Zerknirschung und Reue, doch im Schutz seines außerordentlichen Gefährten, der ihn fest und entschlossen am Arm führte. Eine Stufe, eine zweite noch, eine dritte, eine vierte.
Im Büro, hinter der Verglasung, stand die versammelte Belegschaft, Männer, Frauen, und schüttete sich aus vor Lachen. Ein gelungener Spaß, wie sie Martínez veralbert hatten. Unbezahlbar! Und wie er aussah in seinen Hochwasserhosen, zum Schießen!
Im Wagenfond nahm Martínez sich noch einmal ein Herz. Er streckte die Hand aus der Tür und drückte seinem Freund zum Abschied innig die Hand.
»Was bist du für ein feiner Kerl! Wie soll ich dir danken für alles, was du für mich getan hast?«
Und in seinen verängstigten Äuglein glitzerten Tränen der Rührung, als der Krankenwagen anfuhr.

Niemandssprache

Für Andrea

Die große Typhusepidemie, die in der Gegend so grausam wüten sollte, nahm ihren Ausgang bei kleinen Leuten, und wohl deshalb wurde sie auf der Hacienda als völlig unbedeutend, als ein alltägliches und belangloses Vorkommnis angesehen.
Jedenfalls erkrankte die Frau Carmelos daran, des ärmsten aller Peone nicht nur auf der Hacienda, sondern auch in der weiteren Umgebung. Wer als erster starb, war allerdings nicht sie, sondern der Hund der Eheleute, *Spatz* mit Namen. Sie hatten ihn so genannt, weil sein Fell fast so gelb war wie das Gefieder der Tangarasperlinge. Und er wurde nun unter furchtbaren, erschütternden Krämpfen und ekelhafte Flüssigkeiten aus dem Maul speiend zum Gott der Hunde abberufen. Kurz danach folgte ihm auf demselben Weg Carmelos Frau Prudenciana – sie zuckte und wand sich auf ähnliche Weise, und aus dem Mund lief ihr ebenso wie dem Hund zähflüssiger stinkender Schleim. Dennoch maß niemand diesen beiden Todesfällen Bedeutung bei.
Trockenen Auges ging Carmelo daran, seine Frau christlich zu bestatten, und den Hund beschloß er an der Seite seiner Frau zu begraben.
›Eben nicht!‹ dachte Carmelo, als er den letzten Brocken Erde auf die Tote geschaufelt hatte und schon vom Friedhof gehen wollte. ›Weil Prudenciana gestorben ist,

brauch' ich's noch lange nicht in den Wind schreiben und bei Doña Aquilina nicht mehr nachfragen, ob sie mir den Acker in Halbpacht gibt. Der ist ja so schlecht, auf dem baut sowieso niemand was an.‹

Schon seit langem liebäugelte er mit einem schmalen Streifen steinigen, zerklüfteten Landes, dem schlechtesten, das er hatte ausfindig machen können, und das er, mit der Auflage, Doña Aquilina, der Besitzerin der Hacienda, die Hälfte der Ernte abzuliefern, als Halbpächter bestellen wollte. Es war, so sagte er selber, nur ein Haufen Steine, und er spekulierte darauf, daß Doña Aquilina es ihm, gerade weil der Boden so erbärmlich, so wertlos war, nicht verweigern würde.

»Sieh mal einer an!« hatte sich Doña Aquilina jedoch gewundert und eine pfiffige Miene gemacht. »Wie kommt es, daß du ausgerechnet das Stück willst, das du selber als so fürchterlich schlecht hinstellst? Wo hat man so etwas schon gesehen, daß einer lieber das Schlechtere als das Bessere will? Muß was Kostbares darauf verborgen sein, und nur du weißt davon und willst es mir verheimlichen.«

Die Brust der alten Frau hatte gebebt vor Lachen, ein erfahrenes, boshaftes Gelächter, das nur keckerte, auf ihrem Gesicht aber gar nicht erst erschien und dem zu entnehmen war, daß auch der größte Schlaumeier, auch dieser gerissene Indio sie nicht würde hinters Licht führen können.

Carmelo war ganz befremdet davon und zutiefst bekümmert. Er hätte am liebsten geweint und fühlte sich grenzenlos einsam, als ihm bewußt wurde, daß er nicht über die Worte verfügte, mit denen er sich Doña Aquilina verständlich machen könnte. Er gebrauchte wohl eine andere Sprache; was er sagte, wurde immer anders aufgefaßt, als er es meinte, immer in sein Gegenteil verkehrt. Weiß der Himmel, welcher verhängnisvolle, unbegreifliche Fluch auf ihm lag und sicher bis ans Ende seiner Tage auf ihm liegen würde. Vielleicht war er damit verflucht, daß er arm war, der ärmste Mann weit und breit unter allen armen Leuten.

»Was sonst als das Schlechteste soll denn für mich gut sein, Doña *Quilina*?« hatte er verzweifelt zu erklären versucht und war sich dabei beklommen von vornherein bewußt gewesen, daß auch dieser Satz nicht dazu geeignet war, von der alten Frau verstanden zu werden. Dabei strengte er sich doch so sehr an und nahm in seiner Not all seinen Verstand zusammen, um die Worte so zu setzen, wie es sich gehörte. »Wenn einer da steht, wo ich steh', nämlich ganz unten, dann ist er gar kein Mensch mehr, dann ist er, wenn überhaupt, schon eher ein Tier, und dann ist so 'n Stück für einen auch grade gut genug.«

Aber die alte Frau hatte nur noch skeptischer zu ihm hin geblinzelt und ein zweites Mal höhnisch aufgelacht. Carmelo gelangte zu der Überzeugung, daß es ihm zwar so vorkommen mochte, er sage rundheraus, was er auf dem Herzen hatte, daß es aber nur Schein sein mußte, daß er es sich nur vorspiegele und daß ihm in Wirklichkeit der Teufel selber die Worte im Munde verdrehe, denn Doña Aquilina verstand anscheinend stets das Gegenteil von dem, was er hatte sagen wollen. ›Wieso lacht Doña *Quilina* sonst jedesmal, wenn ich mit ihr rede?‹ grübelte Carmelo. ›Was gibt's dabei zu lachen, wenn ich sie um ein Stück Land bitte, auf das, wenn ich das mal so sagen darf, nicht mal ein Hund pissen möchte?‹

Doña Aquilina hielt sich trotz ihrer sechzig Jahre sehr aufrecht, ja, kerzengerade. In ihren Augen war ein lebhaftes Blitzen, sie kleidete sich stets in schwarzen Satinstoff und trug um den Hals ein kleines silbernes Medaillon an einem Samtband. In den zwanzig Jahren, die sie nun schon, ohne je auszufahren, bis auf die seltenen Anlässe, zu denen sie in die Provinzhauptstadt fuhr, um mit dem Gouverneur zu konferieren, auf der Hacienda lebte, hatte sie nur ein einziges Mal, vor etwa zwei Monaten Besuch erhalten und, wie es aussah, von Verwandten. Die Leute von auswärts, zwei Herren und drei Damen, die dritte ein junges Fräulein, waren, allesamt in Schwarz, in einem verstaubten Coupé vorgefahren, hatten ängstlich und trübselig dreingeschaut und hatten es nicht gewagt, sich nach dem auf dem Hof zusammenstehenden Gutsgesinde umzusehen, das die Ankömmlinge neugierig musterte und sich fragte, was das wohl für Leute seien. Nachdem sie sich zur Besprechung von Geschäften mit Doña Aquilina im großen Salon eingeschlossen hatten, waren sie allerdings nur drei Stunden auf der Hacienda geblieben. Gleich nach ihrer Ankunft war ihnen im Eßzimmer noch eine Stärkung gereicht worden, die sie stumm und hastig, wie Menschen, die Dringendes zu erledigen haben und so schnell wie möglich zur Sache kommen wollen, hinunterschlangen.
Doña Aquilina hatte sich, so wurde später im Eßzimmer erzählt, als man versuchte, die Vorgänge zu rekonstruieren, ohne zu ihrer Entschuldigung auch nur Ausflüchte vorzubringen, geweigert, in Gegenwart ihrer Verwandten einen einzigen Bissen anzurühren, sondern hatte von der Stirnseite des Tisches aus hämisch zugesehen, wie ihre Gäste, von der langen Fahrt ausgehungert, jedes Gefühl

für Würde beiseite schoben und ungeachtet der damit einhergehenden Demütigung gierig drauflosaßen.
»Eines weiß ich«, hatte das Fräulein, als sie alle wieder in den Wagen stiegen, die blühenden Wangen vor Empörung gerötet, erregt und trotzig und unbedacht wie ein Schulmädchen gewettert. »Eines weiß ich! Wenn ich das nächste Mal herkomme, bin ich nicht wieder so *blöd*, sondern bringe mir mein eigenes *Freßpaket* mit!« Der weniger betagte der beiden Herren wollte das Mädchen wegen der deftigen Ausdrücke, die ein junges Fräulein nicht in den Mund nahm, energisch tadeln, aber er brachte nicht mehr als ein zutiefst verzagtes »Ach!« zustande. Die Züge seiner Frau hingegen verzerrten sich vor Gekränktheit zu einer wild erbitterten Zornesgrimasse. »Wie naiv du doch bist, Kind!« brach es aus ihr heraus; an den unpassenden Wortschatz ihrer Tochter verschwendete sie keinen Gedanken. »Ob mit oder ohne Freßpaket, deine Tante Aquilina, die alte Krähe, läßt uns ohnehin nie wieder einen Fuß auf die Hacienda setzen.« Alle Umstehenden bekamen das Schimpfwort mit, denn es fiel, als die fremden Gestalten, die sich tatsächlich nie wieder auf der Hacienda blicken ließen, in den Reisewagen stiegen.
Carmelo starrte, nachdem er Prudenciana beerdigt hatte, taub und blind für alles andere, grübelnd auf den frisch aufgeworfenen Grabhügel. Natürlich wäre Prudenciana besser nicht gestorben. Dann hätten sie das Stück Land zusammen bestellen können, das Doña Aquilina ihm, wo er seit vielen Jahren darum bat, früher oder später ja doch verpachten würde. Denn aufgeben wollte Carmelo um keinen Preis, auch jetzt nicht, nach dem Tod Prudencianas.

Er war so tief in seine Gedanken an Doña Aquilinas Grundstück versunken, daß er aufschreckte, als dicht neben ihm, während er noch den Grabhügel anstierte, auf dem Friedhof jemand fordernd grunzte. Ach ja, den *Plunder* hatte er ja ganz vergessen, entsann er sich lächelnd, den Gutstrottel, der war die ganze Zeit bei ihm gewesen.

Wenn Carmelo der allerletzte Tagelöhner war, gleichsam ein Tagelöhner der Tagelöhner, und auch das nur in der Saison, ein armer Schlucker, der nicht einmal das ganze Jahr über Arbeit bekam und kaum genug zum Essen hatte, so war doch ein Mensch noch schlimmer dran als er, und das war der *Plunder*.

Als Carmelo einsehen mußte, daß Prudenciana tot war, hatte er sich den Kopf zergrübelt, wie er die Tote zum Friedhof schaffen sollte, denn allein konnte er sie nicht tragen, und helfen würde ihm niemand, daran war nicht zu denken. Da war ihm der *Plunder* in den Sinn gekommen, und zu zweit hatten sie den Leichnam zu seiner letzten Ruhestätte getragen. Darum mußte er jetzt auch sein Versprechen halten und dem Mann die Schnapsflasche schenken, die zwischen den Agavenblättern versteckt war, aus denen Dach und Wände seiner Hütte geflochten waren. Doch, seine Schuld mußte er abzahlen, mochte es ihn noch soviel Überwindung kosten, sich nicht eines Besseren zu besinnen und sein großmütig gemachtes Angebot wieder zurückzunehmen. Wer außer dem *Plunder* hätte ihm denn beim Tragen von Prudenciana geholfen? Fast zärtlich berührt besah er des *Plunders* Stoppelgesicht, seinen verunglückten Körper und die Sabberlippen mit dem rinnenden Speichel. Aus den Idiotenaugen sprach soviel Einfühlung und Sachtheit, daß es aussah, als könnte der Schwachsinnige Carmelos Gedanken lesen und alle seine Hoffnungen teilen. Darum durfte er sein Wort nicht brechen, fand Carmelo, sondern mußte ihm die Flasche aushändigen, auch wenn es ihm in der Seele weh tat. »Kannst einem ganz schön auf den Geist gehen, verdammter Kümmerling!« fauchte er ihn an. »Hab grad mal eben meine verstorbene Frau verscharrt, da kommst du schon und mußt dringend saufen!« Der Krüppel zog wie ein furchtsames Äffchen den Kopf zwischen die Schultern, bekam fügsame, feuchte Augen und ließ eilends sein sprechendstes Ausdrucksmittel, ein Grunzen, hören, mit dem er beflissen zu verstehen gab, daß er ganz Carmelos Meinung sei und ihn nicht länger belästigen wolle, sondern jede Anordnung seines Freundes befolgen werde.

Carmelo taten seine Worte schon wieder leid, und das Einverständnis, das in seinen Augen kurz aufleuchtete, schlürfte der *Plunder* gierig auf. »Wirst ja nur frech, wenn du einen in der Krone hast«, setzte Carmelo darum warm hinzu, obwohl der *Plunder* taub war und weder den Tonfall noch sonst irgend etwas mitbekam. »Darum prügeln und peitschen dich ja auch alle, einfach vorsorglich, damit du nicht auf die Idee kommst, dich an den Frauen zu vergreifen. Obwohl, du tust es ja gar nicht. Sie sehen halt, daß du einen sitzen hast, und, zack, schon passiert's! Dabei wirst du doch eigentlich nur frech, wenn du säufst.«

Der ungestalte Idiot gab anstelle eines Lachens ein paar freundliche kindliche Juchzlaute von sich und ruckte dazu mit dem Kopf hoch und hinunter.

Die beiden verstanden sich perfekt auf ihre schlichte, fast ohne Worte auskommende Weise, denn obwohl der

Plunder nur juchzen, grunzen und gurgeln konnte, äußerte er sich für Carmelo unmißverständlich. Die Dinge wickelten sich tatsächlich immer so ab, wie Carmelo gesagt hatte: Kaum erwischte jemand den *Plunder* in angetrunkenem Zustand, verprügelte er ihn auch schon ohne Vorwarnung, obwohl niemand je davon gehört hatte, daß der arme Trottel eine Frau angefallen hätte. Weil aber alle der Meinung waren, der *Plunder* werde, wenn er sich betrinke, zum frechen Sittenstrolch, war ihn zu verprügeln ihnen zur lieben Gewohnheit geworden.

Wenn ihn der gliederlahme Unglückswurm verstand, fragte sich Carmelo, warum dann nicht auch Doña Aquilina? Und er verfiel, sobald er seines Anliegens gedachte, in tiefen Kummer. ›Das kommt eben, weil wir dumme ungebildete Indios sind‹, meinte er und dachte dabei an sich und seinesgleichen. ›Da können uns vernünftige Leute halt nicht verstehen. Vielleicht reden wir ja auch von was ganz anderem.‹ Er wünschte sich dieses dürre, karge, öde Stück Land doch nur, weil er keinen Neid erwecken, weil er niemandem schaden, weil er einmal im Leben etwas für sich haben wollte. Aber Doña Aquilina war nicht davon abzubringen, daß er ein verlogener, gerissener indianischer Spitzbube und Gauner sei.

»Dann sein Sie doch so gut, liebe gnädige Frau«, redete Carmelo auf sie ein, »haben Sie um Gottes willen die Güte und sehn Sie sich das Stückchen Land mal an und überzeugen sich mit eigenen Augen, daß es nichts wert ist, daß es nichts taugt, daß es bei Gott gar nichts bringt!«

Aber die alte Frau blinzelte ihn nur noch mißtrauischer an. »Warum verlangst du nicht woanders einen Acker?« fragte sie schlau. »Ich hab' doch besseren Boden auf der

Hacienda, auf dem alles wächst, ohne daß du dich dafür krummschuften mußt.«

Carmelo stand mit gesenktem Blick bekümmert da und fand lange keine Antwort. »Daran dürfte ich doch nicht mal im Traum denken!« seufzte er nach einer Weile, hemmungslos verzweifelt. »Dann würde die gnädige Frau mich aber auspeitschen lassen, und weiß Gott zu Recht, damit ich nicht zu hoch hinauswill!«

Diesmal lief die alte Frau rot an und ihre Hände zitterten.

»Nun aber fort mit dir, dummer Indio!« schrie sie ihn an. »Diese sturen dummen Indios! Lassen einfach nicht zu, daß man ihnen Gutes tut, und wenn man es noch so ehrlich vorhat!«

Und Carmelo war furchtbar erschrocken ins Freie gehastet.

So waren die Tage, die Monate, war ein Jahr vergangen, und Doña Aquilina war immer noch nicht aufs Feld gefahren, um sich mit eigenen Augen zu überzeugen, daß der von Carmelo begehrte Acker völlig wertlos war und ohne den geringsten Schaden für die Hacienda sogar weggeschenkt werden könnte.

Carmelo hatte Geduld und hielt an seiner peinigenden Hoffnung fest. Erst zwei Monate vor Prudencianas Tod, an dem Tag nach dem Haciendabesuch der vornehmen Herrschaften, die die Nase so hoch getragen hatten, rang er sich durch, Doña Aquilina noch einmal seine ewig gleichlautende Bitte vorzutragen.

Diesmal blickte ihm Doña Aquilina überraschend gutgelaunt und wohlgesonnen entgegen. Sie war sogar regelrecht übermütig, so daß Carmelo ganz selig wurde, doch als er geendigt hatte, fertigte ihn die alte Frau mit einem kurzangebundenen, scharfen, keinen Widerspruch duldenden »Geh!« ab.

Wie sollte er glauben, daß Doña Aquilina ihm Gutes tun wollte, wenn sie ihm den einzigen für ihn erreichbaren Acker nicht überließ, das einzige, was ihn auf der Welt glücklich machen konnte? Jedes andere Grundstück lag doch völlig außerhalb seiner Reichweite.

Dazu war auch noch Prudenciana inzwischen gestorben, so daß es, selbst wenn ihm Doña Aquilina das Land in Pacht gäbe, nicht mehr dasselbe wäre, sondern sogar eher traurig. Aber Carmelo wollte deswegen trotzdem nicht aufgeben.

Er sah zum *Plunder* hinüber, der sich an einen Baum preßte und die Arme um den Stamm gelegt hatte, damit seine zappelnden Glieder stillhielten und er wenigstens einen Augenblick lang von dem ewigen Gezitter und Geruckel ausruhen konnte.

»Na, dann gehn wir mal, *Plunder*«, sagte er. »Damit du zu deiner Flasche kommst. Mußt nur vorher noch auf mich warten; ich will mit Doña Aquilina reden.«

Vor zwei Monaten, als Carmelo sie zum letzten Mal aufgesucht hatte, war Doña Aquilina tatsächlich glücklich, ja, überglücklich gewesen. War das am Abend zuvor ein einmaliges, wunderbares Gefühl gewesen, ihre Verwandten schwarz vor Ärger wie geprügelte Hunde von der Hacienda schleichen zu sehen! Und jetzt sollte ihr dieser dumme Indio als Instrument ihrer letzten Rache dienen. Zwanzig Jahre, nachdem diese Leute sie alle – bis auf die junge Nichte natürlich – mit vereinten Kräften ins Unglück gestürzt hatten, hatten sie die Stirn, bei ihr aufzukreuzen! Hatten ihr Vermögen verpulvert und krochen nun mit einer Träne im Knopfloch demutsvoll zu ihr, damit sie ihnen unter die Arme greife! Ha, Gott war groß, Gott war gerecht, und sie war ihm über alle Maßen dankbar! Aber ihnen die Unterstützung verweigert zu haben, war noch nicht genug, sie mußte auch verhindern, daß einer dieser wüsten Verwandten nach dem, wie sie sagten, »Ableben unserer armen Aquilina« in den Genuß auch nur eines Céntimo aus ihrem Vermögen käme. Zu diesem Zwecke würde sie den Bedürftigsten unter den Bedürftigen, den Ärmsten der Armen, den geächteten Indio Carmelo als ihren Universalerben einsetzen! Natürlich ohne daß der arme Tropf davon erführe.

Noch am gleichen Tag war Doña Aquilina in die Provinzhauptstadt gefahren und hatte alle anstehenden Behördengänge und Formalitäten erledigt.

›Ich werd Doña Quilina sagen‹, überlegte sich Carmelo, ›mein einziger Trost wär jetzt, wo Prudenciana tot ist, wenn ich das Stückchen Land bekäm, wegen dem ich ihr immer in den Ohren gelegen hab.‹ Aber er kam gar nicht erst zu Wort, denn im Herrenhaus richtete man ihm aus, er solle verschwinden, und zwar so weit wie möglich, Doña Aquilina habe ihn jetzt wirklich endgültig satt.

In der folgenden Zeit mußten die Menschen einsehen, daß mit Prudencianas Tod, den wegen ihrer abschrekkenden Armut alle als belanglos angesehen hatten, eine furchtbare Typhusepidemie ausgebrochen war. In wenigen Tagen folgte ein Todesfall auf den anderen, und die Menschen ließen allen Besitz zurück und flohen.

Doña Aquilina lag in ihrem Zimmer im Herrenhaus ohne pflegende Dienstboten allein gelassen im Sterben. Doch zu ihrem Glück hatte sie Carmelo bei sich, der ihr bis zum Ende beistand, in der Hoffnung, doch noch seinen Acker zu bekommen. Wie schon bei Prudenciana mußte

Carmelo sich dann noch einmal an den *Plunder* wenden und ihm eine zweite Flasche Schnaps versprechen, und gemeinsam trugen sie Doña Aquilina zu Grabe.
Darum konnte Carmelo nicht begreifen, warum er jetzt unweit der Hacienda in der Kreisstadt vor Gericht stand. Auch die vornehmen Herren und Damen waren wieder zugegen, Doña Aquilinas Verwandte. Der Richter neigte sich mit glattem, lächelndem Gesicht gerade zum Ohr des älteren der beiden Herren. »Fügt sich nicht alles prächtig«, flüsterte er, »ganz in Ihrem Interesse?« Der elegante Herr errötete leicht und nickte.
Dann setzte der Richter unvermittelt eine andere Miene auf und wandte sich an Carmelo. »Ich muß dich auffordern, deine Aussage noch einmal zu wiederholen!« verlangte er in einem Ton, der keinen Widerspruch duldete. Carmelo sah zwar nicht ein, wozu das gut sein sollte, erzählte dem Richter aber gehorsam, genau wie schon zuvor auf der Hacienda, den ganzen Hergang von Anfang an noch einmal. Wie er Doña Aquilina zusammen mit dem *Plunder* christlich bestattet hätte, was danach vorgefallen sei und daß er schon das Zittern bekäme, wenn er nur daran denke.
»Ich kann den gnädigen Herrschaften versichern«, endete Carmelo »daß sich alles, Gott ist mein Zeuge, so abgespielt hat, wie ich's erzählt hab. Die verstorbene Doña Quilina – Gott hab sie selig – wollte uns verjagen und fing im Sarg an zu poltern. Kaum ging das los, machte ich so ein Gesicht, und der *Plunder* suchte das Weite. Ich hinterher. Aber dann hab ich mir noch überlegt, ist doch eine Schande, daß ich solche Angst hab, und hab all meinen Mut zusammengenommen und bin hin und hab den Sarg an die Grube geschleppt und ihn

reinfallen lassen. Dann hab ich das Loch randvoll mit Erde zugeschaufelt. Die gute Frau hat zwar weiter an die Sargwände gebollert, um mir einen Schreck einzujagen, aber ich hab mich halt am Riemen gerissen.«

Entgeistert stellte Carmelo fest, daß im Saal alles lachte. Warum lösten seine Worte bei Menschen, die nicht seiner Rasse und seines Standes waren, immer Gelächter aus? fragte er sich hoffnungslos verunsichert und verbittert.

Die Herrschaften führten angeregte Gespräche miteinander und beachteten Carmelo nicht länger. Erst nach einer Weile wandte der Richter sich ihm mit gerunzelten Augenbrauen wieder zu. »Die Sache ist so, mein Sohn«, sprach er. »Du hast einen lebendigen Menschen begraben, und so etwas nennt man Totschlag. Trotzdem nehmen wir dich dafür nicht in Haft. Weil du es aus Unwissenheit getan hast, weil du ein unaufgeklärter Indio bist. Gesetzt, du drückst deinen Daumen hier auf dieses Schriftstück. Das ist eine Verzichtserklärung. Darin versicherst du, daß du zwar einen Acker geerbt hast, ihn aber nicht haben willst, weil er dir im Gefängnis ohnehin nicht nützen würde...«

Carmelo tat, wie ihm geheißen war, und durfte wieder zurück auf die Hacienda.

Noch Stunden danach bewegte er sich wie betäubt und nahm nichts wahr vom Leben, von den Menschen und von der Welt rings um ihn. Warum hatte er nur keine so gewandte Zunge wie die anderen?

Da kam ihm der *Plunder* in den Sinn. Der lag jetzt sicher schon mit dem Lohn für Doña Aquilinas Beerdigung, der Schnapsflasche, in seiner Hütte.

Mit dem *Plunder*, ja, mit dem verstand er sich, obwohl

der stumm und taub war. Aber eben auch nur, weil sie beide sich in einer *Niemandssprache* verständigten.
Auf dem Weg zu seiner Hütte dachte er: ›Jetzt kann ich den Acker endgültig in den Wind schreiben.‹ Und war doch wie betrunken von etwas dunkel Anrührendem und Wärmendem, dem Gedanken, daß der Acker, wenn auch nur für eine kurze Zeitspanne, ihm gehört hatte. Wieso und wie lange, würde er wohl nie erfahren, weil ihm beim Begräbnis nicht eingefallen war, sich hinzustellen und zuzuhören, was ihm die verschrumpelte Tote, als sie in ihrem Sarg herumpolterte, aus dem Jenseits hatte sagen wollen.
Darum seufzte er nur. Der *Plunder* war natürlich um diese Zeit schon betrunken. Wenn er ihn träfe, würde er ihm erst einmal eine tüchtige Tracht Prügel verpassen. So wie es sich eingebürgert hatte, wenn jemand im Dorf ihn in diesem Zustand vorfand.

Gott auf Erden

Und doch bin ich mir sicher, daß der Mensch echtem Leiden, also Chaos und Zerstörung, niemals entsagen wird.

F. Dostojewski

Die Ortschaft war mit Haß und mit Steinen vermauert. Fugenlos zugemauert. Als ob vor die Tür- und Fensteröffnungen riesige Quader geschoben worden wären, dimensionslos vor Tiefe, vor Dicke, vor Gottgesandtheit. Ein solcher Starrsinn war bislang noch nicht vorgekommen, zusammengesetzt – woher kam das? – aus so unbegreiflichen, unerfahrbaren Komponenten. Dergleichen gab es nur in der Bibel, in den Büchern Mosis, in der Finsternis vor der Erschaffung des Lichtes. Felsbrocken bewegen sich, selbst der Welt hochgetürmteste Klippen können, und sei es einen Millimeter pro Jahrhundert, von der Stelle gerückt werden. Diese hier aber regten sich nicht, dieser Haß entstammte der fernsten, barbarischsten Vorzeit. Gottes Haß war das, Gott selbst schloß hier die Faust um das Leben und zerdrückte die Erde in seinen gewaltigen Fingern, in seinen großen Eichen-, seinen Zornesfingern. Auch ein Ungläubiger konnte nicht aufhören, an Gott zu denken. Denn wer war es, wenn nicht Er? Wer, wenn nicht ein Ding ohne Form, ohne Anfang und Ende, ohne Maß, vermochte Türen so fugenlos dicht zu verschließen? Sämtliche Türen, zugemauert im Namen Gottes. Aller Wahnsinn und alle

Verstocktheit der Welt im Namen Gottes. Des Gottes der Heerscharen, des Gottes der zusammengebissenen Zähne, des mächtigen, furchtbaren, feindseligen, tauben Gottes. Eines Gottes brennender Steine und gefrorenen Blutes. So war es hier, und so war es, wo man auch hinsah, denn einem sinnberückenden alten Fluch gehorchend, ist Er, wo immer man hinsieht – in der unheilschweren Stille der Straße, in der zähneknirschend verrichteten Arbeit, bei dem Ehepaar, das im Schlafgemach aufschrickt, bei den Brautleuten, die sich schon hassen, und in Kirchen, wo Er auffährt in alttestamentarischen Flüchen und sich erhebt über Angst und Grauen. Gott hatte sich im Gemüt der Menschen auf eine Weise angestaut, wie sich sonst nur Blut staut, und nun brach er sich Bahn als Gebrüll und als Grausamkeit, wohlbedacht, träge, planvoll. Im Norden wie im Süden, zur Not noch Himmelsrichtungen hinzuerfindend, nur um zur Stelle zu sein, um an dieser Stelle etwas zu verhindern, um sich zu verweigern mit all der Kraft, die der Mensch aus den finstersten Jahrhunderten zu beziehen vermag, aus den verblendetsten Verblendungen seiner Geschichte.

Wo hatte dieser Alptraum seinen Ursprung? Wie war er entstanden? Dem Anschein nach hatten die Menschen etwas erlernt, was unerlernbar ist, und das hatte ihr Hirn zu einer schauerlich rotglühenden Kugel eingeschmolzen, in deren Kern wie ein Messer die Verstocktheit festsaß. Sich weigern. Sich immerdar und allem zum Trotz weigern, stürzte die Welt auch zusammen, stünde das All darüber auch still und verharrten die Planeten und Gestirne auch ohne Bewegung am Himmel.

Die Menschen verschanzten sich, versessen auf Ewig-

keit, in ihren Häusern, um nie wieder hervorzutreten, und drinnen, hinter verriegelten Türen, sammelten sie zähen Haß im Mund, ohne Speichel, so dick wie Mörtel, so daß da kein Ächzen und keine Nadel hindurchging.
Einen schweren Auftrag hatten die Soldaten – gegen Gott ankämpfen. Wo er doch unsichtbar war, unsichtbar und doch vorhanden, wie eine dicke Schicht verfestigte Luft oder durchsichtiges Eis oder verflüssigter Durst. Und was für Soldaten das waren! Rührend junge, ackerbraune Gesichter mit der Mimik ungewollt grausamer Kinder. Ihre Autorität war auf nichts gegründet, war ihnen nur übergestülpt worden. Sie schmückten sich damit wie mit fremden Federn, und fast wäre ihnen Sterben noch lieber gewesen. Sie wirkten, wo sie hinkamen, wie auf der Durchreise und leicht beschämt ob ihres Auftretens. In Ortschaften zu gelangen erstaunte sie selber – als hätten sie sich unterwegs alle Straßen aufgeladen und schleppten sie nun mit in ihren sackleinenen Gamaschen oder in ihren roten Taschentüchern, in denen noch sprachlos die Tortillas wie dürre Sträucher knackten. Ihre Offiziere tobten angesichts der Stille; das feindselige Schweigen, die Mauer vor ihren Augen, trieb sie zur Weißglut, und notgedrungen mußten sie Plünderungen anordnen, denn anders war den haßvernagelten, haßvermauerten, mit Unmengen steingewordenen Hasses zugemauerten Dörfern nicht beizukommen. Haß, allenthalben bergehoch nur noch Haß.
»Die Soldaten! Die Soldaten!«
Bei diesem Ruf gaben sich die Dorfstraßen die Weihen des Gleichmuts und der gefaßten Sturheit, und die Männer waren einstweilen tot, solange sie in ihren verrammelten Behausungen abwarteten oder aus irgendwelchen Winkeln ihre Karabiner abfeuerten.

Hochroten Gesichts sprang der Offizier vom Pferd und schlug mit dem Lauf seiner Pistole an eine rebellische Haustür, doch nichts regte sich dahinter.
»Wir wollen was zu essen!«
»Wir zahlen dafür!«
Die Antwort war ein anhaltendes Schweigen, in dem die Jahre dahinzogen, in dem die Hände einfach nicht hochgehen wollten. Dann brüllte jemand, heulte auf wie ein gejagter Wolf, wie ein grimmig trauerndes wildes Tier: »Hoch Christus, unser König!«
Ein König also. Was für ein König? Und wo herrschte der? Auf was für schauerlichen ungangbaren Pfaden wandelte der bitte?
Mochten die Truppen ohne Rast Meilen und Abermeilen weit marschieren, mochten die Soldaten sich gegenseitig auffressen – dieser Gott hatte die Häuser zugemauert und die Felder abgebrannt, auf daß sie nicht Ruhe noch Unterschlupf fänden und nicht Atem schöpfen und kein einziges Saatkorn erbeuten könnten.
Wie aus einem Munde erscholl der Ruf, und er galt uneingeschränkt für jeden: »Auch kein Wasser!« Wasser war freundlich, war huldvoll. Wasser war jugendlich, uralt. Es glich der längst vergangenen ersten Frau, der, die einem bis in alle Ewigkeit treu ist. Die Welt bestand aus Wasser und aus Erde, und bei ihrer Erschaffung schmolzen beide zusammen, als hielten zwei gegensätzliche Himmel wundersam Hochzeit. »Auch kein Wasser.« Dabei erwuchs doch alles aus Wasser – die Tränen und des Menschen harmonischer Körper, sein Herz, sein Schweiß. »Auch kein Wasser.« Sich ohne einen Moment der Ruhe über die Erde schleppen müssen, hinterherhecheln, furchtbar, und es nie finden, nie erblicken, nie

sein einschmeichelndes Plätschern vernehmen dürfen. Dafür zusehen müssen, wie die Sonne vom Himmel sticht, wie sie auf Gottes Geheiß den weichen Staub zum Widersacher erhitzend, alles Wasser aus dem Boden saugt, auf Gottes und dieses tobenden Königs Geheiß, eines Königs ohne Dornenkrone, der auf seinem Zug durch die Welt das Hassen kontrolliert und alle Türen von innen verriegelt...

Wann würden sie wohl hier sein?
Sie wurden mit Bangigkeit, doch zugleich auch mit Furcht erwartet, in die Zorn sich mischte. Sollten sie nur kommen! Sollten sie ruhig ins Dorf einmarschieren mit ihren genagelten Stiefeln, ihrem schäbigen Olivgrün, ihren leeren Feldflaschen, ihrem Hunger. Sollten sie nur! Niemand würde sie zu sich winken, niemand ihnen den Weg weisen. Türen waren zum Verriegeln da. Sie würden das Dorf, obwohl überfüllt mit Bewohnern, ausgestorben vorfinden, ein Geisterdorf, trostlos, verlassen. Wann würden sie auftauchen, und wo, die Uniformierten, die Schutzlosen, von Gott Verfluchten?
Leutnant Medina schaukelte, noch weit entfernt, brütend auf seinem Reittier. Seine Soldaten waren grau vor Staub wie in einer vegetationslosen Gegend wachsende Kakteen. Kakteen waren sie auch, darum hielten sie durch ohne Regen, während die Blitze der Sonne auf sie herabzuckten. Durst hatten sie anscheinend dennoch, sie spuckten teigigen Speichel, schluckten ihre Spucke allerdings noch lieber runter, irgendwie war das tröstlich. Widerwärtig diese Spucke, zäh, und sie schmeckte übel, nach verdorrter Zunge, nach ausgekochten Lumpen, nach vergammelten Zähnen, Durst! Durst ist ein

Hecheln, wie das nach Paarung. Eine unbenennbare Gier, ein Zorn, und in Bauch und Ohren schüren die Teufel das Feuer, daß der ganze Körper entbrennt und verzehrt wird und dabei draufgeht. Wasser rangiert dann vor der eigenen Frau und den Kindern, wird zum Wichtigsten auf der Erde, und man würde sich die Hand oder einen Fuß oder die Hoden abhacken lassen, dürfte man dafür in die Klarheit des Wassers tauchen und seine Kühle atmen, auch wenn man danach sterben müßte.
Den Männern stockte schon der Fuß, sie erlahmten, nichts zog sie weiter. Doch im entscheidenden Moment ruft immer etwas Überpersönliches, Utopisches, nimmt weiß Gott woher seine Stimme, ruft in alle Ewigkeit und läßt nicht zu, daß man ein Unternehmen abbricht. Vorwärts! Der kleine Trupp beschleunigte also seinen Schritt und zog blindwütig in seinen Zweikampf mit Gott. Mit Gott, der ihnen nunmehr in der Gestalt des Durstes ins Auge blickte. Wo man hinsah, nur Gott! Brennendheiß zwischen den Kakteen, in ihren Eingeweiden sein Höllenfeuer schürend, damit sie ihn nicht vergaßen, auch nicht einen Augenblick vergaßen.
Hinter Medinas Stirn trommelte es, hämmerte beidseitig schläfenabwärts, bis hinab in die Arme und Fingerspitzen: Was-ser, Was-ser, Was-ser! Wozu dachte er ewig diese sinnlose Vokabel? Wozu tönte sie selbst aus dem Getrappel der Pferde? Er blickte sich nach seinen Männern um und sah nur fahle Lippen und verschlossene Stirnen, hinter denen ein einziger Gedanke pulsierte, und der hatte die Gestalt von Flüssen, Seen, Trinkkrügen und Brunnen: Wasser, Wasser, Wasser. Geb' Gott, daß der Lehrer Wort hielt.
»Herr Leutnant«, sprach ihn ein Gefreiter an.

Doch mehr mochte er schon nicht mehr sagen, und niemand verlangte, daß er zu Ende spräche, denn die Sinnlosigkeit lag auf der Hand.
»Wirklich, wozu auch?« schickte er resigniert hinterher und lachte auf, als ob er einen Witz gemacht hätte.
›Herr Leutnant‹ – wozu? Sollten sie etwa unter ihren Füßen graben und dann nachsehen, ob da Wasser sprudelte? Kam ja wohl kaum in Frage. Ach, geb' Gott, daß dieser gottverdammte Lehrer Wort hielt.
»Romero!« brüllte der Leutnant nach hinten.
Der Gefreite eilte erfreut, Hoffnung in den Augen, wieder nach vorne. Man glaubt eben immer, die Vorgesetzten könnten Wunder vollbringen und einen noch aus den aussichtslosesten Situationen erretten.
»Glaubst du, daß der Lehrer …?«
Durch den kleinen Trupp ging ein Aufatmen. Es war, als hätten sie das Wasser schon vor Augen. Es mußte so sein, wenn sie keinen anderen Gedanken mehr fassen konnten, nur noch eins im Kopf hatten, nur noch eines dachten: Durst!
»Klar, Leutnant. Er hat melden lassen, daß er zur Stelle ist. Hundertprozentig.«
Hundertprozentig! Dieser Lehrer, der gottverdammte! Obwohl, von Gott verdammt war hier eigentlich alles – das Wasser, der Durst, die Wegstrecke, die Abteilung, Gott selber, verdammt noch mal, und das ganze Weltall.
Der Lehrer würde also vor dem Dorf auf sie warten. Nicht zu weit davor, und nicht zu dicht daran, und dann würde er sie zum Wasser führen. Zu gutem Wasser, zu demselben Wasser, das auch die anderen tranken, die sich zu Gott bekannten.

Wann würden sie wohl da sein? Wann – und was würde bei ihrer Ankunft geschehen? Zwei gegensätzliche, verschieden geartete, feindliche Pole harrten dort ihrer: eine zorngeborene Masse, grausig, weil ohne Augen und ohne Lippen, einzig aus ihrem ungerührten unvergänglichen Antlitz schauend, das nur Zuschlagen kannte, Donnerhall und das obskure Wort *König Christus*, und daneben ein einzelner Mann, vor Bangigkeit fiebernd, dem das Herz bis zum Hals schlug und der ihnen zu Wasser verhelfen wollte. Zu dem klaren, unfaßlich klaren Naß, das durch ihre Kehlen rinnen und lustzitternd und jubilierend durch ihre Adern fließen sollte.

Des Leutnants Kopf wippte, seine Augen registrierten, wie die Ohren seines Pferdes gleich verwunderten Ausrufezeichen in die feindselig dürre Landschaft stakten. Ja, Ausrufezeichen, Symbole der Verwunderung und des Bewunderns, der tiefen Beglücktheit und eines lebenspendenden, rauschenden Jubels. War der ferne Punkt dort – da, da! – schließlich nicht ein Mensch? War das nicht der Lehrer?

»Romero! Romero! Neben dem Akazienstrauch – kannst du da etwas erkennen?«

Der Trupp stieß sein Kriegsgeschrei aus, sein ohrenbetäubendes Gejohle:

»Jajaijaiii!!« dröhnte es durch die Einöde. Denn das da vorne hieß Wasser.

Da vorn ballte sich aber auch eine Masse, die aus der Ferne gesehen weiß war. Aus der Nähe wirkte sie häßlich, brutal und zäh, glich sie einer Verwünschung. Daraus scholl es: »Christus, unser König!« Abermals Gott! Gott zerpreßte die Erde ergrimmt in seinen Armen wie zwischen den Backen eines Schraubstocks. Gott erwies sich als lebendig, als zürnend, als blind um sich schlagend, Gott war tobsüchtig wie kein zweiter. Gott besaß, wenn er herniederfuhr, nur ein Auge, das mitten auf seiner Stirn saß, und das Auge diente ihm nicht zum Sehen, sondern zum Schleudern von Blitzen, zum Flammenspeien, Züchtigen, Unterwerfen.

An den Rändern dieser Masse, bei den Menschen, die an den hintersten Häusern standen, wußte man noch gar nicht, was vorging. Hinten hörte man es vereinzelt rufen:

»Doch! Ja, doch!«

»Nein! Nicht, nicht!«

Gnade den Verlierern! Hier war niemand Mensch mehr, hier gab es nur noch Rächer. Furchtbar der Zwang zur Vergeltung, schonungslos durchzuführen bis ins zwanzigste Glied, bis ins hundertste, bis ins letzte Exemplar der Gattung. Keine Vergebung. Auf Rache eingeschworen. Eingeschworen auf die Jagd des Schuldigen bis zur Erschöpfung. Auf die Verriegelung aller Türen, auf die Vernagelung der Fenster, auf die Verdunkelung des Himmels, auf das Bespannen seines hohen Lagunenblaus, seines luftigen Wasserblaus mit einem undurchdringbar dicken Mantel von Königspurpur. Gott war wieder unter uns, auf daß die Sünder zitterten. Gott stritt für seine Kirche, für seine große wasserlose, steingemauerte, für seine jahrhundertealte Kirche.

Da erschien in der weißen Masse mit einem Mal ein schwarzer Tupfen – ein schlapper, geknickter, unglücklicher, abgehetzter Körper. Der Lehrer. Vor Angst ganz blind, wahnsinnig vor Grauen, kalkweiß und grau, inmitten der Masse. Er wurde geprügelt, getreten, von

allen Seiten, wahllos, wo immer man hintraf, angestauter Haß entlud sich.
»Sag laut ›Hoch Christus, unser König‹!«
Mit irren, über den Himmel schweifenden Augen wiederholte der Lehrer, am Ende seiner Kräfte, schließlich die Losung.
»Hoch Christus, unser König!«
Nun wußten auch die hinten Stehenden, was da vorging. Ihre Gesichter waren vor Anspannung schwarz, wie bei sprungbereiten wilden Tieren.
»Wollte den Soldaten Wasser geben, der Hund!«
Wasser, denen! Das durchsichtige Naß, aus dem die Welt erschaffen wurde. Wasser! Gleichsam das Leben selber.
»Der Verräter! Verräter!«

Das Verfahren ist, anders als vermutet, denkbar einfach. Viehisch einfach. Mit einer Machete wird ein Pfahl oben zugespitzt, scharf zugespitzt, zu extremer Schärfe. Es muß ein belastbarer Pfahl genommen werden, immerhin darf er unter dem Gewicht eines erwachsenen Menschen, eines Christenmenschen, wie die kleinen Leute sagen, nicht brechen. Der wird in den Mann eingeführt, und zum besseren Sitz wird an den Beinen kräftig nach unten gezogen.

Von ferne sah der Lehrer aus wie eine auf ihrer Stange zappelnde Vogelscheuche. Als ob er im Winde hampelte, im Wind, der jetzt aufkam und in dem die tiefe Zyklopenstimme Gottes, der über die Erde gegangen war, wehte.

Pastorale

Für Mauricio Magdaleno

Die hinter ihnen mit der Spitze aus der Vorführkabine brechende und seitlich über ihren Köpfen flimmernde horizontale trübe Lichtpyramide funktionierte ähnlich einem Zyklopenauge, dessen von unzähligen flatternden Wimpern umgebener einäugiger Blick die Dunkelheit in Bündel unsteter grauer Bahnen zerteilte, aus denen auf der Leinwand dann Raum, Bewegung und bedeutungstragende Formen und Körper wurden. Die Frau aber weigerte sich, wenn sie ihrer Verzweiflung schon nicht freien Lauf lassen durfte, dorthin zu schauen, wohin das Zyklopenauge schaute. Sie fürchtete, schon ein belangloser Blick könne ausreichen, alle ihre Dämme niederzureißen und sie völlig den Kopf verlieren zu lassen. »Findest du den Film langweilig?« ließ sich ihr Mann neben ihr vernehmen. Dieses Stück Vieh, dieser Lump, dieses Ekel, dieser Schurke, dieser dumme Waldschrat von Mann. Nein, dumm war er nicht, nur ein sadistisches Stück Vieh. Obwohl seine Frage, so dachte sie gleichzeitig, auch ganz harmlos und unverfänglich gemeint sein konnte, ohne böse Hintergedanken, und er die aufschlußreiche Antwort womöglich gar nicht erwartete, die sie geben zu müssen glaubte und mit der sie nur seinen vorgefaßten Verdacht bestätigen und damit eine erste bevorstehende Entwicklung vorwegnehmen und ihr eine fiese, gemeine Richtung geben würde, die er dann natürlich erwartet hätte, denn die argwöhnischen Prämissen waren in seiner Frage ja schon enthalten, und sollte er sich das wirklich vorgenommen haben, so würden sie in den nächsten Stunden, im Verlauf dieses Versteckspiels, schon noch deutlicher zum Vorschein kommen, wenn er sich nur geschickt genug anstellte und es verstand, sie in geeigneter Form aus ihrer Reserve zu locken. Auszuschließen war es nicht. Fest stand jedenfalls, daß sie, da sie keinerlei Anhaltspunkte hatte, was ihr Mann tatsächlich mutmaßte, dazu verurteilt war – ja, *verurteilt* war das Wort –, im luftleeren Raum zu lavieren, blind zwischen nichtvorhandenen Wänden, bar aller Dimensionen und Orientierungspunkte, in einer mauerlosen Zelle, freischwebend im schwarzen Kosmos. Hinzu kam, daß er sich seit einer geschlagenen Viertelstunde – seit er früher als sonst aus dem Büro zurückgekommen war – so behutsam und so gesucht gleichmütig zu ihr benahm wie zu einem Menschen, der im Begriff steht, verrückt zu werden, und bei dem man es also mit pedantisch einfühlsamer Psychologenvorsicht angespannt vermeidet, auch nur den leisesten Verdacht zu erwecken, daß man über seine fortschreitende Sinnesverwirrung und über den Sachverhalt im Bilde sein könnte, den man dennoch um jeden Preis in Erfahrung zu bringen gewillt ist, und seien dazu auch die ausgefallensten Vorsichtsmaßnahmen notwendig. So wird man anhand der Reden, Verhaltensweisen, Gesten und Gebärden des Auszuforschenden neue, zusätzliche Indizien aufspüren, mit denen bald nachgewiesen wäre, daß der Betreffende unrettbar im Zustand kompletten Wahnsinns versinkt. Bei diesem gnadenlosen Zweikampf, den sie miteinander führten wie zwei Feinde, die bis in alle Unendlichkeit nicht voneinander lassen können, gab es für sie, die Frau, wollte sie angemessen reagieren und den Schein wahren, nur ein Vorgehen, und das bestand darin, komme was da wolle und entsprechend dem jeweiligen Grad an Unsicherheit, mit dem der Mann ihr gegenübertreten würde, sich stets der jeweils selbstverständlichsten, logisch natürlichsten Haltung zu befleißigen. Das über ihren Köpfen flimmernde gebündelte Licht schien sich vor der Mondlandschaft ihrer beider bis zum Martyrium erbitterten, lechzenden Seelen in die Hölle hinein zu verlängern. Zumindest war das der Zustand ihrer Seele. »Nein«, gab sie zur Antwort, »im Gegenteil, Filme langweilen mich nie.« Aber es war schon eine groteske Ironie des Schicksals, fand sie, daß sie beide einst zusammen Gides *Pastoral-Symphonie* gelesen hatten, und es war schauderhaft bis zum Ekel, daß sie sich heute wiederum zusammen den gleichnamigen Film ansehen mußten. Angestrengt wandte sie den Blick von der Leinwand ab. Nur in dem aus der Vorführkabine kommenden Strahl abstrakten, zuckenden Lichts war Gides Novelle noch ebenso chiffriert wie im Buch, noch nicht in eine Menschensprache verdolmetscht, blieb sie eine Vor-Form, etwas noch Ungesagtes, ein erst noch zu schreibendes Buch, ein Text auf der Lauer, in seiner Kapsel, in seiner Gebärmutter kauernd, mit Röntgenstrahlen sichtbar gemacht in Gides monströsem Schädel, ein Blinken nur wie das, mit dem Schiffe auf hoher See sich von Signalmast zu Signalmast verständigen, ein Bevorstehen von Sätzen, die noch nicht ausgeführt sind, die aber nur noch eine kurze Strecke – nicht länger als von der Linse des Vorführgeräts bis zur Projektionsfläche, zur Leinwand – vom Ziel, vom Festgenageltwerden im Bild, entfernt sind. Dahinauf sah sie, um nichts zu sehen, um sich zu entziehen, um sich in einen Mutterschoß zu flüchten, aus dem noch keines der zahllosen Dinge auf der Welt gekrochen ist. Um für immer nirgends zu sein. Sollte ihr Mann aber mit einer erbosten Antwort gerechnet haben, etwa: ja, sie langweile sich zu Tode, sie sollten um Gottes willen nach Hause gehen, oder auch ohne Gottes Willen, jedenfalls nach Hause, schlicht und ergreifend, so hatte sie seinen Angriff mit ihrem unmißverständlichen Nein fürs erste zurückgeschlagen, und war mit seiner listigen Fangfrage, mit der er sie gut kaschiert hatte in die Fallen locken wollen, letztendlich gescheitert. *Gehn wir nach Hause*. Wie naiv von ihm, eine solche Antwort von ihr zu erwarten. In dem unterschwellig zwischen ihnen tobenden Kampf der Unwägbarkeiten und der blinden Spiegel, bei dem jeder in des anderen Haut schlüpfte und jeder am Ende verhungern, verdursten und überschnappen oder im eiskalten Ozean seiner Wut ertrinken mußte, klammerte sie sich mit aller ihr zu Gebote stehenden Kraft an eine einzige unwiderlegliche Gewißheit – daß sie jetzt jeden auf der Welt denkbaren Wunsch aussprechen durfte bis auf einen, der ihr bei Strafe ihrer Verdammnis verwehrt war, nämlich, ihren Mann zu bitten, sie jetzt nach Hause zu bringen. Also mußte sie ein wenig schauspielern, mußte so tun, als interessiere sie sich für die *Pastorale*.

Sie riß sich zusammen und wagte schließlich einen gemeinsamen Blick mit dem Zyklopenauge. Ein orkanähnliches Unwetter trieb gerade Schnee über eine riesige weiße Ebene. Mitten darin ein Menschenkind, ein verschwindend kleines Tierlein, ein haarsträubend abnormes Wesen, das der Sprache nicht mächtig war, sondern nur teigige Gurgellaute hervorbrachte, eine arme Kreatur, die sich einige Szenen danach als blindes kleines Mädchen entpuppt und den hinter ihr durchs Schneegestöber tappenden protestantischen Pastor in einer Richtung führt, die ihr selbst nur vom Instinkt gewiesen wird. Immer wieder in Schneewehen versinkend, taumelt der Pastor dahin, verklärt von einer, seiner Überzeugung nach, übernatürlichen Erscheinung, einer Offenbarung, dem Wunder des blinden Kindes, einem blinden Lazarillo, einem Wesen, das trotz der Finsternis, in die seine Blindheit es versenkt, dem Mann den Weg zu weisen vermag, der sich, nur weil er Augen hat und sehen kann, überlegen dünkt und der doch nichts gesehen hat. Der Sturm wird stärker und tobt nun so mächtig, daß er mit einem Hieb seiner weißen Pranke den Pastor zu Boden reißt. Nicht einmal das entgeht der kleinen Blinden im Wunderland. Das Kind vermißt den Pastor und patscht mit seinen zittrigen kleinen Händen so lange auf gut Glück ins Leere, bis es des Mannes habhaft wird und ihm aufhilft und ihn mit der bloßen Berührung seiner Hände errettet. Aufs neue stapfen die beiden unbeirrt weiter auf ihrem langen eisigen Leidensweg. ›O Gott!‹ erschrak da die Frau, plötzlich eingedenk ganz anderer Dinge als derer, die ihr dank dem Zyklopenauge auf der Leinwand zu sehen vergönnt waren. ›Wenn sie im Sturm nun nicht weiterkommen, sondern im Schnee steckenbleiben! Dann werden sie langsam erfrieren, wer soll ihnen dann helfen?‹ Erfrieren, den Kältetod sterben. Es überkam sie animalisches Mitleid, die Urangst der in grauer Vorzeit auf der Erde hausenden Menschen. ›Wie lange kann ein Mensch bei Frosttemperaturen leben?‹ fragte sie sich mit einer Verzagtheit, die schärfer umrissen, konkreter, greifbarer war als alles bisher Erlittene. ›Wie viele Stunden?‹ Eine Stunde und fünfzig Minuten. So lange sollte der Film dauern, eine Stunde und fünfzig Minuten. In hundertzehn Minuten kann ein Mensch doch noch nicht erfrieren! Auch in zwei vollen Stunden nicht – denn die Minuten, die sie nach der Vorstellung für die Fahrt vom Kino nach Hause brauchte, mußte sie schon mitrechnen. Vielleicht erfror er nicht einmal, wenn er drei Stunden im Gefrierschrank für frisches Schlachtfleisch bleiben mußte. Sie würde schon noch rechtzeitig kommen, um ihren Crisanto, ihren lieben Crisanto, zu retten. Sie mußte nur erst zweifelsfrei feststellen, ob ihr Mann Bescheid wußte oder nicht, ob er sie ertappt hatte, ob er genau in dem Moment dazugekommen war, als sie Crisanto in der Kühlkammer versteckte. Genau an dem Punkt der Ereigniskette, an dieser blinden Stelle, in dieser Pufferzone der Mutmaßungen, in dieser unbehaglichen winzigen Zeitspanne zwischen dem Moment, da sie die Kühlkammertür abgeschlossen hatte, und dem unmittelbar darauffolgenden Augenblick, da plötzlich jemand hinter ihr gestanden hatte, genau da hatte ihr Mann nämlich über ihre Schulter hinweg nach dem Schlüssel gelangt, ihn herumgedreht und von der Kühlschranktür abgezogen und ihn dann blitzschnell in die Tasche gesteckt, in seine Westentasche. Wie würde ihr Mann sich jetzt verhalten, hatte sie sich gefragt, was würde er sagen nach dieser furchtbaren Sekunde? Aber nichts an ihm hatte darauf schließen lassen, daß er irgend etwas bemerkt hatte. Sie hatten nur beide dagestanden, vor dem weißen Ungetüm im Erdgeschoß ihres Hauses, dem gigantischen Gefrierschrank, ihr Mann ganz der alte, der gewohnte wohlhabende Geschäftsmann – Import von Lebendvieh und Fleischgroßhandel – mit dem säuberlich rasierten glatten Gesicht, den rosigen, vollen beinahe schon prallen Wangen und dem gewohnt strammen Bauch, wie immer im tadellos geschnittenen englischen Anzug, und den Kühlkammerschlüssel in der Westentasche. Einzig in seinen kleinen grauen Augen hatte ein Funke geglitzert, mokant und hämisch, voll boshafter Befriedigung und dabei zugleich forschend. »Ich bin früher aus dem Büro weg, um mal wieder mit dir ins Kino zu gehen, willst du?« Er hatte es ganz unverkrampft und beiläufig gesagt, gleichsam mit geknickter Fürsorglichkeit, und weder im Ton noch in den Gebärden war auch nur eine Spur von Argwohn zu erkennen gewesen. »Ich habe in der Zeitung gelesen, daß heute die *Pastorale* gespielt wird. Da fiel mir ein, daß wir beide ja vor Jahren zusammen die Novelle gelesen haben. Hoffentlich enttäuscht uns der Film nicht. Mach dich fertig, ich genehmige mir inzwischen noch einen Cognac.« Die Frau hatte unruhig und unsicher wie eine Bühnen-Kassandra, die fürchtet, einem argwöhnischen strengen Publikum ihre Tricks zu offenbaren, im Gesicht ihres Mannes geforscht. Nein, die Einladung ins Kino war sicher keine in der Eile erdachte List, sondern ein lange bevor er sie an der Kühlkammer überrascht hatte, in der besten Absicht gefaßter Entschluß. Er wollte sich schlicht und einfach einmal mit ihr amüsieren. Bleibt nur noch die beunruhigende Frage, für die wiederum vielerlei obskure, beunruhigende Erklärungen möglich waren, warum er den Kühlschrankschlüssel eingesteckt hatte. Warum hatte er so Hals über Kopf zugegriffen, warum den Schlüssel herumgedreht, warum ihn in die Tasche gesteckt? Natürlich durfte sie nicht die leiseste Spur von

Verwunderung darüber äußern. Was sollte verwunderlich daran sein, wenn ihr Mann etwas so Schlichtes und so Harmloses tat? War sie denn etwa persönlich betroffen, und wies sie dann mit ihrer Verwunderung nicht gerade darauf hin, wie rätselhaft und abwegig ihre Reaktion war? Auf was für ein hinterhältiges Spiel hatte sie sich da wohl eingelassen? Ach, mit welcher Wonne hätte sie sich zu ihrem Mann gestellt, mit welchem Genuß zu ihm gesagt: »Stellen wir uns doch nicht dumm. Her mit dem Schlüssel zum Kühlschrank, du weißt so gut wie ich, daß da drin ein Mann sitzt, mit dem ich dich hintergehe.« Aber dazu hatten ihr die Kraft und der Mut gefehlt. Statt dessen saßen sie nun beide im Kinosaal, eingetaucht in das Dämmerlicht, umflimmert von einer Finsternis, in deren zähe Masse das Auge der Kamera vor ihnen seine rhythmisch oszillierenden, undurchschaubaren Hexereien einschnitt. Heilige Muttergottes, wenn sie doch wenigstens imstande wäre, ihn zu bitten, mit ihr nach Hause zu fahren, ihn anzuflehen! Sie konnte Crisanto vor sich sehen, wie er, ein Gefangener der Eiseshölle, in hermetisch abgeschlossener Polarnacht, Glied um Glied erfror. Sicher hatte er sich die Hände an den Wänden wund geschlagen, der Unglückliche, und war doch von keinem Menschen gehört worden, weil die Isolierwände des Kühlschranks auch nicht den schwächsten Laut durchließen. So so, würde ihr Mann antworten, seine liebe reizende Frau wollte also sofort wieder nach Hause. Was hatte die Ärmste? Ach, natürlich, Migräne. Gut, dann also nach Hause. Es war schließlich keine Katastrophe, bei laufender Vorstellung aus dem Kino zu gehen. Aber auch zu Hause würde es mit ihr sichtlich nicht besser werden. Was fehlte ihr denn dann, seiner über alles geliebten kleinen Frau? Nun, die Migräne hatte zwar nachgelassen, dafür aber waren ihre Nerven angegriffen. Warum nur, wo sie doch soeben noch aufrichtig versichert hatte, daß sie schon wieder gänzlich beruhigt sei? Und jetzt wollte sie ihn auf einmal um nichts auf der Welt in seinen Club zu einer Partie Poker, wollte ihn keine Minute von ihrer Seite weichen lassen? So oder ähnlich würde es ablaufen, eine dieser idiotischen Szenen. Und da vorn spielten sich Dinge ab, die ihr immer unverständlicher und sinnloser vorkamen. Es war, als ob sie schliefe und ein anderer Mensch in ihr für sie träumte. Der schwärmerische Pastor und das närrische blinde Mädchen langten soeben vor der Tür einer halb im Schnee begrabenen, elenden Hütte an. Des Pastors Leidensmiene ließ an Dummheit nichts zu wünschen übrig. Eigentlich war alles dumm, vor der Leinwand und auf der Leinwand, dumm, widerwärtig, schäbig und von heilloser, unüberbietbarer Torheit. Sie konnte sich gegenüber ihrem Mann nicht so benehmen, als sei er schuldlos, als wäre er unbeteiligt an dem satanischen, grausigen Verbrechen, Crisanto vorsätzlich und ohne daß auch nur ein Muskel in seinem Gesicht gezuckt hätte, in die Frostkammer gesperrt zu haben. Und selbst wenn er in der Tat unschuldig wäre, würde sie doch nie mehr umhin können, fortan nur noch den Mörder in ihm zu sehen, nur noch die Antworten und Verhaltensweisen eines Mörders in ihm zu erwarten, der sich völlig sicher ist, daß kein Mensch ihn jemals auch nur mit der unbedeutendsten Zeugenbeobachtung zu seinem Verbrechen wird konfrontieren können. Kein Mensch außer ihr, seiner einzigen Komplizin und Zeugin. Darum konnte sie sich die Tollheit nicht erlauben, alles auf eine Karte zu setzen und ins Blaue hinein auf seine vermeintliche Unschuld zu bauen. Seine Unschuld wäre noch verbrecherischer als das Verbrechen. Entscheidend jedoch war der Schlüssel, wie sollte sie den Schlüssel zur Kühlkammer an sich bringen? Eine Aufgabe, die taktisch und strategisch schwieriger war, als zu beschließen, mit welchen Methoden man in einer Schlacht eine zentrale Stellung einnehmen wollte, von der für beide kriegführenden Parteien Sieg oder Niederlage abhing. Ihn einfach darum zu bitten, selbst mit der einleuchtendsten, unanfechtbarsten Begründung, war aberwitzig. Es hatte ebenso viele Erfolgsaussichten, wie wenn man erwartete, daß sich die Erde plötzlich nicht mehr um ihre eigene Achse drehe. Da fiel ihr der Sekt ein, eine Kiste Sekt, die ihr Mann einmal von einem Zollbeamten für Gott weiß welche obskuren Amtswege, die den Mann wohl begünstigt haben mußten, zum Geschenk erhalten hatte. ›Gib mir doch mal bitte den Schlüssel zur Kühlkammer. Ich möchte ein Paar Flaschen von dem geschenkten Champagner kaltstellen.‹ Absurd, schlichtweg absurd. Was sollte der Champagner dabei? Wer in der unsäglichen Gruft kaltgestellt wurde, war Crisanto. Auf der Haut seiner Hände, seines Gesichts, würde sich ein dünner weißer Kristallbelag absetzen, so daß er aussähe wie ein Pantomime, mit weißer Schminke auf Gesicht und Händen. ›Du Armer, hab noch Geduld, ich werde dich nicht im Stich lassen, ich rette dich. Ich brauche nur Zeit, es ist eine Frage der Zeit, so lange mußt du noch aushalten, mein Armer!‹ Nur eine Frage der Zeit. Nur der verdammte Film mußte endlich zu Ende sein. Nur zu Hause mußte sie erst einmal sein. Nur ihr Mann durfte nicht mitschuldig sein. Heilige Muttergottes! Wie wollte sie der danken, wenn ihr Mann unschuldig wäre! Niederknien wollte sie, ihr inbrünstig die Füße küssen! Champagner, du meine Güte! Bloß logisch denken, sich nicht zu überhasteten Schritten hinreißen lassen! Also, sobald sie zu Hause wären, wollte sie ihm ein starkes, garantiert für Tiefschlaf sorgendes Beruhigungsmittel kommen lassen. Wenn ihr Mann erst schlief, mußte alles wie am Schnürchen gehen. Bei diesen Gedanken durchströmte sie Ruhe und erwärmte sie bis in die Fingerspitzen. Da drehte ihr Mann sich halb zu ihr um, ohne den Blick von der Leinwand zu lösen, und auf seinen Lippen tänzelte ein angedeutet belustigtes Lächeln. »Wieso hast du ›Champagner‹ gesagt?« Die Frau war versteinert vor Bestürzung und Entsetzen. »Ich soll ›Champagner‹ gesagt haben? Warum sollte ich sowas sagen? Ach, Unsinn!« Ein paar empörte Zuschauer zischten, sie sollten Ruhe halten. Ihr Mann dämpfte seine Stimme zu einem Flüstern. »Ich schwöre es dir, davor hast du tief aufgeseufzt, wie ein Schulmädchen. Woran du wohl denkst?« Er gab ein piepsiges kleines Mäuselachen von sich. Abermals zischten die Zuschauer. Der evangelische Pastor trat jetzt in die Hütte und blickte sich mit betroffenem, wehem Gesichtsausdruck darin um. Es war eine verschmutzte, schäbige, verwahrloste Elendsbehausung. In einer Ecke ließ sich eine Bettstelle erahnen, darauf, inmitten eines Lumpenbergs, eine Frauengestalt. Im Kamin brannte kein Feuer, und nichts deutete darauf hin, daß dort je eins gebrannt hatte. Der Pastor bekreuzigte sich, zitternd, benommen. Er verharrte in der Hüttenmitte, wie angewachsen, er wagte sich keinen Schritt weiter. Seine Lippen zuckten, es sah aus, als murmelte er Gebete.

Das Schweigen, das im Kino herrschte, war angespannter als gewöhnlich, mit den Händen greifbar. Augenzwinkernde, hechelnde Begierde schwang darin mit; auch schwiegen so viele Menschen auf einmal, und die Stille schien künftigen Ereignissen vorzugreifen. Daß sie auf Gehör und Gesichtssinn angewiesen waren, schweißte die Zuschauer bei ihrem einheitlichen und einmütigen, von vornherein verzeihenden Tun zusammen, es machte daraus unversehens ein Tun der ganzen Welt, das unsaubere und noble, ruchlose und olympisch erhabene Handeln aller anderen, so daß sich darin, mit ihrer Lasterhaftigkeit und Güte, ihrer Bosheit und fruchtlosen Reinheit wie auch ihrem absoluten Mangel an Hoffnung, eines jeden innere Lebensgeschichte artikulierte und zum Allgemeingut wurde.

Nur in der Dunkelheit ist der Mensch – wenn er es überhaupt ist – zum Sehen imstande. Am Anfang war die Finsternis, und es war wüst, und Gott schwebte auf dem Wasser, so wie ein steuerloses Schiff treibt. Er kümmerte sich um nichts, er war unstet, ja, er war noch nicht einmal Gott, und seine grenzenlosen Gaben und Kräfte dienten ihm nicht einmal zur näheren Bestimmung von Natur und Herkunft der quälenden Leidenschaft, an der er unentwegt krankte. Gottes Leid und Heimsuchung bestand in seiner endlosen, Zeit und Raum sprengenden Selbstzerfleischung, im einsamen, ausweglosen Zehren an sich selber, das ihn daran hinderte, sich außerhalb seiner selbst, jenseits von Eden, noch einmal zu erschaffen, wie er es sich doch insgeheim, rätselhaft und uneingestandenermaßen, wünschte, und in seinem entschiedenen Unvermögen, zu sich selbst zu finden, sich zu erkennen und im Reich des *anderen Gottes* heimisch zu werden, dessen Kommen er doch mit der brennenden

Ungeduld des Sklaven erwartete, der, schon ohne alle Hoffnung, dennoch auf seine unverhoffte Befreiung hofft.

Bekümmert und voll Düsternis sah er natürlich ein, daß auch sein Allwissen es ihm unmöglich machte, etwas zu erschaffen, mußten seine Geschöpfe doch, um zu existieren, vor allem ihn negieren, mußten anders empfinden als er, durften seine unsterbliche, immer gleiche, ziellose Neugier auf das eigene Wesen auch nicht in bescheidenstem Maße teilen. Bedrängt von diesem peinigenden Seinstrieb wandte Gott sich aufs neue der Finsternis zu und suchte sie mit seinen allessehenden tagblinden Augen zu durchdringen. Doch auch die Finsternis war schon bewohnt, und alle Dinge waren längst erschaffen, noch ehe sein Blick sie treffen konnte. Darum war Gottes Nichtsein am Anfang, und Gott schwebte nicht länger auf dem Wasser.

Unterdessen sickerte aus der Leinwand, als ob sie tausend Poren hätte, etwas süßlich Riechendes, teigig Schmeckendes und rieselte, eine Art Strahlenregen, unsichtbar auf die Zuschauerköpfe, glich gezuckerten Thiamingaben, mit Kinderkot verrührtem Sirup, und haftete liebkosend wie ein warmer dünner Gallertfilm am Körper und legte sich zuletzt als mattes Beklommenheitsgefühl, als angenehme Rührseligkeit und als Lust zu guten Werken auf die Gemüter. Kurzum, das Mitleid, die uralt menschliche Regung, hatte sichtlich alle Epochen und alle Konventionen überdauert, und kein Mensch konnte es wagen, es als Obszönität zu geißeln, mochte es sich auch noch so zynisch nackt und so lüstern präsentieren. Dort auf der Leinwand war er, der von Barmherzigkeit verwirrte Mensch, der Neandertaler.

Lange Jahre blieb er so hocken, der Pfarrer aus Neandertal, unbeweglich, baff und verschüchtert in seiner Steinzeithöhle, in die er hatte kommen sollen, um einen Mitmenschen zu erkennen und anzusehen und ihm in seiner Todesstunde die Sterbesakramente zu reichen. In seiner Seele stieg die Mitleidsflut, gnadenlos, gurgelnd, und früher oder später würde er sich übergeben müssen. Dagegen war nicht anzukommen. Das Mitleid war eine Herzensmacht dunkelsten Ursprungs, dem Menschen angeboren, dem Pithekanthropus erectus aus seiner eigenen Rippe erwachsen. Endlich trat der Pfarrer an die armselige Bettstatt, auf welcher die tote Frau lag. Der zum Skelett abgemagerte nackte Leichnam wirkte wie von Chirurgenhand aus knorrigen Prothesen zusammengenagelt; ein vor dem Gesicht schützend angewinkelter Arm war praktisch hautlos, ein Arm aus Urstein. Die Frau war ohne jemandes Beistand, ohne Hilfe, in der allertrostlosesten Einsamkeit verhungert und erfroren. Sinnlos und zweckfremd, ihr überhaupt noch die Sterbesakramente zu reichen. Die ganze Welt war wohl von Anfang an nichts als ein gewaltiger Gefrierschrank, eine Kühlkammer Gottes, in der sie alle miteinander erstikken und erfrieren sollten. Der fromme Neandertaler nahm mit äußerster Behutsamkeit den Arm vom Gesicht der Toten, streckte ihn sorgfältig und legte ihn neben sie, so daß erst jetzt sichtbar wurde, mit welchem Antlitz der Tod schaute. Die Augen der Toten standen offen und starrten zur Decke, als wären sie in etwas Riesenhaftes, Unnahbares entrückt. Ein Mitmensch war sie, seinesgleichen, wenn man die eisige Kluft der Geschichte überbrückte. Das Neandertalerweibchen – es drehte ihm den Magen um bei ihrem Anblick. Unter Neandertalern war

Mitleid schließlich nur die Kehrseite des Kannibalismus, das unantastbare Prinzip, nach dem sich die Gattung durch barmherziges Wiederauskotzen des Menschen erhält und vermehrt. Der Pastor war in seinem Element, er schwamm selig, er schwebte, wie Gott auf dem Wasser, gramvoll und bekümmert, mit vor Mitleid zitterndem Herzen angesichts der von den Menschen im Verlauf der Zeiten und der Veränderungen auf der Welt angesammelten Jauchefluten aus Vergangenheit, Gegenwart und Zukunft. Gleich würde er all den Unflat abermals auf die Leiche speien, in weihevollster Andacht den liturgischen Akt vollziehen. Mit flatternden Fingern drückte er die Lider der Toten herab – er zelebrierte das Erbarmen. Das war wohl sein Los: Dolmetsch und Zelebrant zu sein von Fortpflanzung und Stuhlgang. Besser war es ihm noch nie ergangen.

»Champagner! Du hast ›Champagner‹ gesagt, und du sollst deinen Champagner haben! Ab und zu müssen wir uns doch auch mal gemeinsam amüsieren, zum Teufel! Komm, trinken wir uns einen an!« Es hatte geregnet, die Straßen waren wie gelackt vor Blankheit, und, verzerrt von den schwarzen Spiegeln der Nacht, reflektierten sie die unterm chrombleichen Licht dahinhuschenden, wie Zigarettenrauchgebilde schwankenden Fußgänger. Zu unüberbrückbar war der Abstand zwischen den Dingen, als daß sie noch zu erblicken oder zu ertasten oder gar zu eratmen gewesen wären. Aus dieser massiven, isolierenden Entfernung, die wie Beton war, machte ihr Mann, der darin eingemauert war wie eine Klostermumie, ihr heftig Zeichen, Grimassen, Armbewegungen, die sicher vernünftigen Zwecken dienen sollten, aber niemandem mehr verständlich waren. Sooft sie um Ecken bogen, zeigten von der Verlassenheit unbebauter Grundstücke geschützte Gebäude schamlos und verdrossen ihre Blöße und bleckten im Winde seufzende gräßliche Eisenteile, die aus ihrer Haut, dem Fleisch, den Eingeweiden ragten. Die Menge auf dem Boulevard schleppte ein Geschlinge von Nabelschnüren mit über den Gehsteig. Sie schien entschlossen, nicht einen Schritt voranzukommen, sondern trat trotz ihres atemberaubenden, wahnwitzigen Tempos auf der Stelle, als bewege sie sich auf einem gegenläufigen Fließband. Vom Himmel regnete eine ganze Prothesenhandlung, eine tausendfach flimmernde Vielzahl närrischer Leuchtschriften und Lichter, die mit der rastlosen, flatternden Hektik von Ausbrechern, denen eine mit Dunkelheit getarnte unsichtbare Häscherlegion auf den Fersen ist, einander rabiat zugestikulierten. Die Sätze des Mannes drangen aus immer größerer Ferne ans Ohr der Frau, und es fiel ihr zusehends schwerer, ihn noch zu verstehen. Während er am Lenkrad saß und anscheinend auf kein bestimmtes Ziel zusteuerte, tauchte sein Gesicht im raschen Wechsel aufblitzenden Lichts und Dunkels kurz aus der Finsternis auf, um sofort wieder wegzusinken. »Champagner. Champagner in Strömen. Soviel dein Herz begehrt. Wir wollen bis zum Umfallen trinken.« Aus seinen eisig hervorgepreßten, fast gepfiffenen Reden konnte sie unterschwelligen Zorn und Rachgier heraushören. ›Wäre keine schlechte Methode‹, dachte sie, ›falls er mich umbringen will.‹ Sie fuhren stadtauswärts, den Ausfallstraßen zu, und sie konnte sich vorstellen, wie sie in einem abgelegenen gemütlichen Lokal saßen, umgeben von Hügeln, an einem Bach, umstanden von Bäumen, und wie sie von ihrem Mann dann zum Abschluß eine Kugel in den Kopf gejagt bekäme. Wie dumm von ihr. Darauf hatte er es von Anfang an angelegt, das sah ein Blinder. Alles andere war nur »moralische« Vorbereitung gewesen, Einstimmung, dazu programmiert, sie in der immer dünneren Luft der gewundenen, unausgesprochenen Verdächtigungen und der heute weniger denn je stillstehenden, mörderisch dahinrasenden Zeit heimisch werden zu lassen, der Zeit, die heute eine Ewigkeit lang anhielt und stillstand in der Ära des Eises, im prähistorischen Kühlschrank, in dem Crisanto zusehends, Glied um Glied, erkaltete. Nur wenn sie gleich nach dem Kino nach Hause gefahren wären, hätte sie noch einmal, und diesmal praktisch endgültig, unterstellt, daß ihr Mann vollkommen und geradezu rührend unschuldig war. Sie lachte in sich hinein. Trotzdem würde er sie wahrscheinlich nicht umbringen. Sie unterteilten beide die Zeit nicht mehr wie die übrigen Menschen in mehr oder weniger weit auseinanderliegende, mehr oder weniger abgegrenzte, die Geschehnisse voneinander trennende und in Beziehung setzende Einheiten, die durch die Entfernung eine Tugend, einen Sinn oder einen Anteil an Hoffnung erhalten. Ihr einziges Zeitmaß war inzwischen der Eintritt des Todes. Ein jeder hatte sich des Denkens des anderen auf so massive, erdrückende Weise bemächtigt, daß alles, was noch zwischen ihnen vorkommen mochte, nur ein Akt gegenseitigen Gifteinflößens war, von der eindeutigen, anhaltenden, erschöpfenden Art, in der manche wechselwarmen Tiere, etwa von der Gattung der Schildkröten, die Paarung betreiben, so daß am Ende des einzigen, endlosen Aktes das Männchen (das tatsächlich in seiner ganzen Existenz keinen zweiten vollzieht) sterben muß. Sterben also an der Ewigkeit des Sexualakts. So waren auch sie gekettet an einen monolithisch kompakten, feststehenden Ablauf, an dessen Schluß es auf der Welt nichts gab als die eisig tickende Uhr des Gefrierschranks. Blieb nur abwarten, dachte sie. Abwarten. Es konnte ja unverhofft auch noch etwas Neues geschehen, vielleicht fänden sie ja heraus aus diesem luftleeren Raum, fort von diesem Uhrenticken.

Ihr Mann mochte ihretwegen Zeuge gewesen sein, Mitwisser, Mittäter, als sie Crisanto in der Kühlkammer versteckte, das mochte unwiderlegbar feststehen – daß es anders war, durfte sie wohl kaum noch hoffen –, darum brauchte ihm aber noch lange nicht klar zu werden, wie sehr sie ihn hinfort haßte; nein, er würde nie imstande sein, zu erkennen, mit welcher Vehemenz sie ihn von heute an bis ans Ende hassen würde. Sie blickte verstohlen zu ihm hinüber. Vielleicht beschlich ihn ja selbst die hypnotisierende Angst, von der ihr das Blut in den Adern stockte. Doch wer sollte das wissen. Hoch über der klaffenden Tiefe zwischen ihnen pendelte, fremd wie ein Brautbett, die eisig tickende Uhr, die, wenn die Zeit reif war, den Übergang zum Tode anzeigen würde. Erst wenn diese Grenze überschritten wäre, würde er sie umbringen, das war sicher, nicht eher. In einer Art letztem Begattungsakt. Sie mußte nur warten. »Dir ist eben nach Trinken zumute. Dein Unterbewußtsein hat dich verraten. Du hast ›Champagner‹ gesagt im Kino! Also wird getrunken. Wir schlagen mal über die Stränge. Leisten uns eine Nacht, die wir nicht vergessen werden.« Verwirrend. Die Begeisterung bei ihm. Wie in ihren blöden guten Zeiten. Wenn das an seiner Unschuld, seiner Ahnungslosigkeit lag, war noch nichts verloren. Ihre Zeit mäße sich dann nicht am Sterben Crisantos. Sie könnten dann seelenruhig heimfahren, wären durchscheinende, lediglich untreue Engel, könnten fahren, sobald sie es wollte. Sie malte sich schon die Szene aus, grausig, aber raffiniert: Wie sie die Kühlkammertür öffnen würde. Aufschreien würde vor gut gespieltem Entsetzen beim Entdecken des in der Eiskammer versteckten Einbrechers. »Auch wenn es ein Dieb ist«, würde sie sagen, im Morgenmantel, »meinst du nicht, wir sollten ihm trotzdem einen kräftigen Schluck Kognak reichen? Immerhin, er ist ganz blaugefroren, der Ärmste.« Crisantos Augen konnte sie vor sich sehen – sie sah sie wider Willen –, halb Anklage und Erbitterung, halb Dankbarkeit mit Schadenfreude. Immerhin waren mittlerweile dreieinhalb Stunden vergangen. Beim Tankwart vorhin, da hätte sie gern gefragt, wie lange ein Mensch es bei soundso viel Grad Minustemperaturen aushält, ohne zu erfrieren. Sie hätte schon beinahe losgesprochen – ihr Mann trat gerade abschätzend und kalkuliert gegen die Hinterreifen des Wagens, eine unausrottbare Angewohnheit von Autofahrern –, aber da ließ der Tankwart einen taxierenden Kennerblick über sie wandern und zwinkerte gleich darauf ihrem Mann scheinheilig seine neidvolle Billigung zu. Einen guten Deal hat der Herr da gemacht, hieß das, hat die Richtige aufgerissen. Nun ja, Glück mußte man eben haben. Sie waren weitergefahren, in den Süden der Stadt, in Richtung der Straße nach Cuernavaca. Wie unverdient grausam das alles war und um so ungerechter, als Crisanto schon vor ihrer Ehe ihr Liebhaber gewesen war. Im Grunde betrog sie Crisanto mit ihrem Mann und nicht ihren Mann mit Crisanto. Wäre sie mit dem Richtigen verheiratet, so führe sie jetzt nach Hause, und vor die Tatsachen gestellt, würde ihr

Mann gar nicht anders können, als die Geschichte vom im Kühlschrank gefangenen Einbrecher, die sie ihm auftischen würde, einleuchtend zu finden. Als Gegenleistung für Crisantos Leben, für Crisantos Rettung, erwartete ihn die schrankenlose Dankbarkeit seiner lieben Frau und fortan garantiertes Eheglück, ein Glück sondergleichen. Nur war er eben kein richtiger Mann, sondern ein Ungeheuer, und er hatte sie im Griff, das Aas, der miese Kerl, daran bestand kein Zweifel. So wie ein Amtsarzt die Nutte im Schwitzkasten hat, die einen Gewerbeschein braucht. »Wir nehmen nicht die Autobahn«, ließ er sich vernehmen, »sondern die alte Landstraße, die Nacht ist zu phantastisch.« Er wirkte nicht böse, eher bekümmert. Als gehorchte er einem aus der Tiefe kommenden Impuls und bäte in seiner Not und Verwunderung, daß das Leben doch anders sein und nicht so schnöde und gemein mit ihm umgehen möchte. Doch dieser Eindruck trog. Was irreführte, waren die Schatten der Nacht, war das Helldunkelspiel der von den Bäumen zurückgeworfenen Scheinwerferstrahlen, das blitzgleich Mienen – ein unverwandtes melancholisches Schauen oder schmerzlich verzogene Lippen – auf sein flackerndes Gesicht malte und es so vermenschlichte. Aber er war eben kein Mann. Er trat das Gaspedal durch, so daß die Bäume des Waldes an der Windschutzscheibe vorbeistoben und nach ihrem kreisförmigen Lichtertanz vor einem Maschinengewehr, getroffen vom Trommelfeuer, beiderseits der Landstraße nacheinander in den schwarzen Abgrund stürzten. »In Cuernavaca geht's in die Nachtbar«, befand ihr Mann, und es hörte sich an wie himmlischer Ratschluß: Nachtbar, Champagner, Essen. Diese rasende Fahrt, der Zeit entgegen, die Möglichkeit, mit um so höherem Tempo zu fahren, je mehr sie sich von der Kühlkammer entfernten, je näher der Tod kam. Und das unpassende Niedermähen der Bäume, ihr reihenweises Abstürzen ins Nachtgrab – so waren Juden beim Massenmord in die offenen Gräber gefallen. Auch die Bäume ruderten mit den Armen, rangen hektisch flehend die Hände; sie wußten, daß sie einem Pogrom zum Opfer fielen. Die Frau hatte gehört, wie der Tod durch Erfrieren vor sich geht – ein leises, gründliches Sterben, nach unerträglichen Krämpfen im Körper und nach einer Art Zahnschmerzen in jedem Knochen. Ein Tod, der eintrat, wenn seine Beute zu träumen begann, daß sie stürbe. Wenn nur noch Träume vom Sterben das Leben ausmachten. Da drosselte ihr Mann plötzlich das Tempo, der Wald hoppelte noch einmal, und ein Stück abseits der Straße kamen die Bäume im Halbkreis um eine Lichtung schließlich zum Stehen. Einige unfaßlich lange Minuten verstrichen, ehe ihr Mann den Motor und die Scheinwerfer abstellte. Nun, da die konkurrierenden Geräusche verstummten, wurden allmählich auch die Laute hörbar, mit denen des Nachts in Wald und freier Flur die Stille sich äußert: die Vögel, die nicht schliefen, sondern unsichtbar Nachtwache hielten und dem nächsten Späher im Dunkeln ihr Losungswort zuriefen; die Blätter, die raschelten, als rieben sie sich die trockenen Hände; die Zikaden, die sich nur kurz fassen konnten und darum mitten im Gezirp irritiert und erschrocken abbrachen. Ihr Mann sprach nicht; er attackierte sie mit seinem an den Nerven zerrenden, bedrohlichen Schweigen. ›Er erwartet bestimmt, daß ich eine Beichte ablege und alles bekenne‹, dachte sie. ›Wo er seine Wut so lange in sich hineingefressen hat, kann er es auf nichts anderes angelegt haben.‹ Ein Inquisitor des Mittelalters. In der Welt und in der Ewigkeit nur auf eines erpicht, auf ihr Geständnis. Die Folterqualen seines Opfers auf dem Streckbett konnten sein finsteres Gemüt nicht rühren, das mit der Langmut der Ameisenmenschen gewappnet schien, die einst die Große Mauer erbauten. Nur ein Ziel kannte er, nur einen Willen: daß sie nicht ohne ein Geständnis stürbe. ›Der wartet darauf, daß ich anfange zu reden. Ich soll sagen, daß ich zu Hause meinen Liebhaber versteckt habe; ich soll mich ihm zu Füßen werfen, damit wir nach Hause fahren und Crisantos Leben retten. Er wartet erst noch mein Geständnis ab, ehe er mich umbringt.‹ Also sprach keiner von beiden; keiner von beiden wollte nachgeben. ›Und wenn er die ganze Nacht kein Wort aus mir herausbringt‹, fragte sie sich, ›wann er mich dann wohl umbringt?‹

So verrann die Zeit im Leerlauf. Nichts wünschte die Frau sich inbrünstiger, als endlich sich selbst wieder zu spüren. Um sich zu spüren, um sich ihrer Existenz wenigstens durch körperlichen Schmerz zu versichern, krallte sie die Fingernägel in ihre Handflächen, aber auch das war zu nichts nütze. Das Schweigen hatte sie taub gemacht, bar aller Empfindung. Nie hätte sie gedacht, daß Schweigen, wenn man sich etwas sagen soll und nur noch die einen, einzigen Worte zur Verfügung stehen, derart barbarisch verwüsten und erschlagen konnte. Zu einem solchen verstandraubenden Schweigen gelangte man im Rückwärtsgang durch Sprechvermögen und Gedächtnis, wobei von Sprache und Erinnerung all jenes abfiel, was ihnen noch anhaftete: der frische Ton und Schwung, mit dem man Situationen schildert und der schon von der hohlen Stimme als unecht entlarvt wird;

die Szenen, die beim Erzählen schon in sich zusammenfallen; die Erinnerungen, die, je jünger sie sind, desto mehr an Konsistenz verlieren; die ungenauen, dümmlichen, zwecklosen oder mechanisch gestellten Fragen, die am Ende zu nichts mehr wissen wollender purer Ratlosigkeit verkommen. Wort um Wort, Blatt um Blatt, streift so das Schweigen, wie der Winter von den Bäumen, alles Überflüssige an Stofflichem von Gedächtnis und Sprache ab und bettet sich ans frostige Ufer der Welt gleich einer zur Obduktion fertigen Leiche. Nur spüren wollte sie etwas, irgend etwas von sich spüren. Selbst im Angesicht des Blutes auf ihren Handflächen war sie nicht überzeugt, daß sie lebte. Der Überblick über die mittlerweile vergangene Zeit war ihr verloren gegangen. Vielleicht war es kurz vor Tag, und ihr Mann hockte unverändert an der Stelle, eine uneinnehmbare Festung, handgreiflich und zäh wie ein von der Nacht übriggebliebener Klumpen. Er sprach nicht, er fragte nicht, er schwieg beharrlich, und sie hätte das Schweigen gern gebrochen – »Was soll das? Fahren wir nun nach Cuernavaca?« –, aber zu ihrem Entsetzen standen ihr keine neutralen Begriffe mehr zur Verfügung. Also ans Werk, an die Obduktion, jetzt würde sie alles, was vorgefallen war, haarklein erzählen. Würde preisgeben, wer ihr Liebhaber war und wie er es geworden war – dabei natürlich ein möglichst verschwommenes und ungünstiges Porträt von ihm zeichnen –, würde von ihren Rendezvous berichten und sie als unwichtig und zunehmend erzwungen und albern darstellen – aber selbst das, Gott, wie lästig! –, kurz, sie würde ihm eine haltlose Geschichte, einen trivialen Schundroman auftischen. Nein, nur das nicht! Nein, Jesus! Das täte sie nie und nimmer!

Auch nicht, wenn sie dadurch noch rechtzeitig nach Hause kämen, um ihrem Geliebten das Leben zu retten. Sie sah ihren Mann vor sich, wie er als Heros, als großmütiger Gatte, als überlegener Geist oder als unglücklicher, verhöhnter und verratener Märtyrer posieren würde. Auch durch Crisantos Überleben könnte er vor dem Scherbenhaufen seiner Existenz, vor seiner Misere, seinem Mißgeschick, seiner Schmach und absoluten Zukunftslosigkeit nicht die Augen verschließen. An dieser Stelle riß ihre Gedankenkette ab, sie schreckte zurück vor einer Alternative, die ihr auch als unausweichliches Sichhergeben in ein schicksalhaftes Fatum vorkam. Wenn sie nun davon ausging, daß ohnehin nichts mehr zu ändern war – selbst jedes Opfer für Crisanto war zu dieser Stunde wahrscheinlich schon vergebens –, dann brauchte sie sich im weiteren nur noch passiv zu verhalten und konnte ihren Mann sein Spiel allein weiterspielen lassen. Bei ihm ausharren mußte sie allerdings, an seiner Seite, mit übermenschlicher Geduld, ohne sich zu wehren, ohne ein Wort zu verlieren, ohne zu klagen, den Moment abwarten, da Crisanto tot war, da er mit Sicherheit tot sein mußte. Danach wären sie – falls ihr Mann nicht ihre Ermordung plante – wieder ganz die alten und würden schön gemütlich wie immer, wenn sie von einem Ausflug kamen, nach Hause fahren. Ihr Mann würde nach der Entdeckung des Leichnams – er selbst mußte ja die Kühlkammer aufschließen – ganz sicher ohne jeden Einwand und in der allerbesten Laune jede Hypothese, jede noch so unwahrscheinliche Konstruktion zur Erklärung des Vorfalls, sogar die Mär vom Einbrecher akzeptieren, der sich im Kühlschrank eingeschlossen hatte, um in der Nacht ungestört zu stehlen, und sich dabei leider

nur folgenschwer verrechnet hatte. Er würde akzeptieren, denn er durfte ja die polizeilichen Ermittlungen nicht behindern. Abgedeckt von der Schuld seiner Frau, ihrer Mittäterschaft, konnte ihr Mann ganz beruhigt sein – von ihrer Seite brauchte er keine Überraschung zu befürchten. Und genau da wollte sie ihren Schwenk vollziehen. Sie wollte die Wahrheit sagen, wollte alles bekennen, wollte mit anklagendem Finger unbarmherzig auf ihren Mann, den wahren Henker und Mörder, zeigen. Auf das gnadenlose, morbide Ungeheuer, das ihren Liebsten mit satanischem Vorsatz und sadistischer Akkuratesse lodernd vor Eifersucht hatte sterben lassen!
Schon ganz krank vor Nervenanspannung warf sie den Kopf hin und her. Beinahe hätte sie ihren Mann dabei an der Schulter gestoßen, ihn, der so furchteinflößend ruhig neben ihr im Wagen saß, der nicht sprach und nicht atmete, der sie von seinem Beobachtungsposten in der Finsternis aus nur anstarrte und belauerte. Da nahm sie sich wieder zusammen. Sie hatte ihrer Phantasie die Zügel schießen lassen, hatte unlogisch gedacht, in die falsche Richtung, war von falschen Prämissen ausgegangen. Noch war nicht alles verloren – besser noch, nichts war im Grunde verloren. Nichts, solange Crisanto nicht tot war. Also verbot sie sich tendenziöses Denken und befahl sich, ihre Gedanken nicht durch vorgefaßte Meinungen einzuengen, sondern zu einem sachlichen Ausgangspunkt, einer unverstellten Sichtweise zurückzukehren. Nur so würde sie klarsehen, die Dinge neu durchdenken, sie unter einem anderen Blickwinkel betrachten können. Kaum hatte sie sich umgepolt, griff in ihren Überlegungen auch die nach wie vor unbeantwortete, wenn auch jetzt weniger verworren und erschrek-

kend wirkende, leichter anzugehende Ausgangsfrage wieder Platz, auf der das ganze Problem beruhte. Wußte ihr Mann wirklich Bescheid? Hatte er mitangesehen, eindeutig *gesehen*, wie sie Crisanto versteckte? Nach seinem Verhalten an diesem Abend seit der Kinovorstellung zu urteilen, gab er Anlaß – selbst wenn man kein Detail ausließ –, die Frage sowohl mit ja als auch mit nein zu beantworten. Wie sollte sie die Wahrheit herausfinden? Mit welchen Mitteln, welchen subtilen, unauffälligen, magischen, übermenschlich anstrengenden und dazu undurchschaubaren Methoden sollte sie ihm die Auskunft entlocken? Mit einem Mal schwindelte ihr vor der Distanz zwischen ihnen, die ihr so unüberbrückbar vorkam, daß sie zitterte. Da fand sie die Lösung, und für Sekunden trat Schweiß aus ihren Poren, aber so dünn und so rasch vorübergehend, daß er fast unter der Haut blieb, ein Tau. So mußte es sein, so wie sie sich jetzt begegneten, jetzt im Wagen beieinandersaßen, so aneinandergekettet, so gefährdet, so lauernd – so war es ihnen (sie erinnerte sich, als wäre es heute) auch vor ihrer Heirat einmal ergangen. Es war auf einem ihrer Ausflüge in die Umgebung der Stadt gewesen, einem ihrer nicht ganz koscheren Ausflüge. »Hier?« hatte sie gehaucht, mit kalkulierter Befremdung, während sie sich auf den Autositzen wie besessen küßten und kosten. Sie hatte nämlich bemerkt, wie sich seine freie Hand nervös zitternd an seinen Hosenknöpfen zu schaffen machte, wie seine Hand hastig die Hindernisse aus dem Weg räumen wollte, um es gleich anschließend unter ihrem Rock zu versuchen. »Wirklich hier?« hatte sie noch einmal gefragt, aber nur, um nicht einfach stumm dazusitzen. Was danach kam, war zunehmend irrational gewesen und hatte mit dem unmittelbar Vorausgegangenen – als sie noch im Wagen über die Landstraße fuhren, bevor sie, wie heute, im Wald stoppten – nichts mehr zu tun gehabt. Auf einmal hatten sie Neues gelernt, Gesichtsausdrücke und Gebärden, die sie aneinander nicht kannten, während sie im Liegen auf den Vordersitzen turnten und sich wie zwei Trapezkünstler bei einer noch ungeübten, aber großartigen Nummer bemühten, ihre Bewegungen aufeinander abzustimmen. Es wurde aber doch nichts daraus, sie harmonierten nie völlig, weil sie zu verwirrt vor Hast und vor Aufregung waren. Die Frau wußte, es war für beide eine angenehme Erinnerung. Darum schmiegte sie sich jetzt an die Schulter ihres Mannes, schob sacht ein Bein zwischen seine Waden und strich mit der Rechten langsam an der Außenseite seines Schenkels aufwärts. Den Mann schüttelte es kaum merklich. Ihre bebende Hand glitt hierhin und dahin, langsam ihr Ziel umkreisend, dem Sog noch widerstehend, tat, obwohl des Weges kundig, als ob sie blind wäre, als ob sie eine ihr längst bekannte Marschroute erst noch genauer festlegen müßte, und wenn sie dabei vorstieß und wieder zurückwich, so tat sie es nicht mit Fluchtabsichten, sondern getrieben von dem heimlichen Ehrgeiz, ihre Sache noch besser zu machen. Da fing ein Sirren und Brummen an, noch entfernt und unscharf, das Fluggeräusch eines nächtlichen Käfers, der näher torkelte. Ihr unter den Knien des Mannes wilderndes Bein zuckte genußvoll. Die Rechte sprengte unterdessen Knöpfe. Die Finger tasteten sich – samtige Fangarme – behutsam voran wie Tiere unter Wasser. Das nächtliche Käfergesumm ließ sich von Mal zu Mal eindeutiger, klarer vernehmen. Mit dem linken Arm umschlang sie den Nacken ihres Man-

nes und begann ihn mit feuchtem Daumen und Zeigefinger am Ohrläppchen zu zupfen. Im selben Moment mußte der Käfer ins Wageninnere gelangt sein, denn nun brummte, ja dröhnte er direkt über ihren Köpfen. Als ihr Mann darum aufschrak mit einem Kopfrucken und ein letztes Mal schnarchend röchelte, verstummte zur gleichen Zeit auch das Sirren des Käfers.
Die Frau war betäubt vor Verblüffung. Sie fühlte sich vor den Kopf gestoßen, war bitter enttäuscht, ja, bekümmert, wie Menschen, die meist Schlimmes ahnen und die sich, wenn ihre Vorhersagen nicht eintreffen, vorsätzlich getäuscht und in böser Absicht von den Ereignissen beleidigt fühlen. So hatte ihr Mann also die ganze Zeit geschlafen! Während sie in ihrem gemarterten Hirn die erbittertsten Kämpfe mit ihm ausgefochten hatte! Nicht einmal die Qualitäten eines Ungeheuers hatte er, selbst das war ihre eigene Zutat! Sie hätte ihn ohrfeigen mögen, oder sie wäre am liebsten in schallendes Gelächter ausgebrochen. Jetzt war sie wirklich einem hysterischen Anfall nahe. Ihr Mann suchte, benommen und leicht schuldbewußt, verwirrt nach einer Erklärung, wie jemand, der nicht im eigenen Bett, sondern an einem fremden Ort erwacht und nicht mehr weiß, wie er dahin gekommen ist, so daß er sich überrumpelt fühlt und alles ringsum ihm unbekannt und kompromittierend vorkommt. »Ich habe ein Nickerchen gemacht. Darum bin ich von der Straße abgebogen. Um danach weiter nach Cuernavaca zu fahren. Ich wäre sonst noch am Steuer eingeschlafen. Teufel auch, bin ich müde! Komm, fahren wir lieber nach Hause.« Seine Stimme knickte plötzlich ein, sie wurde unsicher, als entdecke er soeben, daß er doch älter war, als er – und als vor allem seine Frau –

vermutet hatte.« Wir können auch ein andermal bummeln gehen. Entschuldige, Liebste!«

Wenn sie jetzt lachte, würde es grotesk und herzlos klingen, dachte die Frau, und ihr Mann bekäme es natürlich in die falsche Kehle. Es kostete sie trotzdem Mühe, nicht laut loszuprusten, am liebsten hätte sie vor Lachen gewiehert, zumal sie selbst – ihre Situation, ihre Höllenqualen, ihre aberwitzigen Spekulationen – im Grunde das einzige war, das zum Lachen Anlaß gab. Wie konnte sie sich nur eine solch düstere Phantasiewelt ausdenken, sich in so obskure Bedrohungen hineinsteigern? Was hatte sie nur geritten, daß sie ihrem Mann ein solches Maß an Hinterhältigkeit und Gerissenheit zugetraut hatte? Doch mit einer Antwort gab sie sich nicht erst ab, das war jetzt nicht mehr wichtig – sie nahm das Gesicht ihres Mannes zwischen beide Hände und drückte ihm einen hingebungsvollen, heißen, langen Kuß auf die Lippen. Endlich war seine Unschuld erwiesen.

Als sie wieder zu Hause waren, blieb die Frau im Erdgeschoß stehen, während ihr Mann sich der Treppe zuwandte, die zu den Räumen im ersten Stock hinaufführte. »Gib mir doch bitte den Kühlschrankschlüssel«, bat sie vor Glück vibrierend, äußerlich ruhig und gelassen, innerlich die strahlende Siegerin. »Ich möchte vor dem Schlafengehen noch ein paar Flaschen von dem Champagner kaltstellen, den man dir neulich geschenkt hat.«

Ihr Mann reichte ihr den Schlüssel ohne einen Schatten von Argwohn und ohne eine Spur von Berechnung und begann sich dann müde die Treppe hinaufzuschleppen.

Ohne noch länger zu warten, begab die Frau sich zur Vorratskammer. Sie mußte daran denken, mit welch abergläubischem Starrsinn ihr Mann sich stets geweigert hatte, den Kühlschrank von dem Platz, wo er seit seinem Kauf stand, an eine andere Stelle im Haus zu rücken. Es war nicht nur ein unübersehbares Symbol seines Aufstiegs, der erste Riesenkühlschrank, den sein Geschäft sich hatte leisten können, sondern da er noch am Anfang seiner späterhin bedeutenden Aktivitäten in der Branche der Gefriertechnik stand, hatte der Mann, bis er die für die Zukunft erträumten großen Hallen und Lagerräume besaß, auch keinen anderen Aufstellungsort als das Parterre des eigenen Hauses für ihn gefunden. Bei dem Gedanken an den damaligen Eifer ihres armen Mannes mußte die Frau lächeln. In ihr Lächeln ging sowohl das perverse Vergnügen ein, straffrei auszugehen, nachdem man in schrecklicher Gefahr geschwebt hat, als auch die Ausgelassenheit, mit der man sich, ebenso amüsiert wie sorglos, vorstellt, daß man sogleich seinen Liebhaber aus weiß Gott welcher drolligen Zwangslage befreien wird. Als sie den Schlüssel ins Schloß steckte, erscholl in ihrem Rücken eine gelassene, aber keinen Widerspruch duldende Stimme: »Warte noch!« Sie fuhr herum, ohne zu begreifen. Da stand ihr Mann hinter ihr, auf der flachen Hand, unbegründet, fremd, irreal, seine Taschenuhr. Es sah aus, als ob ihm das einzig Wichtige, das wahrhaft Bedeutende im Moment die Uhr wäre. »Weißt du eigentlich, wie spät es ist?« fragte er in demselben leicht strengen Ton, dem sich nichts Konkretes entnehmen ließ. Da sie animalisch stumm blieb und aus dem Schweigen nicht wieder herausfand, gab er sich schließlich selber die Antwort. »Vier Uhr morgens, meine Liebe!« Damit trat er zum Kühlschrank, zog den Schlüssel ab, drehte und wendete ihn und betrachtete ihn mit konzentrierter

Miene, als hätte er einen unbekannten Gegenstand, ein archäologisches Fundstück in der Hand, dessen Geheimnis er angestrengt zu ergründen suchte.
»Vier Uhr morgens, jawohl«, sagte er dann noch einmal, »vier Uhr auf die Minute!« Seine Uhr wanderte wieder in die Tasche. Die Frau hatte die Empfindung, daß ihr Mann inzwischen gewachsen sein mußte oder daß er sich beim Sprechen auf die Zehenspitzen stellte. »Wenn du dir die Mühe machen würdest, einmal auszurechnen, wie lange wir – seit unserer Fahrt ins Kino, um acht – heute abend unterwegs waren, dann würdest du wissen, daß inzwischen acht Stunden vergangen sind, denn es ist jetzt vier Uhr morgens. Acht volle Stunden!« Er wies mit dem Kinn zum Kühlschrank. »Zeit genug, um den Kerl da drinnen, deinen Seelentröster, dreimal in einen Eiszapfen zu verwandeln. Der ist doch längst ein toter Mann, eine Leiche, noch dazu eine tiefgefrorene, vor Zerfall geschützte, perfekt konservierte.« Er sagte es ernsthaft, ohne zu grinsen, ganz ohne zu spaßen. »Du begingest einen Fehler, wenn du jetzt aufschließen würdest. Wie sollten wir erklären, wie der Mann da hereingekommen ist, wenn du und ich die einzigen Zeugen sind? Überlassen wir das lieber jemandem vom Personal, in ein paar Stunden, wenn es hell wird. Nimm du den Schlüssel an dich und gib ihn morgen früh der Köchin oder wem auch immer.«
Mechanisch, gleich einer Gliederpuppe, steckte die Frau den Schlüssel ein. Sie wußte nicht, woher sie die Kraft nahm, sich auf den Beinen zu halten. »Wir bleiben bei der einfachsten Variante, keine Abweichung«, fuhr ihr Mann fort. »Ein Einbrecher hat sich Zugang zum Haus verschafft, er versteckt sich im Kühlschrank, bis die Um-

stände günstiger sind und er ungestört stehlen kann. Leider muß er entdecken, daß er gefangen ist, seinem eigenen Trick aufgesessen. Klingt das etwa nicht überzeugend?«
Die Frau nickte. Es klang überzeugend, natürlich. Auf den gleichen Ausweg war schließlich auch sie gekommen. »Dann empfehle ich, daß wir jetzt am besten erst einmal schlafen gehen. Der Tag war anstrengend für uns beide.«

Quellenangaben

Die Erzählung »Eingelocht« *(El apando)* ist erschienen als Band 7 der *Obras Completas* von José Revueltas. © 1969, Ediciones Era, S. A., México, D. F.
Die Erzählungen »Grün ist die Farbe der Hoffnung« *(Verde es el color de la esperanza)*, »Im Loch« *(El abismo)*, »Salz« *(La conjetura)* und »Gott auf Erden« *(Dios en la tierra)* sind dem Band 8 der *Obras Completas* entnommen. © 1979, Ediciones Era, S. A.
»Das Lösungswort« *(La palabra sagrada)*, »Die Schwester, die Feindin« *(La hermana enemiga)*, »Männer im Sumpf« *(Los hombres en el pantano)*, »Niemandssprache« *(El lenguaje de nadie)* und »Eine Nacht an Land« *(Dormir en tierra)* sind dem Band 9 der *Obras Completas* entnommen. © 1971, Ediciones Era, S. A.
Die Erzählung »Pastorale« *(Sinfonía pastoral)* ist erschienen im Band 10 der *Obras Completas.* © 1974, Ediciones Era, S. A.

Inhalts

Eingelocht 7
Grün ist die Farbe der Hoffnung 47
Das Lösungswort 55
Die Schwester, die Feindin 86
Eine Nacht an Land 103
Männer im Sumpf 137
Salz 148
Im Loch 167
Niemandssprache 179
Gott auf Erden 193
Pastorale 203

Quellenangaben 235

Italienische und spanische Literatur
in der edition suhrkamp und
in den suhrkamp taschenbüchern

Rafael Alberti: Der Verlorene Hain. Erinnerungen. Aus dem Spanischen von Joachim A. Frank. st 1171

Dino Buzzati: Die Maschine des Aldo Christofari und andere phantastische Erzählungen. Herausgegeben von Kalju Kirde. PhB 157. st 1175

Roberto Calasso: Die geheime Geschichte des Senatspräsidenten Dr. Daniel Paul Schreber. Aus dem Italienischen von Reimar Klein. es 1024

Giorgio Celli: Der letzte Alchemist. Betrachtungen über Komik und Wissenschaft. Mit einem Vorwort von Umberto Eco. Aus dem Italienischen von Sigrid Vagt. st 1622

Leopoldo Alas Clarín: Die Präsidentin. Roman. Aus dem Spanischen von Egon Hartmann. Mit einem Nachwort von F.R. Fries. st 1390

Vincenzo Consolo: Das Lächeln des unbekannten Matrosen. Aus dem Italienischen von Arianna Giachi. st 1708

Cristina Fernández Cubas: Das geschenkte Jahr. Roman. Aus dem Spanischen von Eva Schikorski. es 1549

Alejandro Gándara: Die Mittelstrecke. Roman. Aus dem Spanischen von Eva Schikorski. es 1597

Federico García Lorca: Dichtung vom Cante Jondo. Dichtung vom tiefinnern Sang. Deutsch von Enrique Beck. st 1007

– Das Publikum. Komödie ohne Titel. Zwei Stücke aus dem Nachlaß. Deutsch von Rudolf Wittkopf. st 1207

– Über Dichtung und Theater. Deutsch von Enrique Beck. st 196

Adelaida García Morales: Der Süden. Bene. Aus dem Spanischen von Anne Sorg-Schumacher und Imme Bergmaier. es 1460

Ian Gibson: Lorcas Tod. Deutsch von Fritz Vogelgsang. st 197

Natalia Ginzburg: Caro Michele. Der Roman einer Familie. Aus dem Italienischen von Arianna Giachi. st 853

– Ein Mann und eine Frau. Aus dem Italienischen von Arianna Giachi. st 816

– Mein Familien-Lexikon. Deutsch von Alice Vollenweider. st 912

Juan Goytisolo: Dissidenten. Aus dem Spanischen von Joachim A. Frank. es 1224

– Identitätszeichen. Roman. Aus dem Spanischen von Joachim A. Frank. st 1133

– Johann ohne Land. Roman. Aus dem Spanischen von Joachim A. Frank. Nachwort von Karsten Garscha. st 1541

– Rückforderung des Conde don Julián. Roman. Mit einem Nachwort von Carlos Fuentes. Aus dem Spanischen von Joachim A. Frank. st 1278

114/1/9.89

Italienische und spanische Literatur in der edition suhrkamp und in den suhrkamp taschenbüchern

Juan Goytisolo: Spanien und die Spanier. Aus dem Spanischen übertragen von Fritz Vogelgsang. st 861

José Guelbenzu: Der Blick. Roman. Aus dem Spanischen von Peter Schwaar. es 1596

Luigi Malerba: Salto mortale. Roman. Aus dem Italienischen übersetzt von Alice Vollenweider. st 1363

Meine Schwester Elba. Neue spanische Erzählerinnen. Mit einem Nachwort von Michi Strausfeld. Herausgegeben und übersetzt von Margarete Born. st 1532

Elsa Morante: Lüge und Zauberei. Roman. Mit einem Nachwort von Dominique Fernandez. Aus dem Italienischen übersetzt von Hanneliese Hinderberger. st 701

Guido Morselli: Liebe einer Tochter. Roman. Aus dem Italienischen von Arianna Giachi. st 1568

Mercè Rodoreda: Auf der Plaça del Diamant. Roman. Aus dem Katalanischen von Hans Weiss. Mit einem Nachwort von Gabriel García Márquez. st 977

– Der zerbrochene Spiegel. Roman. Aus dem Katalanischen von Angelika Maass. st 1494

Alberto Savinio: Neue Enzyklopädie. Aus dem Italienischen von Christine Wolter. st 1253

Jorge Semprun: Algarabía oder Die neuen Geheinmisse von Paris. Roman. Aus dem Französischen von Traugott König und Christine Delory-Momberger. st 1669

– Die große Reise. Roman. Aus dem Französischen von Abelle Christaller nach der Originalausgabe. st 744

– Was für ein schöner Sonntag. Aus dem Französischen von Johannes Piron. st 972

– Yves Montand: Das Leben geht weiter. Aus dem Französischen von Uli Aumüller. st 1279

– Der zweite Tod des Ramón Mercader. Roman. Aus dem Französischen von Gundl Steinmetz. st 564

Ramón José Sender: Der Verschollene. Roman. Deutsch von Walter Boehlich. st 1037

114/2/9.89